谁的
草盛豆苗稀

刘书志

中州古籍出版社
·郑州·

图书在版编目（CIP）数据

谁的草盛豆苗稀 / 刘书志著 . — 郑州：中州古籍出版社 , 2018.1
ISBN 978 - 7 - 5348 - 7681 - 3

Ⅰ.①谁… Ⅱ.①刘… Ⅲ.①散文集－中国－当代 Ⅳ.①I267

中国版本图书馆 CIP 数据核字（2018）第 024728 号

责任编辑：王小方
装帧设计：刘　钊　丁　冬
书籍插图：刘汉风
责任校对：魏旭丽

谁的草盛豆苗稀

著　　者：刘书志
出版发行：中州古籍出版社
地　　址：郑州市经五路 66 号
印　　刷：郑州新海岸电脑彩色制印有限公司
开　　本：787mm×1092mm　　1/16
印　　张：22
字　　数：300 千字
版　　次：2018 年 5 月第 1 版
印　　次：2018 年 5 月第 1 次印刷
书　　号：ISBN 978 - 7 - 5348 - 7681 - 3
定　　价：58.00 元

目 录

- 001 代序·九方斋铭／徐长青
- 001 谁的草盛豆苗稀
- 013 与爱女书
- 021 缕思随风过千年
- 027 荒芜英雄路
- 031 听雨吃茶坐少林
- 035 洞风有续传禅韵
- 043 少林寺里过大年
- 049 "功夫是用来行道的"
- 053 少林禅拳台湾结缘
- 061 冷月明禅心
- 063 高功贵在悟中行
- 069 少林禅器说
- 071 周而复始　福慧双修
- 073 释行明禅师塔铭
- 075 《中华姓氏文化大典》告华人同胞书
- 077 名山盛事赖薪传
- 079 以感恩的心情
- 083 闲侃楹联
- 091 益智·解颐
- 095 "恶毒女人"的佛心女儿心
- 103 千年蝉鸣中的金简公案
- 111 刀锋下的"民主"把戏
- 121 广告时代的标语钩沉
- 129 有官同升　有财同发
- 133 戴"箍"的妖猴能成仙？
- 157 改良梦——康有为

目 录

183 感觉余秋雨
191 又见吴祖光
199 从农民到作家
211 杨丽萍意象
219 她在琢磨"坏女人"
225 端庄杂流丽　刚健含婀娜
229 灵台方寸相　斜月三星晖
231 云在青天水在瓶
235 字外说吴行
239 面朝大海　春暖花开
243 素笺翰墨寄浮生
251 一脉太行常自写
257 品茗读画七贤居
261 生命的意象
263 托付了的黄土地
269 目击的状态与瞬间的击中
273 送你一份大峡谷
283 守望都市
291 十年风雨起苍黄
303 理念孵化的版面形态
311 历史文化的新闻观照
317 都市报：纵深拓展与横向突围
325 我愿顺流而去　找寻你的方向
329 不息的生命江河
337 附录·深挚中华文化情　爱心大河传播者／薛少奇
343 后记·雪泥鸿爪　一锅乱炖

九方斋铭（代序）

书志有书斋，宽狭九平米，曰九方斋。

九方之说，起于河图，八方之内，中宫居焉，梁简文帝"情苞六合，德贯九方"之论，岂可忘乎？九方者，有上中下之分也：德贯九方，书读九方，尽天道；食粟九方，友交九方，合人道；室辟九方，坐卧九方，得地道。天地人三道也、三才也、三昧也，得此者，良有益也。

书志大笑道："上善！上善！"

铭曰：

九方九方，调节阴阳，一日之中，富闲穷忙，一室之内，古瘦今长，一人之志，天涯无量。友之来也，吃也九方，读也九方，论也九方。

嘻嘻！人生何求于它哉。

徐长青撰于壬申暮春

王澄书法《九方斋铭》(下)　云平书法"九方斋"(上)

谁的草盛豆苗稀

有个故事久萦于怀,虽不能至而心向往之——

那天,在那个我们听到名字都一愣一愣的哈佛大学的讲堂上,教授的讲课没道理地停顿下来,做倾听状,倾听校园中那几声清脆的鸟鸣。大家都听到了,而教授,他是最先听到或者说最先留意到的。

鸟鸣余音未了,教授一脸严肃一本正经地对满堂学子道:"我和春天有个约会!"遂即飘然而去……

这个人便是乔治·桑塔亚那(George Santayana),我们称其为哲学家,他还写有小说,在中国常见的那套《理性的生活》就是他写的,为其"理想主义-自然主义"哲学体系之大概。

而桑塔亚那八十九岁临终时留给人间的最后一句话是"绝望"(Desperation)。

——那样奇异的深奥的微妙的人生哦。

——如此,对桑塔亚那,我喜欢!

千古一觉蝴蝶梦

在中国，前些年有人抛出一个观点，说是"千古文人侠客梦"，也让人听得一愣一愣的。如此，不说别的，就说那个梦蝴蝶的庄周吧，你让他梦啥？梦隐形战斗机？

我承认，在千古以来"文人"的"梦境"中，肯定出现过侠客，"吟到恩仇心事涌，江湖侠骨恐无多"，甚至在"梦中"还会幻化成侠客，去"笑进一杯酒，杀人都市中"，去"十步杀一人，千里不留行"。其实严格来说，做侠客梦的文人也就是个"意淫侠客"了吧。即如此，文人的侠客之梦，如果找一位精算师来进行千古文人大统计的话，肯定所占比例微乎其微。不管你信是不信，反正我是信了。

其实，在这个民族的心灵史中，贯穿下来的一条主脉是"天人合一"——讲求的是人与自然的和谐共生，孰不闻"天地与我共生，万物与我为一"乎。

两千三百多年前，庄周老师在他那次讲课结束时娓然道来："昨晚我做了个梦哈。梦里头我是一只蝴蝶哈，忽闪着小翅膀想咋飞咋飞，想都不想胡乱飞。哇噻！爽得我都不知道自己是谁了。猛然一醒，咬咬手指头，这不我还是我么。可到这会儿了，我还是弄不清，到底是我做梦变成了蝴蝶呢，还是蝴蝶做梦变成了我呢？"

（昔者庄周梦为胡蝶，栩栩然胡蝶也，自喻适志与！不知周也。俄而觉，则蘧蘧然周也。不知周之梦为胡蝶与，胡蝶之梦为周与？周与胡蝶，则必有分矣。此之谓"物化"。——《庄子·齐物论》）

大梦谁先觉，一叹二千年。庄子一梦，把历朝历代的文人们震得一愣一愣的，纷起效法，甘当庄子小学生。于是，他说他的"千古文人侠客梦"，我道我的"千古文人蝴蝶梦"。

到了一千六百多年前的陶渊明老师那里，赓续经脉，张扬起一面"千古文人田园梦"的旗帜，哼唱着"归去来兮，田园将芜，胡不归"，"聊乘化以归尽，乐夫天命复奚疑"，放下仕途纠结，不跟纷纷扰扰的官场玩儿了，"登东皋以舒啸，临清流而赋诗"去也。千多年来，亦响者云集。

田园里春天的故事

余生也晚，马齿徒长。幼时做梦尿湿过床，长成做梦遇过美女，及壮而后由一夜无梦渐至一夏无梦。庄子的"蝴蝶梦"也不是谁谁都能做的哦。

那就学陶老师玩一把"田园梦"呗。

赶到想起"归田园"了，才发现人家又跑到前面了。

就在我阳台上种芫荽（俗称香菜）过密而一叶不收、种牵牛花则十籽生二之际，从一线蔓延到二三线城市的"都市农庄"风已刮到了我们郊县。农民们在遥望见城市天际线的田野上，把土地划切成一分二分大小，扎上一圈篱笆，接通一个水口，开启一扇蓬门，便向有"田园梦"的城里人"招商"了——有水有农具，自耕自种自收随你意。那年度租金么，倒是城里人能接受农民也满意，一分地一般年租金在四百元左右，一亩地就是三四千元了，农民兄弟的效益比自己耕种获取的要好不少哪。

呼朋唤友偕老妻，驱车二三十公里，跑到地头满眼的惊喜。农民兄弟见到咱们真个是亲如兄弟，指点着田野说这两块是某大学教授的、那两块是某企业家的，一块才两分地，你们两家至少应该种两块哈,不然那块已经栽上黄瓜、茄子的地你们就种着,已经成活的菜苗就送你们了哦。

三说两不说,那兴奋劲儿是越提越高,两家人还就真的联合租种了两块共四分地,全然没想到一分地约66.667平方米而四分地就将近267平方米了,都超过两家的住房面积了。不但租种下两块地,还放弃了那长好黄瓜、茄子苗的地块。一句话,来种地了就彻彻底底从头种起,种人家种过的地算啥咧。

农民兄弟够意思,提到如何签协议怎样交钱,很是爽快道:"恁尽管先种着。让恁看看俺农民的大气。"

夫人孩子们更是喋喋不休,种这个种那个一口气就说了二十来样。随即依农民兄弟的指引,到"供销社"甩出两百来块钱,拿下一堆花花绿绿的袋装这种子那种子来。

周六无论如何都是个"黄道吉日",备好麦秸草帽、带上吃喝奔向地头,自称"佃农"还乐呵呵地一路高歌,从"采蘑菇的小姑娘,背着一个大箩筐",到"公社是个长青藤,社员都是藤上的瓜",顺带着连"安上一个小马达,嘀哩哇啦把套拉"都吼出来了,听得那90后的孩子晕头涨脑一脸的迷茫。

男人打哇、女人撒种,大人挖窝、孩子点种,一派农家乐的景象。一边还谆谆教导孩子说:"知道啥叫'汗滴禾下土'了吧。"那汗水的补充,在大人是瓶装矿泉水,在孩子是可口可乐。

番茄、黄瓜、菜瓜、西葫芦、苦瓜、生菜、油麦菜、苦苣、花生、韭菜、香菜、甜玉米、辣椒,随自己想到的有营养的多少适合节气的这些粮蔬,用了两个假日稀里哗啦地种上了。太太们还定让留下将近一分地要找紫薯来种,说是那个很有营养的。

然后,问题一般在然后就开始出现了,就在是喷灌还是漫灌的浇水方式上意见分歧了，各自把自己少年时近距离看到的浇灌方式提了出来，喷灌方说我这是最科学的，漫灌方说你那家里是缺水旱地所以不敢用水。说来争去，都是模糊的记忆。还好，从道理上漫灌方胜出。于是，开管放水，哗哗啦啦喷涌着农民兄弟满储着水罐中的机井水。然后，就把浅埋的香菜、生菜种子冲得漂起来顺水流着集中到了菜畦的一端，喷灌方又得理道："胡来了吧？这就不能漫灌。"

每次汗一身泥一身回到城中，就找个饭店两家大小饱餐一顿，饭桌上还嘲谑邻地那一家带着如何种菜的书本还在地头支上架子吃烧烤为"浪得不轻""耍得大"。各回各家时还紧相约，下周赶早下地。

我的春天不是梦

又是一个周末，迫不及待地赶到地头，那个真是可以用心潮澎湃来形容——生菜和油麦菜长出绒绒细芽，破土的花生苗黄中带绿露白颈，晶莹剔透地顶着一层薄薄的土盖——往地上一趴，贴近再贴近，看得个啧啧连声，一种对新生命的感慨、惊奇、羡慕、呵护把心灵胀得满满的。新生命的纯净的确能涤荡人的魂灵。

不但自家亲手种的，就连地垄中零星绽开几片叶子的马齿苋，也让人感叹造化之功，它们是哪儿来的？风儿刮来的？鸟儿衔来的？不假人力而活泼泼地生长着。"嗨！不管咋着，就当咱的菜园子又多个品种"。当年的菜馍和拌菜还存留着一丝味觉的记忆。

又过了半个多月，油麦菜和生菜长成一拃多高了，第一次收获到来。当配以生菜的捞面条和清炒油麦菜端上餐桌时，举箸相向一句"咱种的纯绿色蔬菜哦",依稀仿佛好似上等美味佳肴。

然后,有黄瓜吃了,虽然因忘搭架子长成大头小尾巴的"地黄瓜";然后,马齿苋摊煎饼也有了,虽然是自生自长的,可那也是"自家"地里的产品;然后,醋熘西葫芦也有了,种时还在怀疑三十多株少不少,可转眼一星期,它们就从顶着黄花二三两的小瓜蛋儿长成斤把重的成品瓜了。

故事里的事

然后的同时或然后的然后,先是面临着"丰收的烦恼",生菜和油麦菜尺把高了,一平方米就铲下五六斤来,何况我们种了十五六平方米呢,加之西葫芦一次就摘下二十多个,还有那"天赐"的马齿苋生命力旺盛到了不动地方就拔下来六七斤,你真担挑卖菜去还不够功夫钱呢,送朋友倒是让人满高兴的事儿,可自家心里在称赞感谢声中又交织着成就和不舍的情愫,一是"多乎哉不多也",二是"小惠未遍"也。

其次就是"制度设计不完善的烦恼",就拿浇地的水来说,三回倒有两回不是达不到压力水流小就是干脆没水可用,因为贮水罐在外面机井在上锁的屋里,机井不合闸通电抽水,贮水罐就是个摆设,那位掌管钥匙的"师傅"(很有意味的,来承租菜园的我们一拨城里人不约而同地称那位典型的菜农为师傅,一个颇为工业化的叫法)不是串亲戚就是开会去了,我们无奈地调侃道:"哈,农民开会去了,市民种地来了。"邻地有位大学的职员先知先觉,说:"这就是为啥咱要签协议人家老不签的原因了。这百十亩地不就咱这十来家种了不到二十块？当初能不能租出去他们心里也没底，再就是签了协议约束的是双方，这没签你没水浇拿不出工具也说不出啥呗。"

再其次就是"银环下乡的烦恼"了，当初的新鲜劲儿过去了，劳动的艰苦不好忍受了，薅草薅得腰疼草依旧生，夏日的到来太阳不再是日光浴而是晒得肤黑皮痛，还有那傍晚的蚊虫飞来一叮一个包一叮一个包，这才理解了"一亩园十亩田"的说法可不单指收获，更说的是一亩园的经营要付出十亩田的辛劳。于是，就差像豫剧《朝阳沟》里王银环那样把水桶扁担一摔高唱出："亲娘啊祖奶奶，谁把我弄到这里来？上午挑、下午抬，累得我腰疼脖子歪。"

春梦易醒恼不得

戏里的王银环跑回城里被爱情又召唤回到了乡里，现实中的"王银环"回到城里可就不愿再下乡了。夫人和孩子们先是"精神回城"，只要你说让她们到树下歇着，前两次还假客气一两句，后来便是闻声而动甚至不闻声就动。随后就是找借口不下地了。随后的随后借口也不找了，就是两个字："不去！"两个大老爷儿们只好戴上老草帽去岂止汗滴简直就是"汗浇禾下土"了，不过看看邻地的"乡亲们"也都如出一辙，便多少有些释然。

更"过分"的是，有两家邻地以一块地"年薪"五百元的价格让那位"师傅"代种代管，有收成了，"师傅"掏出手机拨过去，他们就跑过来"摘果子"。乐趣转换了耶。

"师傅"找到了新"路子"，先是对我们透露出那两家邻地的新方式，然后就是至少两次调侃道："恁种的马齿菜是长得最好的。"再然后就直接说:"看恁那么忙,也像他们那样请个'蔬菜保姆'呗。"哈哈,他的想法俺明白,反正一只羊也是放一群羊也是赶呗,"蔬菜保姆"这个词儿倒挺新鲜,这真是个新词辈出的时代哟。

给"师傅"敬上一颗烟,用一句"那俺是图啥咧"谢绝了他的好意。

夜幕下,两个大老爷儿们相对抽着烟,决定不违初衷,就像坚决不用化肥和除草剂一样坚持自种自管,"种成啥算啥"。自嘲道:"开始咱还说这个那个'草盛豆苗稀',这不,说到自己头上了吧,最最'草盛豆苗稀'。话不敢说满喽,更不敢说早喽。"

自古春梦不到夏

夏日里一场豪雨过后,那承租地里的情形比想象的还要恶劣,黄瓜架子倒伏一片,烂番茄混入泥浆,西葫芦叶子黄蜷了七成,甜玉米和花生长势尚可只是被草簇拥着,一幅重灾区的荒草糊坡相。别人家"师傅"当"蔬菜保姆"的地里却没灾没涝的,看来不怨天也不怨地,只是两个假农民"不如老圃"罢了。

收拾起几个青不青红不红的番茄,摘两把老得只能剥豆子的干豆角子,就再也无心思拾掇了,"算了,没必要'救灾'了,推倒重来,下次赶季节种萝卜吧"。

电话响起,一相熟的哥儿们在酒桌上问忙啥咧,告知"种豆东郊外,草盛豆苗稀",那边呵呵连声道:"且不说'晨兴理荒秽',你俩肯定是'带月荷锄归'了哦。"

大梦谁先觉

诗情雅兴索然，车灯划开夜幕驶上大道，两人有一搭没一搭地聊着。当城市璀璨的灯光映入眼帘，忽然一个念头冒了出来——

"哦，我知道是谁的'草盛豆苗稀'了！"

"谁的？陶渊明的呗。"

"不是说那个，是说这'草盛豆苗稀'只能是'陶渊明的'，或者说是'陶渊明们的'，这是它的文化符号的特定性。你想吧，它不可能是农民的，农民指望土地生存，勤于耕作，有草便除，不可能让它盛起来；它也不可能是乡绅的，乡绅依靠收地租也就是实物产品谋发展，不愿让'草盛豆苗稀'喽；它也不属于商人，商人不操心文化，而农耕社会的商人主要经营农产品和相关商品，'草盛'了没利益；更不能是官宦政治家的，他们的家国天下农业是根本，当然不允许'草盛豆苗稀'。

"所以，'草盛豆苗稀'只属于'陶渊明们'。陶老师主业文化辅业'种豆南山下'，况且在他还有比种豆重要的东篱之菊要采。这个'草盛豆苗稀'之类的属于陶老师的精神符号，或者说就是其'独立之精神，自由之思想'的折射。"

"哈，听起来似乎有一定道理。那现在的'草盛豆苗稀'是谁的？"

"谁的都是，谁的又都不是。你看吧，是咱俩的？咱没陶老师那份境界，看初衷就有差别，你老婆是想让孩子识草木蔬菜之名，我老婆想让我多晒太阳多活动补钙治腰疼，咱俩为工作养家所累撂荒了地；是那邻地大伯大妈的？土地是他们心中根的意识，儿女孝顺弄块地让他们高兴高兴，时不时来来心里满舒坦，可儿女不会每次都陪着来，时间长了，心理满足过了，也就无所谓了；是那从没见过面的教授、企业家的？也许当初就是一时兴起，也许不到半天就扔到脑后了。

"更值得忧虑更复杂的在于，现代这'草盛豆苗稀'还是属于农民的。你想吧，一个土地属稀缺资源的国家，一个村子就能拿出百十亩耕地来搞'都市农庄'，透露出农村劳动力链条接不上的迹象来。我过去就说过，'农二代'回不到土地上来了，他们从小要上学考学以改变生存状态，虽在农村而基本没接触过农活，可能连你我的经历都不如，长大后考上大学的走了，没考上学的呢打工去了，城市的诱惑对他们也许更是强烈，不是城里的月光而是城里的灯光把梦照亮，如今的城里哪还有那么诗意的月光？'农二代'们不想也不愿回归土地了，即便回来也干不成。村里想把这地进行商业化经营，可制度设计和思维方式以及操作不到位，就成了这半成品的模样，这'草盛豆苗稀'肯定也属于他们的。"

"如之奈何？"

"让社会发展去解决吧，农业现代化新科技应该能推动新的农场经济产生，比如代耕，也可能会有新时代的'土地兼并'。哪天咱把单位'反炒'了或者单位把咱开除了，咱就正儿八经地来承租几亩地，还是可以养家糊口的哦。"

春天的故事要延续

回到社区，楼下用编织袋装的"装修垃圾"堆了一人来高十多米长，进门老妻道："楼上装修真发神经了，好好的房子把墙全打掉就剩了个框壳子了，也不知道要装成几星级的呢。"我嘿嘿一笑说："人家高兴，有钱任性。萝卜白菜各自心爱，吃馍蘸尿各有所好。"其实说着心里也冒出一种复杂的味道，憋不住问："是哪儿的人？干啥的呀？""谁知道呢。就晃过一眼，看那架势听那口音像是西边区县的'财主'。""哦哦，不赖。""当然了，人家那辆车顶恁家几辆。"

2011.5.

补白·网络时代的即兴打油

霜润两鬓心少年，跃然偷秋向田园。
攀枝摘果扒瓜蔓，蜀黍何处换酒钱。

2014.9.20.

左看细雨乱如麻，右瞅纷纷若轻纱，
伤春悲秋浑无益，何妨莞尔拈杏花。

2015.3.17.

与爱女书

写给你的"十四岁青春仪式"

郑州八中初二·八班

刘汉风　小朋友　收

我亲爱的女儿：

　　做完作业的你已经入睡了，我坐在夜半的台灯下为你"十四岁青春仪式"写这些话。这并不是说我有什么辛苦，而是长年生活和工作养成的习惯罢了。也好像只有在这夜深人静时，我才能稳下心来读点儿书、写点儿东西，这也是没办法的事儿，我们这种人的生物钟早已经是紊乱的了，我常对我的同事们说："你不幸干上了这一行。"话里既有欣慰也有辛酸，就算是一种人生的滋味吧。当然，这并不是一种好的习惯，我以为一个人起码要有"正常人的生活"，然后才能谈得上其他像事业了什么的，这样的作息方式作为一种个体行为倒也无妨，但与你和你妈妈的生物钟就大大地不协调了，你可以感觉到的是对咱们的家庭生活至少没什么益处，这方面你可不要向我学哟。

　　为何要说这些，因为我想到了在你刚出生后的那段时间，常会听到"将来要把这闺女培养成啥呀"之类的问话，我的回答从那时到现在都是肯定的："首先是一个自食其力的人，在复杂多变的社会生活中具有良好的生存能力。"这不是我"胸无大志"或推卸责任，而是我对人生的基本理解和基本理念，因为你将来的成长和业绩主要是通过你个人的劳动、努力、奋斗才能进行和获取，他人是无法替代的。而一个人能有所成就先是要有良好的生存能力，我一直认为邓小平"第一是生存，第二是发展"和"发展才是硬道理"的观点是最普通最普遍的真理。人生会有多种生存状态，首先要"生存"，才会有"状态"。只有在良好的生存基础上，才会有成绩、事业、爱情、家庭等等。我那时的另一句话可以当作这个观点的补充——"成龙成凤是她自己的事儿"。这些，不知你能否理解，或许你现在不理解将来会理解，也许现在和将来你有你自己的见解，那咱可以讨论么，咱是父女加朋友么，你不是说"咱俩的代沟比较窄比较浅"么？你不会不认账吧？

总之一句话，我真诚希望你生活得健康、快乐、幸福！——就作为我送给我进入青春期女儿的赠言和礼物吧！恕不另备礼物。你不会认为你老爸是"老抠"吧？有个说法叫作"良言一句值千金"哪！我这句话就算不值千金至少也值五百金吧？你算算，这折合人民币就是百元大钞也够扛的吧？哈哈！

女儿，你现在睡得好香，听着你的呼吸看着你朦胧的睡姿，我心中感慨良多：十四年过去了，一个六斤重的初生婴儿长成了一米六几的婷婷少女，就好像是一眨眼的工夫；但挠挠我黑白发混生的头顶，我真切地知道，这是一个真实的生命阶段过程。

你还是三个月胎儿时，我去了青海，是一名河南黄河漂流探险队的随队记者，在四个多月当中见识了大自然的壮丽辉煌和严厉凶狠、体味了人的生存挣扎和悲欢离合，同时也深深意识到在大自然面前人的渺小、无奈。在那个年头，人的精神理想具有巨大的震撼力和号召力，"黄漂"是一个时代的壮举，参与漂流探险的人是时代的勇士，那时的人没有现在的人的"现实性"，精神的驱动力远大于物质的诱惑力，在郑州火车站有四五百人的军乐队为我们壮行，在兰州火车站又是几乎同样的热烈场面，我也作为一名"记者勇士"享受到了小学生献的鲜花和红领巾。为那场轰轰烈烈的漂流探险七条汉子付出了生命的代价，没有功利目的，没有实际效益。今天的人们或许会用另外一种观念来对它进行评判，甚至理性的思考更加深刻，深刻到无可辩驳。单从个体意义上讲，前些年就有人说如果是处于我当时的状况绝对不会去的，对此我也是绝对不后悔的，因为在那种生生死死瞬间事的经历中，我对生命的价值判断和人与自然的关系起码有着"另类"的认知，这使我在以后的岁月里能从比较高的层面看待一些与生命本质关系不大的利益和纷扰，能在名利场中比较地超脱一些。

但是，对于你和这个家庭，我还是应该有所愧疚的。起码来说我为了自己所谓的理想追求把这些都搁置在一边了，使你在娘胎中有一个阶段就伴随着你妈担惊受怕的噩梦而不安。

我在黄河源头漫天飞雪的五月底得知你是个女孩的，这要感谢我们民族医学的伟大成就，一位老中医就以那种看似简单的"把脉"方式断定这四个多月的胎儿是个女孩子。记得我当时兴奋地拿着你妈写的在路途上走了一个星期的信见人就让人家看，带着颤音说："哎呀！我们家的是个'千金'！"在那种环境中的人就是那么纯，心胸透明得该笑就笑该哭就哭绝不遮掩。

这里我要给你讲述一个真实的故事，让你知道人生有些际遇相当残酷，我认为你这个年龄是可以并且应该知道这些的。

事情是这样的：在"黄河第一县"的青海省玛多县，那是个比我们这里任何一个乡镇都要简陋的县城，我们对外联络就通过一个小邮电局收发信件和一个比咱家任何一部电话机都古老的摇把电话机。那天我和家里通话后还没有离开，有位一米八高的男子跑进来，抓起电话一个又一个地呼号，终于找到所要找的人时，他对着电话连哭带说，感动得邮电局女话务员都陪着掉眼泪。那男子是参加"黄漂"的北京队队员杨浩（至今我还非常清楚记得他的名字），他从北京出发时他的夫人就快要生孩子了，那天他是估算着孩子该出生了，就把他家附近的医院挨着打电话找，总算得知他的孩子平安降生了。他赶忙买了奶粉、点心什么的寄回去，花的邮费和购物的钱都差不多，其实在北京那些东西都不缺乏而且还要好，但我理解这是他一个做父亲的心意。随后不久，就是这位杨浩，为了救助困在河里的队员掉到黄河的旋涡里牺牲了，那时他的孩子还没有满月。

我告诉你这些是想说一个意思：人生不可能是一帆风顺一马平川的，必然会遇到这样那样的坎坷、挫折、逆境，重要的是以一种有准备的健康的心理状态去面对，简单一句话就是，人活着就要好好去活，"没有过不去的火焰山"。

好了，还是说咱们的事儿吧。当我一头乱发满脸胡须像个刚从牢里放出的囚犯似的回到家来，离你出生还有两个来月。不几天我陪着你妈到医院做常规检查，第一次听到了你在娘胎里心跳的声音，激动得我情不自禁地在椅子靠背上敲出了贝多芬《命运交响曲》的主旋律，就是那个著名的"命运敲门声"。那时我的确十分真实地感受到了生命延续和交融的兴奋和喜悦。

接着就是一天天在急切地等待着准备着你的降生。终于在11月5日的凌晨你妈进了产房，我在医生办公室里等候着，对门是婴儿室，十几个新生儿在一阵阵哇哇哭叫。我为了保持镇定，还拿着一本杂志胡乱翻看着。突然有两声啼哭让我心灵震颤，我扔下杂志跳了起来，凭直觉一下子认定那就是你来到这个世界的宣言。后来医生的描述完全证实了我的感觉。多么奇妙的生命感应呀！那一刻，"婴啼如歌"这四个字对我来说富有强烈的生命意义。

　　十分钟后，我见到了襁褓中的你，在我惊喜的呼喊下，你向我半睁开双眼吐出了两个水泡泡。哎呀！那时整个世界对我来说是多么灿烂多么辉煌。

　　后来的几天除了照看你，就是忙着为你起名字报户口。这你已经知道了，我最初为你起的名字是"笑霜"，为了吻合你的出生时节，更是让你能在人生道路上坦然从容地面对和征服挫折与困境，要知道，"人生多坎坷"是句真正的大实话。当然随后确定的就是差点把老中医"震"得掉下眼镜的"汉风"二字了，虽然有人说不太像女孩儿的名字，我却更偏爱其大气，记得你曾问过我这两个字的含义，我的解释为——"汉"表示中华民族，"风"包蕴一切优秀文化传统。至于你将来用什么名字，我的态度是保留意见、悉听尊便、绝不干涉。

　　后来么，也就是在酸甜苦辣的生活中，在五彩缤纷的日子间，在笑声歌声哭声聊天声吵闹声的交响乐里，一天天、一月月、一年年看着你长大，直到如今。

　　女儿，十四岁，真是个黄金般的花季，这对人到中年的我是连想也不敢想的了。写到这里，我就假设，如果再让我重新来过，我对十四岁该怎么设计,答案当然是非常丰富的了,因为是过来人了么。

比如,我要恶补一下外语,那会有利于我直接进入国外文化,以免像现在这样在外文面前是个"睁眼瞎",要了解一些国外的东西只有去阅读翻译的文章和作品,一看那里面的观念都是人家十几二十几年前的成果,不知道最新的动态,更何况那些"二道贩子"传递的信息是不是"走味"了不知道,塞进了多少他们的"私货"不知道,悲哀呀悲哀。

再比如,我还要好好学学数学、物理,起码能让我思考问题的逻辑性增强些吧,自然科学知识对文化工作的作用不是可有可无的哟,你看现在的我实际上是在"单腿走路"呀。

再比如,我还要猛劲系统地"啃"它个百八十本文化含量极高的名家名著,那就可以像苏东坡一样往太阳底下一躺,拍着自己的肚皮说出"我是在晒书呀"的话来,你看他那满腹经纶的得意劲儿,真真令人羡慕极了。那样,我就不会为自己浪费时间性的乱翻书而懊悔了,"世上好书读不完"的话没有切身体会的人是难以理解的,老是想消遣性地读些不费劲儿的书一辈子难有大的出息。记得我前一段时间写过的一篇文章中说:我们这一代人由于特殊的历史原因在读书上缺乏系统性和深刻性,"底墒"不足而靠后天"追肥",虽然在有书可读时"像饥饿的人扑在面包上一样",但毕竟先天性的缺憾不太容易弥补,所以大多是"装了一肚子杂碎"(大意如此,没有核对原文)。那话说得可真是悲欣交集。虽说"装一肚子杂碎"比"装一肚子青菜屎"要好一些,但你想,"装一肚子杂碎"和"装一肚子精品"哪样更好呢?

当然,假设毕竟是假设,时光已难以追回,除非有个"时光隧道"让我回到过去,但那毕竟是科学幻想而非现实。好在你老爸还记得有句古人的话并基本能理解，说的是少年读书如日出东山生机无限，中年读书如日行中天为时不晚，老年读书如日暮时分点上蜡烛可增光添彩。我还是能抓住这为时不晚的中年在读书上下劲为自己增添养分的，免得到老悔之莫及，就算点上蜡烛也亮度不大了。

你现在还处在日出东山的好年华，该怎么办我想你自己会拿出主意来的，用不着我去多说什么。刚才和你一起复习语文那一小会儿（我也就这方面还能勉强应付还拿出的时间不够），我对我说过的看法更坚信不疑——要说这世界上的聪明孩子你就是一个！学习成绩的提高也就在于"再坚持一下的努力之中"，拿出一个当代聪明女孩子的自信来，自己给自己在时间分配上规划设计好，以平静的心态去全面深刻地掌握就是了，不就是那几本书么？以你开朗的性格和健康的心态，把公式、定理推导运用熟练，找到汉语、英语的语言感觉耐下心来一字一句"抠"下去，说难也不难。我以为，这些对你来说就像烧水，已经烧到八十五度了，只要再加一把柴，水就能烧开了，现在也就是少加了那么一把柴的问题。

写到这里，倒是促使我回想十四岁的我在干些什么。喔，对了，我开始抄写郭沫若的《李白与杜甫》了。那是到了"文化大革命"的后期，从小学起就喜欢看书的我处在想读书而没书读的困惑中，虽然又说学习还是有用的，但还不能正常上课，我从一位同学那儿借到《李白与杜甫》，虽然看得半懂不懂的，但感觉那书不错，就囫囵吞枣地连看带抄起来，书有二十几万字，我把三个作文本正反面抄得满满的。现在看来那书也不是什么好书，可当时没书读呀，加上里面还引用了大量的李杜诗篇，让我很感兴趣，就是从那书里我接触到了中国古代文学中两个伟大诗人的伟大诗歌。所以，我曾经说过我的文化知识积累在某种意义上说是"吃狼奶长大的"。

后来，书慢慢有了一些，我先后抄过整本的《郭小川诗选》，抄过艾青的诗、马雅可夫斯基（一位苏联诗人）的诗，还抄过杨朔、秦牧、刘白羽等人的散文。如今，对这些人的作品从文化意义上的指摘多了起来，可当时就是最好的文学作品了，因为看不到更好的。到二十来岁我犯"青春文学病"就是从写诗开始的，并且还发表过那么几首，可能是和那段抄书的经历有关吧。

和你相比我的十四岁过得有些苍白单调，但那毕竟是生活阅历的一部分，我还是挺珍惜的。当然，现在的你在各方面都比我那时要丰富多彩得多了去了，你也要好好珍惜哟！毕竟一代人有一代人的生活，不可同日而语，就像胡适老先生的两句诗所说："我不能做你的诗，你也不能做我的梦。"人生要过得充实，要避免虚掷光阴，这可是个不高同时也是最高的标尺。

好了，就写这些吧，可不少了，你使我写出了至今最长的一封信。希望对你能有参考作用。

还是那句话，我真诚希望你生活得健康、快乐、幸福！——这是我送给我进入青春期女儿的赠言和礼物，应该是很有含金量的呀！哈哈！

有什么话咱们回家接着聊。

你还不算老的老爸
写于公元2002年4月24日和25日两天的凌晨

缕思随风过千年

写在公元 2000 年的地球上

　　就像一个盼着快些长大的孩子，把自己一年年的身高在家园中的树上刻下阶段性痕迹后，又意犹未尽地在伸手可及处设置了几道想象高度。过去的痕迹永远留在那儿了，而想象高度的一旦触及，便欢呼雀跃，自我庆贺一番，指点着那树上的痕迹道：瞧哇！我曾经那么高，那么高，现在我这么高了！

　　但是，除了这个兴高采烈的孩子自己，还没有人来瞧……

　　是的，在公元 2000 年这个地球人类为自己设定的庆典时刻，除了我们这个总体数量已超过六十亿的"自己"，眼下，无"人"喝彩！苍茫宇宙，孤独地漂浮着这只小小寰球。那么，只有地球上的人类在自己来为自己庆贺之余，自己来检点自己了。

　　太多的创造与毁灭，太多的苦难与希望，太多的光荣与梦想，太多的遗憾与遗忘。至少有了两百万年历史的地球人类，跌跌撞撞地来到了 2000 年的门前，在这个自己设置的时间刻度上，安排下一个终结点和起始点，作为漫长跋涉中新的驿站而又得到大多数人认可,那就以此为标识吧。但是,单就中国来说,就有"一部二十五史,不知从何说起"的言语,更何况整个世界,整个地球人类?

前看后看左看右看,千头万绪汇成一句话——存在与发展!

多少年了,困惑地球人类催促我们一代一代求索的还是那哲人的提问:"我是谁?""我从哪里来?""我要到哪里去?"……

多少人多少次振臂疾呼:"我有一个梦想!"

打开行囊,检索一番。我们要带着什么继续上路?我们还要装进去什么?

既然有智者说,我们已经或将要进入"读图时代",那就拣选一些有意味的图片带走如何?

——这是千年之交中国北京周口店"钻木取火"仪式。我们没有忘记照亮人类文明的第一粒火星,当今一切文化都从这远古的山洞中迸射开来。

——这是那个叫基里巴斯的地方在迎接公元 2000 年的第一缕阳光。科学的计算和文化的安排就是这里了,虽然有些微的争议,可还是得到大家的多数认可。有了这个认可,就有了地球人类空前的为同一时刻同一件事情而欢呼而舞蹈的同一性,显示了我们作为一个整体的强烈认同感,这是一种文化的力量。当然,这里也有"商机",但这种商机是科学文化给予的。就拿中国大陆设定首先见到新世纪阳光的那个小小的石塘镇来说,三数天就有了上亿元的进账,谁能说商业活动不是人类活动的重要构成呢?

——这是那张据说是 1983 年拍摄的地球卫星照片,蓝宝石般澄澈的球体令我们赏心悦目，流云掩盖了些什么而使我们有所飘然，暂时会忘却正是我们自己做的好多事情让她在宇宙中暗淡了许多。

——这是第一个登上月球的地球人，时间是1969年7月20日；这是美国"挑战者号"航天飞机升空5秒后爆炸出的悲壮烟雾，时间是1986年1月28日。地球人类越来越迫切地要超越自身、超越这个地球摇篮，即使是为了解决自身问题获取更好的生存空间。不懈的努力换来太空时代，一只只航天器飞出地球去寻寻觅觅，月球上那第一步脚印的确是人类的一大步，然而，那也只是刚刚站在自家的门槛边上。一次次的失败没有挫折我们的向往。地球人类的眼光瞄向了5500万公里外的火星，要与心目中的"火星人类"建立沟通，十二次放出信使，然而，就是这第十二次，在新千年前的二十多天，那个叫作"火星极地着陆者"的探测器着陆火星后杳无音讯了，地球人想要知道那个"邻居"能否负载生命的满腔痴情失落在新千年前。孤独的地球人类，"不知天上宫阙，今夕是何年？"

——这是成千上万狂热的德国青年向检阅他们的"魔王"希特勒举手行纳粹礼。随着这一个人崇拜的登峰造极，几十上百万日耳曼人朝着希特勒的指向投身到第二次世界大战的战场充当着杀人工具。如果说那是个以理性著称的民族,谁又是"魔王"麾下的"群魔"？联想起世纪末日日本当代青年在靖国神社点燃的祭拜烟火，谁又不夜半惊梦？

——这是1945年人类制造的第一颗原子弹爆炸；这是1989年苏联切尔诺贝利核电站事故。人类在恐惧的热望中把玩着这柄双刃剑，走在核战争毁灭和核能源和平利用的钢丝上。当原子弹加速了"二战"的结束后，没有的便竭力要拥有，拥有的便竭力要控制，争争吵吵几十年，地球人类所拥有的核武器发展到了能将地球上的生命反复毁灭十六次的地步。于是人们就记起了原子弹理论创立者爱因斯坦老头的话：第三次世界大战怎样疯狂进行我不知道，但第四次世界大战肯定是用石块和木棒。如果说达摩克利斯之剑是悬在大家头上的话，那么大家都不会希望它落下来吧？"铸剑为犁"，如何？切尔诺贝利核电站事故后的变异老鼠不是又激发了人们生命探索的欲望？

——这是那个艾滋病患者，一脸的死亡恐惧，他的拍摄者获得了1986年的世界新闻摄影比赛大奖，距离人类发现艾滋瘟疫也就五六年的时间吧，而它却自顾自地游荡于世界不断地蔓延开来。世纪末有人称要在2000年走不了几步时"解决"它。解决当然是好事，就怕是产生它的原因又反过来变为了结果，我们的一些同类可以再次肆无忌惮地"放开"了。君不见，为解决心血管病而得到的"伟哥"风靡一时。咱们地球人类有时很是喜欢自己设个怪圈自己跳，自己给自己开开玩笑的。

——这是那个叫"深蓝"的电脑1997年战胜国际象棋大师的情景。大师沮丧地双手捧头，困惑于生命价值的失落；观众有瞠目结舌者，有面色凝重者。在2000年以后的路途上，"电脑"张着大嘴在等着我们，在制造出诡谲的虚幻景观迷惑我们，用它的精灵快捷置换着我们的智能，帮助我们加速前行。我们的主体精神不会成为喂养它的饲料吧？

——这是那只撼动我们现有道德准则的克隆羊"多莉"。它当然一脸无辜地透露着"羊"的善良，岂不知生命流程的改换以它1997年的"出生"为爆发点。眼下保不准哪个肚里怪笑的家伙正夹杂在我们中间同行却带着他或她的"复制品"，在2000年后的某个时分某个地方突然抛出，让我们一阵惊讶地慌乱。不敢想象，我们正兴致勃勃地往 3000 年奔呢，突然杀出一群"克隆希特勒"，那我们的皮还不都要变成"他们"的灯罩？要么就是突然冒出一群"克隆爱因斯坦"，那我们还不变成了"他们"放牧的愚昧羔羊？

——这是印度那架遭劫持飞机上的乘客们，在 2000 年前的十多个小时结束了八天的噩梦。"本世纪最后的惨重流血事件"没有出现。印度政府"妥协"了，飞机没有炸，劫机者带着交换来的同伙去了。"妥协"的政府开始受到指责，受到指责的政府开始指责另一国家政府插手了劫机事件，另一国家政府回过头来指责说这是无中生有……

——这是那个叫鲍利斯·叶利钦的俄国总统，他好像在抹眼角的泪。在许许多多国家元首准备着或正在发布新年致词之际，他宣布了辞职，不当那十个小时后跨千年的总统了，在电视上他对国人道："我为你们那些未能实现的梦想请求原谅，我为未能理解大家的希望而请求原谅！""我为自己未能把国家领导进一个富足文明的未来而请求原谅！"有人忙站出来称这是"勇敢人的勇敢步骤"，"来得精彩，走得也精彩"。最有意味的是"时机选择得恰到好处"，这个"时机"应该是政治的吧。他所在的那个国家曾是人类社会第一个出现也是第一个消解的社会主义国家，而这位叶氏正是"莫斯科落日"的主要制造者。反正他在 1999 年大幕落定时，突然以正剧形象替代了他的朋友美国总统克林顿因一位女子而上演多时的粉红色闹剧形象。唉！这些政治家。

——哦，对了！别忘记带上一张"世纪婴儿"的照片，这种照片多，随便找一张就是了。2000 年 1 月 1 日 0 时 0 分环球钟声叮当叮当响个不停之时，若干若干地方有若干若干"世纪婴儿"哭着闹着挤进人群中来了，见到他们光降的人都说"婴啼如歌"。他们只管发出第一声啼哭，反正吃饭也好求学也好就业也好那是大家的事儿。

最后，补记一下没有留下图片的两桩小事情：一是报纸上说中国西南部的四川成都新年钟声敲出了一桌价值十八万元的宴席，没说是谁摆的宴谁充当了食客；二是2000年过了两天后，有个说是制造了"世纪婴儿"愚人节式新闻的人道：对不起！什么"世纪婴儿"的世界公民护照啦、享受免费产品啦等等，都是我瞎编的，幽了你们大家一默没商量。

当我坐在电脑前，完成这篇稿件的时候，我身边这块古老的黄土地也随着地球的转动，加入到新千年的人类活动中。我两百多位"玩相机"的哥们儿姐们儿正在2000年的门槛上跳来跳去忙活着，记录着这个发祥了一个优秀民族文化的母亲河——黄河岸边的形象，为这片被称作中原的土地定格，向着又一个千年纪元传递。

2000.1.

荒芜英雄路

我们离别新县前一天的傍晚，这大别山腹地下起大雨，空中还时不时划过闪电响着炸雷。如此奇特雄浑的景观引人联想的只能是战争主题，心底迸出一个词句——"天洗兵！"舍此无他。

对我们探访的这个群体据说有过三种称呼："红军流散人员""红军流落人员""红军失散人员"。我们倾向和偏爱的是第一个，不单因最初的命名和公开出版物的采用，更缘于其简称"红流"二字多重的意蕴与浑厚的音韵。当工农红军的洪流激荡冲决于中国大地，他们，也在其中。

"红流"——"指的是因负伤、掉队、病残等原因星散乡间侥幸活下来的红军战士"。新县如今有"红流"两千一百八十七名。

在这些放牛搂草、择菜做饭、步履蹒跚、皱纹交叠的老人面前，我们有一种心理上的仰视感，且随着走访人数增多日益强化。他们太普通了，那模样、那生活方式普通得在乡村随处可见。

他们身上写满了历史。黑棉袄下有刀疤枪伤，尽管不轻易抚摸展露；缺牙漏风的嘴能唱出一段段的红军歌曲，六七十年时光过去依然流畅完整；迎接远方陌生的来客时很自然地伸出双手相握，而在谈笑时因一句不经意的问话唤起惨痛的记忆突然失声掩面；九十岁的老汉在照相时摆出标准的立正姿势，八十七岁的老妪坐在简陋的竹椅上悠然叠起两腿跷着只尖尖小脚……你只需走近他们，接过茶水就喝，拉过凳子就坐，就会感觉到他们的不普通。

辉煌雄伟和悲壮惨烈交织渗透了这块土地。

新县，第二次国内革命战争中鄂豫皖苏区首府，曾是重要的红色根据地之一。自1927年11月"黄麻起义"建立中国工农革命军鄂东军，红军的几支主力队伍红四方面军、红二十五军、红二十八军在这里诞生从这里出发，也是共和国四十三位将军的故乡。

一次次的"围剿"，血雨腥风笼罩着这块土地，一仗比一仗残酷，但大别山的"大旗不倒，火种不熄"。一个国民党团长给上司的报告今天成了有力的佐证："方圆二百余里，民众完全赤化……军队每到一地，宿营无地，采买莫由，问路无人。驻屯则所守之境土为空地，保护谁来；宣传则所发文告为虚纸，警劝谁去……若去自首，来归者绝无一人。"

第四次反"围剿"失败后，红四方面军西去。灭绝性屠杀降临到这块土地，所有的山头被放火烧秃，夷为平地的一百八十四个自然村至今仍有五十多个没于荒芜，不到十万人的新县牺牲了一半还多，"抓一把泥土，就能挤出死去先烈的鲜血"。

前赴后继在这里有着最真实的展现，红二十五军崛起了，红二十五军长征了，红二十八军开战了。这里的队伍经受了太多的曲折、太多的磨难、太多的光荣与梦想。三过草地，四越雪山；陷于绝境的西路军；长征到陕北的第一支部队红二十五军……

在这一切的一切过程中，就有了"红流"。

走近前去，侧耳倾听，那些生动的历史碎片闪烁眼前，拼凑出一个群体的生存状态和心路历程。人生的际遇往往在偶然的时空和命运擦身而过。

在那狂飙突进的时代，在求生存和追逐新的美好生活的搏战中，在转战大半个中国的征程里，"红流"联结着两端，一端是开国大典时那些戎装整肃的将帅，一端是那些血溅沙场葬身荒原的将士。

他们是幸存者，刀枪在身上留下伤痕却没有夺去生命，枪声沉落后从死尸堆里爬出来，孤身上路，万里还家，出自田亩还于田亩，离别故乡回归故乡。数千年来中国农民的土地情结是茫然无序走投无路时最自然的选择和归宿，即使一路乞讨也还是回来了。

当弱小的年龄和病残伤残的身躯不能跟上部队前进的速度，他们接过首长的几块银圆和战友的祝愿，留了下来，留在了已经失去的根据地，在敌人屠刀下反抗着挣扎着躲避着活了过来。

他们在故土开始了别样的生活。风雨流年，隐姓埋名，即使敌人把这块土地血洗了烧焦了，也牢牢把握着永不叛党、等全国解放的信念，心底的红军歌曲是抚摸痛苦的最大慰藉。

他们不曾凯歌奏还，当开国功臣的将军们叱咤风云之际，他们是家乡的田夫农妇，他们在家中挂上当年老首长或老部下而今将帅们的画像，为之欣慰为之祝福。

将帅部长们也惦念着这些当年的战友、部下、上级，忘不了相携相扶、解衣推食的岁月，忘不了那生死与共，时常音信往来，时常走回来，一个土碗饮水，一个烟袋对火。

有位将军在离村数里的地方就走下车来，边走边叮嘱警卫员和秘书，他们是我的老班长老战友，你们要绝对尊重他们，他们叫我的小名你们也不要见怪,他们从来就是喊我小名的……

还有两位将军虽然一直在关注着故乡资助着故乡,却"不敢"回故乡,只因在建国后他俩是仅存者,同村一起干革命的数十上百人都牺牲了……

在大河决昆仑出龙门浩荡入海的历程中,一部分因山石所阻坝堰所拦滞于途中,化作湖沼塘池,而奔腾入海的巨浪回望,看到的是一种平静坦然。

劳作之余的"红流"抽几袋"一口香"、嗑一把瓜子,来人问了就聊聊当年的壮举和惨烈,说说知道的将帅部长们的现在情况,心里闷就到山上走走,到烈士陵园边坐坐。

他们走过了荒芜的荆棘之地,他们曾经的壮举和精神属于了整个世界。

2002.3.

听雨吃茶坐少林

那天,雨下得丝丝缕缕的,洒得古柏针叶晶晶莹莹的,不住地聚拢成珠,针叶挑不动了,便向着青石板上,滴滴答答飘落着。

游客稀少衣渐湿。

千年少林,禅宗祖庭,一个能让人澄心静虑的午后。

"走,找方丈吃茶去。"与同伴迈步西跨院的"方丈退居"。

碰巧,永信大和尚"在家",于小沙弥掀帘之际,缓步相迎合掌如仪道:"来啦。"伸手接引似握非握顺带让座。

与大和尚有约数年,若非特殊来前不打招呼,到寺里想起来了就拐个弯参访一下,相见是缘,不见也是缘。每有朋友央着"带俺见见永信方丈呗",回答也就一句话:"到了再说,看缘分吧。"

达摩祖师像前,一炉檀香袅袅播散。

无有其他访客,就随意坐到房间一隅的茶台前。

永信落座,**略挽僧衣**,取壶注水,食指轻捺电源将水烧上。水是泉水,炉是电磁炉,水在壶中,壶在炉上,滋滋啦啦轻吟着。永信拈起一袋大红袍道:"喝这个吧。"净水涤器，分置茶船，待水初沸，一指轻捻关电源，打开茶叶放入盖碗，冲水烫杯、洗茶、泡茶。

随茶香氤氲，茶水在玻璃茶盅里红得沉着、纯净、透亮。几与永信示意同步，我们拈起茶盅小啜，满口温润甘醇，一盅饮下，喉吻顺畅，三盅过后，唯眼前茶水与口中茶香。

"僧言灵味宜幽寂，采采翘英为嘉客"。永信只是象征性抿茶相陪，很是专注于添水续茶。一壶茶毕，再注壶烧水。

趁这个间歇，与同伴关于茶的话头就上来了。从谁谁的爷爷以生黄豆装满新紫砂壶，再灌以清水扎紧，等黄豆胀裂壶身又以金锔子镶嵌，到啥啥大师制作的泥壶百万元起价；从谁谁家的茶床是鸡翅木，到谁谁家的是紫檀木；从宋代的兔毫盏，明清的金杯玉碗，直至林黛玉吃茶用的那个有叫"点犀"有叫"杏犀"反正是犀牛角做的杯具。云山雾罩地一通扯了开去。

对面的永信就那么坐着，等水烧好，再将茶斟上。然后，抬眉一笑，不紧不慢道："关键是先得有好茶。"

一言入耳，我心中登时一个激灵，腾身站起，瞪眼看着微微而笑的永信，随之若重担甫卸，颓然坐下，口中喃喃："禅哪禅。吃茶，吃茶，本体是茶。说了一堆子话，到了无非一个'茶'哦。直指人心……"

永信轻挥手止住我接着要说的"见性成佛"，悠然道："有的人泡茶，看着表，数着秒。其实大可不必。泡茶，吃茶，凭着心性就行，用心性感知茶啥时候该倒出来了，茶往嘴边一挪，小口品还是大口饮自然就做到了。这样泡着喝着，就得出自家滋味来了。"

是哦，中国化佛教文化有个重要的词儿叫作"体悟"，于体而悟，悟到本体，直认本来面目，抓住事物本质。当年赵州和尚见来人便道"吃茶去"，既是关节处入手使之妄心不起，又以平常平等心待人。

故赵朴初先生诗曰:"七碗受至味,一壶得真趣。空持百千偈,不如吃茶去。"朴老所说偈实非偈也,是名为偈,反对的是那种不着边际的"空持",正如其少林口占"天下称第一,是禅不是拳",直奔的是那个"禅拳合一"本体的"禅"耶。

哗哗啦啦雨声中,永信道:"这会儿雨下大了,一时也走不了,再换种茶尝尝吧。"

南瞻雨中少室山,影影绰绰只是个大体的轮廓。

壬辰孟夏于九方斋南窗下
2012.6.

补白・网络时代的即兴打油

少林一宿觉,松风半山禅。
溪流知何处,野花自在闲。

2015.8.26.

洞风有续传禅韵

嵩山少林寺释永信禅师升座方丈随记

寺院里经声梵乐,檀香氤氲;山门外是乡亲们请的两棚戏,河南梆子、流行歌曲。在1999年8月19日20日,就永信禅师升座方丈住持少林的机缘,少林寺又一次集中展示着它的多重丰富性和广泛包容性。

一

这里的一切最能被触动的却是我们这些方内之人,这里的一切可以从中品味禅的意蕴又能从最世俗的家常里道介入。嵩山少林寺,传延了一千五百零四年的禅宗祖庭,许多人总想透过洞开的山门看到一些"传奇",没有"传奇"也总要想象些"传奇"出来。而少林村的乡亲们这许多年来把寺和村的关系处理得就像邻村之间似的。

在永信升座的前几天,我走了一趟少林。不为别的,只因是多年的朋友,表示关注乃人之常情。在路口,闻知我来看永信的一位中年人乡音十足地说:"大师不在家吧?"

意为永信大概不在寺里。听到这句话我打心底里笑了出来，感受着一种温情的润泽，把"大师"和"家"组合在一起的话语，你也就在少林路口能听得到。坐在寺中后院"方丈退居"的客厅里，时不时有粗喉大嗓的当地人来问永信："有啥要我帮忙的没有？"永信也总是连说："没啥，没啥。到那天你来就行了。"家常，真家常。

永信谈着对少林文化建设的打算，让人拿出新近得到的韩国版《大藏经》中的一匣道："我也给你亮亮宝。漂亮吧！"听着这位十五岁就出家的"皖颍上人"对"续佛慧命"的阐述，想起前几年一天在夕照下的山门和他一番知识与智慧的交谈，他有句让我记忆犹深的话："六祖慧能大师还是个文盲咧！"逆光中看到的松柏枝叶边缘个个晶莹剔透。

那天告别时，登封市委领导班子要与他商量升座时的有关事宜。

有次陪一位挺有名气的学者游少林，面对摩肩接踵的游人和香客，学者说佛教的包容性就在于能使各色人等从不同的层次接近它。是呀，从"即心即佛"的角度看，一颗"平常心"不正是禅心禅意的根本体现么？从来还没有听到有哪位释家弟子对那首满是调侃意味的歌曲《女人是老虎》提出过"强烈抗议"的。从"一花五叶早盼咐"的达摩祖师到"本来无一物"的六祖慧能，到少林寺所属曹洞宗的创立者洞山良价，到如今传世的"德行永延恒"，有多少个接法传灯潜心向佛者，又有多少个呵佛骂祖者……

明代有高僧少室常润者，弟子问："如何是洞上家风？"答曰："月下三花树，峰前双桂枝。"

二

又进少林是8月19日的黄昏,新方丈的升座典礼要在晚九时举行。目送太室如卧,行看少室如莲,暝色渐浓,几许神秘,几许庄严。听到一派人声喧嚷,寺前灯光透入天际。

一场新雨乍过,山门的瓦脊湿湿的发亮,寺前的松柏湿湿的还时不时滴答着水珠,从门阶上直铺到路边的红地毯湿湿的支楞着纤维,一切都透着清爽的新鲜、透着隐然的生机。说来纯属巧合,佛家认为妙法能滋润众生心田,也譬之为雨,经常"演大法雨,吹大法螺",《法华经·普门品》更有"澍甘露法雨,灭除烦恼焰"的句子。其实,只要不是成灾的暴雨,倒是能净化空气提人心神的。

有同去朋友问:"他这典礼为啥要在晚上举行?"我毫无根据地道:"晚上清静吧,能够'澄心凝虑';也有点神秘气氛吧。"他撇撇嘴:"装神弄鬼。""你可以这样认为,我也可以那样解说。佛言'应无所住而生其心'么。"

时辰既到,寺中班首、执事等到亮如白昼的方丈室迎请永信禅师前往法堂。方丈室是少林寺从山门、天王殿、大雄宝殿、法堂一顺排来的第五进建筑,一道花墙与前面相隔,作为寺主的"办公场所",它是均衡对称式格局的寺院纵中轴线上唯一不为神服务而以现在的人为主体的建筑。寺主的"官称"为"住持",取安住于世而保持法的意思,所谓"方丈"是由地指人。书面民间既然称方丈居多,咱也就随众吧。其实在《禅院清规》里就有说法:"各处一方,续佛慧命,斯曰住持。"多有味道。

金声玉振,旗幡摇曳,仪仗迤逦,导引着黄罗伞盖下的永信在红地毯上缓步而来。新方丈着黄色通肩大衣,一袭大红金丝格绣佛袈裟披挂在外，项挂润黄玛瑙念珠，手持檀木如意一柄，足下一双褐黄僧鞋随行进一伸一缩，打从出了方丈室便一脸表情凝然，目光也只在面前半尺那柄如意上逗留，有捧香案和尚在前，炉中"戒定真香"袅袅升腾，后有和尚捧锡杖随行，从两列僧俗护持的夹道中稳步穿过。真与平时那个永信判若二人，好一副庄严相。

来在法堂上，诸山长老向永信合掌问讯毕。永信从弟子手中接过锡杖，振杖宣偈道："五乳峰前，三花树下。达摩祖后，单传堂上。"为他从缅甸所请支颐侧卧的玉佛上香礼拜后，送座和尚上来执手相携持送法座前，永信接过方丈座具再宣一偈："欣逢盛世知时节，瞻礼慈尊见性真。身心俱舍报佛恩，不负祖师西来意。"这应该是"就职宣言"了。

有意味的是，担当送座和尚的是当年六祖慧能得传衣钵隐居曹溪后复出时剃发受戒的南海法性寺现任方丈，如今那寺称何寺这老和尚什么法名我问过永信但转脸就忘了。反正就是有那么一位也和禅宗六祖有关系的老僧在永信升座方丈典礼上为其送座，慧能大师曾在他那寺里为二僧"幡动""风动"之争排解时，留下了"不是幡动，不是风动，是二位心动"的千年名言。参加典礼来时我还带了个录音机，到了现场我也让它不动，若干若干年前就有禅师说过祖师西来意是"庭前柏树籽"了。

诵经之声大作，还是那念了多少遍的《炉香赞》。如今你要"四海悉遥闻"就得借助现代传媒。我们的摄影记者脚下一个趔趄撞得香案晃荡起来，永信浑如不知，有个和尚要上前揪那记者下来，我劝阻道："你管他干啥？都是来办好事的。"那和尚犹自不忿。后来摄影记者告诉我："我自己吓了一跳，要是给他撞翻了咋办。""撞翻也没啥。该咋办还咋办。"

维那师唱出"法筵龙象众,当观第一义"后,升座方丈永信拈香说法,一瓣一瓣香从西天东土历代祖师到少林堂上历代老和尚,到剃度恩师、诸山长老、十方善信供养了一圈,听着如同一篇散文诗。在他"仰祝人民安乐、国运昌隆、四海和平、国家统一"时,我们这些俗人倒是深有同感会心微笑了。

他的师兄弟们顶礼时,永信忙离座避开了,向四方祝贺宾朋频频答礼结束了典礼。当他见到我时道:"你看,顾不上招呼你。"正是个随意谈笑的方丈了。

三

次日上午,是升座方丈活动的另一个程式,叫作"晋院"。我对朋友们说:"这就好比是新上任领导到各部门巡视一圈。"大家齐声喝断:"胡说!"

一大早三里五村的乡亲们和四方游客就聚向少林寺山门,那两棚戏又唱将起来,舞狮子的也敲起了锣鼓。如果说前一晚间是佛门法事的话,这个上午就是社会参与的庆祝活动了。

永信和一寺僧众来到山门前,还是前晚那身装束,还是那一套仪仗。上午九时,山门象征性地开启,众僧依次而进,十方宾朋随之拥入。从山门到天王殿、大雄宝殿、法堂,永信逢殿上香、见佛顶礼,且每每振动法杖呈偈一首,山门前所宣偈是:"禅宗祖庭显神威,十方龙象集少林。良辰吉日进山门,稽首皈依大慈尊。"徐长青先生在《少林寺与中国文化》中说过:"中国之诗,一入山水,便有几分禅机;中国之禅,一入文学,便有几分诗意。"说得真是到家。

又到法堂上来，国家和省、市各级领导，高僧大德，十方群众，聚在堂前举行了个庆祝仪式，共同道贺恭喜了一番。在介绍到前来的高僧大德时，有位朋友听走了音，说："怎么还有大伯呢？"我笑道："老僧年过六十八，叫声大伯也没啥。"民间舞狮的铿锵声遮盖了我们的对话。

少林，少林，历经兴衰一千五百年，达摩西来，国际交流，融儒会道，三教合流，僧众聚散，方丈几度空缺，寺院之中晃动过女皇帝男皇帝和历代达官贵人的身影，清康熙五年（公元1666年）后三百余年无有方丈，1928年军阀石友三一把大火将它的主体建筑化为灰烬，近十多年来方得以重现辉煌。

"然法轮常转，钵灯永传，必待沉痛慕道，舍身求法之人。精影入石，涅槃可悟；臂断雪庭，三昧方解；福裕南下，胜果乃攀；宗书北渡，心法得传。其术可议，其论可辩，其志其神则不可灭也"（徐长青《少林寺玉佛赞》碑文）。

少林寺方丈室前檐下那天挂有一横幅——"登狮子座，演大乘法"。说白了，"大乘"就是"大车"，装的人多，当然是越多越好。

四

那天中午，用素席招待来宾，说是参加这活动那就吃素席。

一盘一盘菜端上桌来，所报菜名是"素鸡""素虾""素肚片"……

有朋友就发问："明明是素菜，却要套用肉菜名。是不是和尚内心对肉菜还是有想法的？"

我言道："不是的。起个肉菜名是为了诱惑大众，你喜欢吃肉你吃的就是'肉',你一吃挺好吃,就喜欢吃了。说肉亦非肉,非肉即是肉,是名肉也。"几双筷子齐点向我的脸前来:"又瞎说!又瞎说!"……

1999.8.

补白·网络时代的即兴打油

再别南洋

挥别经年我复来,旧雨新朋诉情怀。
一苇可航过南海,三角梅伴胡姬开。

西装汉服携同路,别墅公寓傍组屋。
碧目青瞳相盼睐,墨分五色调油彩。

圣淘金沙时相乖,青衣红斑香满腮。
漫道白咖堪入味,普洱一壶散襟怀。

2016.10.6.

小解:因文缘艺数赴新加坡访友。此次应邀参加"恩诚晶艺美术馆开馆暨陆小曼画展开幕",回程途中情思荡漾,口占有三,发于微信。胡姬花,新加坡国花,亦称"卓锦万代兰"。圣淘沙、金沙,新加坡两处非常迷人的休闲娱乐度假地。青衣、红斑,皆美味海鱼。

少林寺里过大年

壬申腊月三十，公元 1993 年元月 22 日。

少林古刹薄暮轻笼，群柏迎冽风而飒飒。路上了无人踪，寺门关闭着几分庄严、几分神秘。不知何处山村传来零星爆竹声。

登上十七级青石台阶，用力拍响那厚重的山门。有一寺僧踏残雪而来，将我引入——

少林除夕之夜

方丈室西侧禅房炉火正旺，永信和尚口称佛号迎出，合十施礼。云板声响传寺院，少林僧众要上殿做晚课了。

大雄宝殿内檀香蒸腾，红烛杲杲，法相庄严的释迦牟尼佛俯视着身穿新棉衣的少林和尚们。一向行走不便的首座大和尚素喜也乘轮椅前来上殿。

披戴袈裟，众僧就位静心内视。与平常不同的是，一位小和尚托出一挂鞭炮在殿前点燃，爆竹声声渲染着禅宗祖庭的新年气氛。钟磬鸣响，木鱼格格，众僧唱诵起《炉香赞》："炉香乍爇，法界蒙薰，诸佛海会悉遥闻，随处结祥云……"悠扬起伏，缭绕殿堂，令人进入澄神净虑的境界。在十年前，这大雄宝殿还是仅存十四根石柱和神龛的遗址，那是1928年军阀石友三一把大火造成的。1984年大殿重建，刻石砌栏，雕梁画栋，红墙绿瓦中诸佛再现金身，国家兴而佛门幸。

两位村妇双手合十悄然进殿，加入诵经礼佛的行列。我凑过去轻声探询，她们是附近村中的"信女"，每日来做晚课，很是虔诚。除夕夜正是家中忙碌时，安排了家务她们便赶来上殿，不使功课有缺。

在唱诵描绘极乐世界景象的《佛说阿弥陀经》后，接着是反省一年过错和发下新的誓愿的《忏悔文》《蒙山施食》，颇有辞旧迎新迈开步伐的意味。那一口气念出的八十八个佛号，抑扬顿挫韵味十足，好似有众佛现身祥云关注着徒子徒孙们。和尚们口宣佛号列队"绕殿"时，一年轻和尚独倚柱础在本子上写着什么，还不时抬头打量经过面前的僧众。我上前观看，见是"少林寺早晚课考勤表"。永信禅师后来告诉我，佛门日课不可或缺，过年也不例外，根据这考勤表对个别"懒和尚"要提出警诫的。

除夕夜上殿进入尾声。只见老和尚撩起袈裟，怀中取出个鼓鼓的手巾包来。解开手巾露出数十个一般大小的红纸包，一团红色灿然掌上煞是好看。这是老和尚给弟子们备下的"压岁钱"，弟子们接到红包时，把它合于掌中，口念"阿弥陀佛"表示感谢。那两位"信女"也各得到一份。

下殿后，有二十来个和尚又到方丈室"礼祖"。在永信主持下跟随永字辈大师兄永乾分别向西天东土历代祖师、少林寺延寿堂祖堂牌位顶礼三拜，得到每个师父辈一份"压岁钱"。仪程虽简短，却典型地代表了少林寺的特点——中国家族延续形式的"子孙堂",虽都源于禅宗一脉,但金元以后却像一个家族似的依曹洞宗大师福裕定下的七十字"家谱"排辈,法子、法孙代代相传,便生出许多支脉来,"延寿堂"便是其中之一。除夕之夜,这一将外来文化中国化的典型又得到了集中体现。

用过斋饭,和尚们便自我安排,静修、练武、看电视各行其是。少林寺已有了四台电视三部电话。永信房中是台金星彩电,一圈沙发满坐寺僧。我注意到有几位和尚盘腿打坐,娱乐不忘修身。大家饮茶吃糖嗑瓜子剥花生,津津有味地观看中央电视台春节联欢晚会,迎来了——

禅院大年初一

凌晨四点,云板又响遍寺院各处,少林僧众起身做早课了。大雄宝殿中唱诵着《大佛顶首楞严神咒》,佛门弟子在新年的第一次功课中祝愿"国泰安宁兵革销,风调雨顺民安乐"。

我耐不得困倦,归禅房神游"梦乡"。一阵爆竹炸响,抬首窗外天色大亮。那少林众僧,修心的已读罢经律,修身的也拳收剑插,小和尚正提着火鞭放得兴高采烈。这时知客僧印松过来,邀永信、永旭等和我同去用斋。

热腾腾的水饺端上桌,咬上一口别有风味,是豆腐粉丝萝卜馅的。这出自和尚之手的饺子个大馅足浑厚脱俗。寺里春节给每人分下两斤饺子馅,用面不限,每个和尚还可领两挂鞭炮,元月份还都领到了双份"工资"和毛巾肥皂新棉衣,春节前后五天还有五十元补贴。

少林寺的"工资制度"是按和尚的"僧龄"和"僧绩"决定工资标准。和尚们可以自己开伙，在大食堂用斋的就再买饭票凭票打饭。永信说这是"跟上时代发展，改善管理方法"。

寺中春联多出自印松师父笔下。漫步寺院欣赏对联颇能领略禅意——"弘宗弘法宣扬正信，爱国爱教利乐有情"，横批是"皆大欢喜"；"演教佛化实重文化，研究禅学内蕴哲学"，很有现代感；"晨钟暮鼓禅影静，青灯夜读道心空"，却是空灵幽邃。过去少林寺过年不贴春联，近年才兴起，还限于僧人居处。

回到永信禅室，闻听电话铃响，是十多公里外县有关领导给和尚们的拜年电话。待到永信的两个拜年电话也打出去后，我正和他逗趣说这电话拜年社会上刚成时髦你这里就学上了啊，门帘起处少林派出所李所长和县宗教局徐干事前来拜年。永信道："他们为少林寺可出了大力了！"李所长挺爽快地说："只要能给大家服务好就中了。"

小和尚跑来说："摆供了。"这时我方得知，正月初一是那位"大肚能容容天下难容之事，开口便笑笑世上可笑之人"鼎鼎有名的弥勒佛诞辰。赶到大殿时供品已摆上，有十好几种，附近村子的善男信女纷纷烧香叩首，大殿前出现了僧俗互拜共祝新年的热闹场面。更有那各武术学校的年轻人，用塑料编织袋背着爆竹，见殿燃起一挂鞭，遇佛点上两个"二踢脚"，大概是求佛保佑今年能在赛场上拿个金牌银牌什么的吧。

说起弥勒佛过生日，永信谈到那是佛门一桩大事，每个殿堂都要摆上供品称为"普供"，僧众顶礼诵经大唱"赞歌"，弥勒诞辰诸佛都有一份供品。看来这位笑佛爷真有股有福大家同享的精神。在佛门弥勒佛也的确受尊重，各寺院都是他老人家坐镇山门。拿少林寺来说，方丈室廊下有口钟，一年有规有法地敲击也就那么四次，每次敲六十响，初一这次是为弥勒佛，初二敲是朝达摩祖师，清明节和十月一敲是塔林祭扫。顺便说一下，如果这钟敲得没有节奏叫"敲乱钟"，那是盗警或火警。如此说来，是否和弥勒佛身上浓郁的平民色彩有关？

夜晚坐到电视机前，中央台是文化部春节晚会，听着和尚们的即兴谈论颇有意味："这种演出毛阿敏、李玲玉给钱少了不会去吧？""当然，市场经济了么。""反正咱这一个月百十块钱够用了。""这模特个头有五尺多吧？""老有。""这跳舞不好看。""你见过这？冬天穿短裤。""南方有。""少林寺就没有一个。""走吧，早睡早上殿。""老佛爷慈悲，忙了一年了也让咱玩玩。"

我忽然想到禅宗史上的一段问答，唐代名僧道悟问他的老师石头希迁："什么是佛法大意？"石头答："长空不碍白云飞。"

1993.1.

话剧《九死一生 (THE SKIN OF OUR TEETH)》服装设计图

Hanfeng 'Tiana' Liu

"功夫是用来行道的"

星云法师少林纪行

昨天下午三时，禅宗祖庭少林寺，一如往常游人络绎。几缕阳光透过云缝洒落少室山麓分外鲜亮。

三十多位身着海青大衫的和尚走出山门，两序排开形成通道，少林方丈释永信率四大执事前行路边翘首东望。

车来停稳，同样便装僧服的星云法师迈出车门，与永信合掌施礼。一炉檀香袅袅前导，永信伸手搀着老和尚走向山门，法器一声清鸣，少林僧众行礼如仪："恭迎大师！"

驻足山门，星云问道："少室峰在哪里？"随着指引回首南瞻，少室诸峰映入眼帘，老和尚以平和的目光眺望良久。寺以山名，名山名寺，这位躬行"人间佛教"的高僧大德，多年来行走世界各地，把东方文化播衍，是"一位将佛教文化从圣坛带到人间的使者"，以八十二岁高龄拜访嵩山少林，为了多年前发过的一个心愿——"我一定要到少林寺"。

要上台阶了，永信忙招呼道："老和尚的轮椅呢？"四位武僧将稳坐轮椅的星云抬起，健步登上十七级青石台阶迈进山门。轮椅刚放下，星云法师道："这是弥勒菩萨。"走下轮椅恭行"山门之礼"。过得山门，整洁的青石莲花甬道上，银杏婆娑，翠柏飒飒，听到永信说这些都是四五百年乃至上千年的古树名木，星云连称："如此旺盛的生命，不简单！"山门内两棵大银杏树后五十米还有一棵大银杏树。永信说，前面两棵结果这棵不结果，只要有这一棵，方圆十几里的银杏几乎都生长果实，星云悠然道："银杏树是分公母的。"

来到少林寺不轻易示人的碑廊院内，星云法师绕廊周匝，从清到宋、唐、北齐历代碑刻造像次第看过，心生欢喜，口发赞叹。

永信方丈有意无意间让老和尚从清、明碑刻看起，溯历史前行。刚看过传为画圣吴道子所作"达摩一苇渡江"刻石，星云法师面对一通草书碑刻赞道："这正是'龙飞凤舞'。"对已经看过的十几通碑发出"无价宝、很名贵"的感叹，永信回首笑言："更名贵的还在前面呢。"

绕行摹棄大字的"千崖万壑"碑，瞻仰了"双迹灵相图"，细品了米芾、黄庭坚、蔡京；看到了武则天的"大唐天后诗书碑"，与永信探讨了这位中国历史上唯一的女皇与少林、与佛教文化、与中国文化的关系，得知了碑首"无鳞龙"的特殊而神秘的寓意，就是那久远的"北齐造像"了，星云法师深切地对永信说："保护好！这是历史、是文化，这里每一块碑都价值连城。"

碑廊院前面钟楼下，唐代李世民亲笔签名的"太宗碑"当然是必看的，其历史文化和书法艺术价值自不待言，而紧挨着的明皇室后裔朱载堉所设计的"混元三教九流图"更让星云流连感叹："中国文化特色，圆融。"摩挲着大殿前那口一千三百斤至今色气饱满的明代大铁锅，星云法师说："这锅，应该是世界最大的。"

大雄宝殿拈香礼佛，藏经阁里序数经典，之后，星云法师便落座方丈室前观赏少林武僧的功夫表演。一招一式的少林功夫绝技让老和尚看得目不转睛，每一个套路完成后都认真鼓掌致意。功夫表演结束，星云法师起身，武僧们围上来合影后仍不舍得离去，老和尚便站在那里为年轻的武僧即兴开示：多少年来，我仰慕少林、仰慕永信方丈，缘于我们沾少林寺的光，在世界许多地方，"老外"看到我穿的这个衣服就喊"少林"，表示敬佩，他们是通过少林武功认识了佛教、认识了中国文化，便生出敬佩之心来。我是扬州乡下的一个孩子，十二岁出家到南京栖霞山就看到过少林秘笈，后来在焦山寺见到一位少林和尚跳起来有一丈多高，便对少林心向往之。我要给你们说的是，功夫是用来行道的，行正道的，这个你们要研究。怎么行道？就像少林和尚帮李世民平叛建大唐就是一种行道，救世救人就是行道。如今，面对现代武器肉身的功夫有什么作用？我说有用，有大用，对修习功夫的人是修身和修心并重，道德品格的修习要求对文僧和武僧是同样的，要通过身心的修习达到文化的传承播衍，这是你们要继承发扬的。再就是修习佛法也好，修习功夫也好，就得认真深入，要把名利心放在一边，这也有助于行道。

星云法师很风趣地说："我谢谢你们！我坐在轮椅上很沉的，你们几个武僧就像拎小鸡一样轻松地抬着我就走了，这也说明你们功夫修习得好，你们的功夫能助人，今天就帮助了我。我谢谢你们！在台湾的佛光山之外，在世界上我们还建了几个佛光山，你们到世界各地的佛光山都是佛光山的贵宾，我还要请少林武僧到佛光大学传授武术。"一番话令年轻的武僧们欢呼雀跃。

到方丈室内，永信与少林和尚们铺纸备墨，恳请星云法师留下墨宝，星云来到案前掂笔濡墨道："我要用心来写。"挥毫落纸，"光大宗门"四个大字浑然厚重，一众人等笑逐颜开。

接过永信方丈赠与的《少林武功医宗秘笈》和塔林、建筑、碑刻"少林三巨著"，星云法师道："我回去要写文章在报纸上发表，不会向我要版权吧？"永信方丈笑言："你弘扬少林文化做功德，谢谢你！不会给你要版权的。"

在纪念禅宗二祖慧可断臂求法立雪亭前，星云留下意味深长的一句话："安心不容易。"毗卢殿中对着少林和尚练功留下的排排"脚窝"，星云看得特别认真，仿佛进入沉思，好一会儿说："不简单。这是要时间的。这也正说明为何少林是中国武术各大门派的龙头老大。"

少林禅堂，沉静中有几分神秘。听着永信方丈介绍少林僧人坐禅修习的情况，谈到俄罗斯前总统普京到这里就想学坐禅的轶事，说到自己只要在寺里每天都要来坐上一个半小时的"养息香"以澄心静虑，星云法师赞誉说："法务繁忙坚持坐禅不容易。这样设置完备、仪规庄严的禅堂现在不多见，我也想来坐禅。"

出寺门西行一公里多来到塔林，刚上台阶走进那有唐以来二百多座古塔"林"中，星云法师便连声说："了不起，了不起！这里是一部历史，一部文化史，一部建筑史。"瞻礼过多座古塔后，他向永信建议："这里可以种些牡丹之类的花草。一是佛教文化所说'香花供养'，再就是能营造情调，培养人们的礼敬之心。"

道别的时刻到了，星云法师合掌施礼，情谊殷殷道："四大名山在少林。名不虚传，叹为观止，后会有期。"

2009.4.

少林禅拳台湾结缘

嵩山少林，禅宗祖庭，一花五叶，馥郁十方；天下武功，以为渊源，绵延千古，禅拳一宗。阅沧桑千年的少林寺，早已不仅是一处读经礼佛的寺院，更是一种文化的标志，一面精神的旗帜，作为中华文化的组成部分滋润着人们的心田，让不同阶层的人所共享。

公元1993年6月到7月，由于人为原因而与大陆隔离四十余年的台湾岛上，卷起了一阵"少林旋风"——嵩山少林寺佛教文化访问团一行二十二人周游宝岛，传法演武、结缘祈福。所到之处万人空巷，争睹"天下第一名刹"高僧的风貌；新闻媒体竞相追踪，不惜篇幅地连续报道，单看标题便各使高招，诸如：《轰动武林，惊动万教的真功夫来了！》《阿弥陀佛 施主看招！》《少林和尚抵朝天宫 热闹滚滚》等等，不一而足。

《时报周刊》在一篇文章中说："这次是少林寺建寺一千五百年来，头一回来到宝岛台湾。这次也是海峡两岸阔别封隔四十多年来，宗教团体第一次的相互接触。"其实说到底还是那"血浓于水"的文化渊源一脉相承。

丁中江发起邀请　吉岳促成台湾行

丁中江，台湾著名理论家，其父是孙中山先生的高参。丁中江博士近来年数次回大陆走亲访友，很是关心海峡两岸的统一大业。

1990年秋，丁博士到北京探访沈醉时二人谈起如何促进两岸联系，沈醉道："我是少林寺武僧团顾问，可以请少林僧人去台湾。"随后，丁中江又专门到河南游历了少林寺。次年元月，丁中江任理事长的大洋洲经济文化协会正式邀请少林僧人访台，但因故未能成行。

为邀请少林僧访台，丁中江发起成立了中华武德武学总会，陈立夫先生等出席了成立大会，由蒋纬国任理事长，丁中江任会长。成立该总会的目的就是："接少林寺"。

到了1991年首届中国郑州国际少林武术节时，丁中江应邀出席了开幕式并在9月13日走访少林寺。丁博士在少林寺逗留了两天，永信法师陪同他游历了禅院和塔林等，观看了武僧演练少林功夫。丁博士这次少林之行拍摄了大量照片，回台后整理出版了一本画册。就在他紧锣密鼓地筹备再次邀请少林僧访台时，突发的心脏病使其躺在了病榻上，而且经受了一次大手术。

丁中江中断的工作由吉岳先生接续上了，这位台湾中国文化大学的教授自称和少林寺缘分很深，去年走访中原时皈依了少林。回台后吉先生便请同学会的二十一名立法委员出面做通各方面的工作，由台湾中国文化大学邀请少林僧人访台。

今年6月7日深夜，霏霏细雨正为台湾桃园机场"撒净吉祥"，以永信法师为团长的少林寺佛学文化访问团走下了飞机。久已等待的百多位台湾同胞迎上前来，礼仪小姐们为少林僧人戴上了花环。四岁的少林小沙弥释小龙更是人见人爱，短暂的欢迎仪式结束后他那天真聪颖的脸上满是口红的印痕。

次日，在中文大学进行佛学交流时，大学董事长张镜湖先生道："如果没有少林寺十三棍僧救唐王，中国就不会有盛唐时代。"故而张先生对文大成功地邀请到少林僧人访台深为自豪。

拈香祈福共两岸　结缘民众行法会

北港朝天宫，是台湾香火最盛的妈祖庙。少林僧人访台期间适逢朝天宫建庙三百周年庆典活动，于是驱车沿高速公路南下，应邀请赴北港。

6月10日早上，少林僧人在北港镇受到盛大的欢迎，数百人组成的童子军方阵、彩车、舞狮、鼓乐队导引着从镇外步入朝天宫，沿途群众不断向他们鼓掌欢呼。来到朝天宫门前，一位少年跳将出来，挥舞大刀与狮子戏耍起来。小沙弥释小龙也即兴打了一路少林通臂拳，进退腾挪有章有法，博得观众阵阵喝彩。进入大殿后，永信法师率少林僧众向妈祖敬献心香一炷，并唱诵着《炉香赞》顶礼朝拜。

朝天宫的庆典法事活动在12日达到了高潮。上午十时两岸僧众千余人进入大法坛，法坛花门上书写着"北港朝天宫纪念建庙三百年海峡两岸祈福大法会场"一行字，和"风调雨顺""国泰民安"等吉祥语。

僧众入场后，永信法师与台湾九大高僧被朝天宫董事长曾蔡美佐女士迎请进场，手擎檀香一炷的曾蔡美佐合掌缓步，为两岸十大高僧前导就位。法会由永信法师和悟明长老、净心法师主法，千余僧众齐声诵念经文，两岸僧众为海峡两岸的中国人共同祈福祝愿，进行着历史的创举。

随之，悟明长老请大家跟他念三遍"南无本尊释迦牟尼佛"后道："欢迎上永下信大师共同举行为两岸中国人祈福法会，这是有史以来第一次举行这样的法会，通过这次祈福加强两岸的佛学交流，盼祖国早日统一。"永信希望台湾同胞更了解禅宗祖庭，欢迎大家到少林寺做客，"祝愿众生脱离苦海，同登彼岸。祝炎黄子孙得大自在，见性成佛。"

阳明山访丁中江　蒋纬国说少林缘

少林僧人所到之处，都沉浸在台湾同胞的亲情之中，禅宗传法和少林神功更是风靡宝岛。每次活动后都有成百上千的信众与他们合影、要求签字、跪受摩顶和加持佛物，还有人定要拜师学法。

转眼到了6月15日。在游览了"台北故宫博物院"后，少林僧们应邀到丁中江博士家做客。下午五时他们乘坐的车子刚在丁家停稳，一挂鞭炮就噼噼啪啪迎面炸响，丁中江和秘书迎候在门前。走进院内，来了一个多小时的郝柏村先生和蒋纬国先生等走出客堂相见。

宾主就座在丁家花园草坪上，丁中江先生谈起他与少林寺的深厚因缘，遗憾的是生病住院没能将少林僧人请到台湾。郝柏村先生对客人表示了热情欢迎，祝他们访问台湾取得成功。

蒋纬国先生站起身来向少林僧人鞠躬施礼道："我天天盼，夜夜盼，盼着少林寺访问团来，今天总算是见面了。"转过话头，他说："几年前丁博士就邀请你们来，后来他却到医院'开心'去了。"他指的是丁中江因心脏病动手术的事儿，幽默的话一出口引得大家也开心地笑了起来。

蒋纬国说起他信奉佛教的父亲，告诉大家："我八岁时就正式叩头拜父亲为师，学少林武术，几十年都在坚持练少林拳。父亲曾对我讲：'学武容易学武德难，没有德就没有术。'所以说，我几十年前就是少林弟子了。你们在台湾有什么事我可以全力帮忙，也请你们把我们的深情厚谊带给大陆同胞。"蒋纬国还回忆起他在军队中时曾一人和七个人比武较量的往事。

永信法师双手合十道："海峡两岸隔海相望四十多年，今日能在宝岛上和诸位相聚，可说是缘分不浅。请诸位回大陆看望乡亲，到少林寺做客，特别是少林弟子蒋先生。"他笑着对蒋纬国说："到时候我做东，邀请您这个少林弟子。"两岸同胞又一次齐声鼓掌。

看过武术表演，丁中江先生在草坪上设素宴招待大家。草坪四周，火把熊熊，别有风味。席间蒋纬国先生很是熟悉地谈起达摩一苇渡江、二祖断臂求法、六祖坛经传世等典故。永信问他准备何时回大陆，七十八岁的蒋先生说："最近，最近。"永信曾到过浙江奉化雪窦寺，便对他说："你们家乡的风水很好。"蒋纬国点头微笑。蒋纬国的儿媳找到永信，问起少林寺的情况，打听女士能不能学武术。她这位从小在美国长大的中国人却讲不好汉语，只得由蒋纬国从中进行翻译。

饭后，与蒋纬国一起来的何志浩将军又和永信说起蒋介石1936年游少林的事。说当年是从洛阳过去的，少林寺只有两尺宽的路，旁边野草深；当时冯玉祥的部下石友三已烧过少林寺，剩下的没几间大殿了，蒋介石在山门前点着石友三的名字说："你活着被人骂，死了也遗臭万年。"蒋介石还在方丈室前看少林和尚表演了少林功夫。

俞大维生前结缘　李某人欲见来僧

今年9月2日，俞大维以九十七岁高龄去世。台湾的新闻媒介在报道他去世的情况时说，总统府俞资政生前最后一次露面是接见大陆嵩山少林寺佛学文化访问团。

那是在6月23日上午，访问团成员来到俞宅。院中长廊下是引人注目的书籍如小山一般，原来是前一天晚上为迎接贵客而从屋内腾出来的。俞大维的贴身卫士说，听说你们要来，他昨天晚上十一点钟就沐浴更衣，今天早上两点多就醒了，大睁着双眼不停地念叨你们。

坐在客厅的俞大维看上去身体很是虚弱，当年的英俊潇洒已成过去。墙上挂着观音菩萨像和他的外曾祖父曾国藩的画像，俞大维见到少林僧人双手合十，不停地念着"阿弥陀佛"。访问团成员向观音像顶礼后，永信对俞大维说："谢谢俞老让我们来拜访您。观音菩萨大慈大悲，是普度众生的。"

俞大维将准备好的红包新台币一万元和四大名山佛册、《俞大维传》送给访问团作见面礼。聪明伶俐的四岁小沙弥释小龙也跟着师父们双手合十连连称谢，俞大维对他顿生欢喜心，和亲友们要他来段童子功。释小龙转身向俞双手合十后，有招有式地踢腿冲拳练了一路，看得俞大维笑逐颜开连连拍手，要拉着小龙照相，可他实在是站不起来了，只好坐着照了一张。永信解释说："童子功又叫通臂拳，再小的空间也能练，有句话说是：'长拳不长，短拳不短'。"

俞大维告诉释永信："我是浙江人。"他比画着地上两尺多高，"从这么点高，三岁就听观音菩萨的香山记。我们浙江人大多信佛教，更有著名的普陀山。"他在佛学上颇有研究，从小就念《六祖坛经》

等佛教典籍；后来在美国哈佛大学当博士生时，曾研修过印度哲学史和半年的梵文。谈起禅宗他说："我们中国人尊儒信佛。禅宗的意境很高，所谓'菩提本无树，明镜亦非台，本来无一物，何处惹尘埃'。禅又讲'妙语'，直指人心，见性成佛。达摩始祖的一苇渡江更是家喻户晓。"永信深为敬佩，接着补充道："少林寺是禅宗祖庭，创建于北魏，已有一千四百九十七年了，是达摩祖师传禅宗心法的道场。这种法门，即使不信佛者也都愿对它有所研究，正是俞老说的唯妙法门，见性成佛。"永信将少林寺里"达摩一苇渡江碑"的拓片赠给俞大维，俞大维欣然接受连连称好。

永信双手合十为俞大维念了一遍佛教吉祥经，祝他健康长寿。俞大维说："你们早该来了，全台湾有一千多万佛教徒都盼你们来呢。你们要多住些日子，一个月时间太短，不行再多住两个月。你们这一来，台湾的佛教徒最少再增加一百万。"

临别时俞大维依依不舍地盼少林僧人再来。后来听说他当天又激动得通宵没有睡着。九天后俞大维先生就驾鹤西归了。

对这次会面，台湾的新闻媒介说："小和尚展绝技，俞爷爷开眼界"，"俞大维迎接二十二位嵩山少林寺弟子研讨佛学奥妙"。

访问团在台期间，有次中国文化大学董事长张镜湖博士告诉团长永信："李登辉想跟大家见个面。"永信回答："只要不是在'总统府'，其他地方可以考虑。"后来这事儿也就不了了之了。

三十四天的台湾之行，嵩山少林寺佛学文化访问团开创了两岸佛教文化交流的先例，其意义又超出了佛学文化。在河南同乡会、登封县同乡会、河南大学旅台联合会举行的欢迎会上，"台湾行政院"

参事李德武先生讲:"这是多少年来,大陆访台报道最多、轰动最大的一个代表团。"登封老乡杨祥麟说:"我今年已八十岁了。你们这次来是我旅台多少年来最感到风光、骄傲和自豪的一件事。你们不仅为少林寺、登封县、河南省老乡们争了光,而且为整个大陆都扬了名。"

在一次新闻发布会上,有记者对这些民间文化交流者提出个敏感的政治问题——台湾独立是否会成功?访问团秘书长张鹏翔当即轻轻吐出四个字:"抽刀断水。"台湾新闻界对此发表评论说:"仔细咀嚼'抽刀断水'这四个字,不免使人暗自佩服回答者的捷思辩才,而其中隐寓的政治含意却又颇为令人玩味。"

1993.9.

冷月明禅心

常说道大千世界红尘万丈，细思量深山隐古寺原也是为躲开滚滚红尘，便知这世俗的诱惑有多强，深感"十字街头好参禅"那高不可及的境界。大德们的道行读书时略知皮毛，徒留仰羡；闻钟鼓念诵处稍澄积虑，暂住妄想。

结缘少林，屈指十载。多次留宿寺中，尤爱少林之夜的清寂。随喜的游客兴尽散去，关闭的山门推出整个白天的喧嚣，我方能品味心中的少林。

1993年1月30日夜，少林寺里为圆寂（咱俗家人所谓"去世"）的名誉方丈释德禅举行法会。法乐和十方高僧们诵经声的笼罩，令人有心境提升的感觉。然而，大殿内外明亮的灯光映照下，德禅法师跏趺（就是"盘腿而坐"）的肉身菩萨看得清清楚楚。恕我不敬，眼睛看到的太多心灵反倒有些闭塞，半个时辰的光景心里便有些躁动，总感着这一切"味道不对"。至于我要的是什么"味儿"，自己也弄不明白。渐渐心境降落，涌起几分无聊来。

夜里十时三十分许，我刚要退出大殿，寺院里的电灯刹那全熄灭了，心胸一阵空旷，万念顿消。不知过了多久，回过神来，抬眼殿内，围绕长桌而坐的二三十个僧人面前各燃一根蜡烛，每人胸前一片光亮，黑红的袈裟深褐的脸，这场景虽在眼前却有了不可逾越的间离感，他们和我是两个世界，我可以感知那种神秘但绝对难与他们相融合，正像此刻脚下一排跳动的烛火使身形忽隐忽现的德禅法师，我也只能仰视他的"庄严示寂"。

步出殿外，天上有月。到无人处立定，我和一切都被月色洗涤着，殿瓦冷冷，古柏冷冷，石阶冷冷，皆因月光冷冷，冷而静便是冷静冷静，殿内起伏的诵经声缕缕飘渗到这冷静里来，扩张着它给它注入了空灵的生命。这才是我期待寻觅多时的那个"味儿"——冷静的空灵，空灵的冷静。我似乎得到了它。

揣起一片冷月我返回红尘，寺院是我的驿站不是我的家，红尘中有我的事情。有大德说过："开悟之前，砍柴挑水；开悟之后，砍柴挑水。"

德山临济今若在，又该对我当头棒喝了。阿弥陀佛！

1995.8.

高功贵在悟中行

约略算来,赵振华修炼"少林达摩易筋洗髓经"已十六个年头了。9月初的这个下午,他要以易筋经的"下部行功法""垂吊"九十八公斤重物,我以十足的好奇之心与几分疑惑前去见证。

窗明几净的颐和国术健身俱乐部中,一尊达摩祖师像肃然伫立,外望桐叶拂风,内熏茶香氤氲。这位佛教文化中国化源头的天竺高僧,近一千五百年前飘然而来又飘然而去,留下了"二入四行""面壁九年""只履西归"等一系列理念和传说,融会丰富着中华文化体系。更有以达摩名义广为传世的《易筋经》《洗髓经》,在历史文化的长河中溅起一朵朵绚烂而神奇的浪花,催发着历代无数大德高人去证义去践行,于践行中证义于证义中践行。循其脉续,赵振华乃其中翘楚乎。

轻衫布履的赵振华施然而行,引我等入练功房中。一壁明镜照人使纤毫毕现,一溜器械练功若佛之筏喻,对明镜而练功能五蕴皆空心中无染焉。

布帛捆扎之物大小轻重不一,拣最大个径直伸手道:"这是今天要过那个'关'？"得到肯定试提一把不动，双手齐上只能轻撼，暗自惊叹：好老赵！众目睽睽看你的了。

赵振华开始"下部行功"了。其实说白了，所谓下部行功，即"软帛系阴，束重下垂"，以丹田之气给力，"前摆后荡，节奏平均"。

总之，那天赵振华把那九十八公斤"吊"了起来，并"马步站桩，腰身挺直"地摆荡了三百二十次。即便有图有见证有真相，仍使见者惊叹，闻者诧异。

"啥意思呢？"待老赵做完放松动作擦干汗水，我提出疑义，"好多年前在《少林功夫》画册里看到过这种功法，只是感到新奇甚至有些怪异。后来也知道你在修炼。今天现场看到你这样做了，就是'重'呗，重到别人'吊'不动你'吊'得动，还能有啥呢？哎，你可别说是要搞啥吉尼斯纪录哦，那就没意思了。"

老赵莞尔："你倒挺会幽默。当年达摩祖师说徒弟们体悟佛法大义，谁谁得了我的皮、谁谁得了我的肉、谁谁得了我的骨、谁谁得了我的髓，就说出了大家对一种事物的理解领会程度。就拿这个'下部行功'来讲，光看皮相就像你说的不少人会觉得怪异，其实当中道理并不深奥，一说就会多少明白些。"

赵振华娓娓道来，其大意为——还是要回归到中华文化传统元点的天人合一、道法自然去理解易筋洗髓经，人的先天本初状态可以说在胎儿时期，经过母体过滤提纯的各种养分使得胎儿纯净自然，那种纯粹那种自在往往使成年人下意识地怀恋。现代科学已证明了，经络学上的任督二脉在胎儿期是浑然贯通的，并且不是以肺器官来进行呼吸的。所谓"打通任督二脉""胎息功"都是一种力图"回归"，回归到胎儿时期。

——其实自然规律不可抗拒,"打通任督二脉""胎息功"也只是种理想境界的说法,理性地来说,人是在顺应规律的前提下通过各种修炼,部分恢复"胎息"功能和任督二脉的精气贯通,以增强人体机能提升精气神,延展生命规律周期。

——至于达摩祖师所传易筋洗髓经,可说是集东方文化对生命体认之大成。少林传承的达摩易筋经十二式与《黄帝内经》十二经筋所对应,每一式起着梳理强化一路经筋的作用,经筋舒展则气血顺达,加之修禅对呼吸的调理使之悠长舒缓以清涤浊,达到人的整体修复和重新打造。易者,变也,将成年人身体不好的东西变好就是;洗者,净也,把体内气血中的污浊净化呗。

——"下部行功法"是个绕不过去的话题。它之所以让人诧异,在于多数人的直线思维和浅层的好奇心理。其实多了解一步,就没那么玄奥。人们所谓"命根",就说明其关键,它上接丹田下关任督二脉一个交会点同时也是节点的会阴穴,更与所有经筋相关联。在人体外部说是"牵一发而动全身",内部则是"牵一'根'而动全筋",看似局部功法其实是全身心的作为。负重是在更高更强的层面调动身心全部机能,不是仅在一个地方。所以有人不得法"胡练"而出"事儿",就在于对这功法没能理解掌握,方法和精神紊乱。

话至于此,不由人要探究赵振华从结缘"达摩易筋洗髓经"到功高过人的"脉络"。其实,赵振华基本是无悬念地走了一条"由病成医"继而成"良医"的路子。

1996年底,长期处于亚健康状态的老赵身体不适感越发强烈,就在某一天，以前列腺炎引发的下部放射性疼痛将其折磨垮了，七个多月多种医药皆无成效，真个是活不好死不了。当手术治疗的方案摆到面前，他几近崩溃，因为亲属当中有切除前列腺而后身心整体消减衰落的情形，他想起来心中就怵得慌。

正所谓因缘际会。到了1997年8月，台湾"中国少林洗髓经研究学会"联谊会寻根团来到中原，赴嵩山少林寺认祖归宗。寻根团在郑州进行交流的第二天，有人告知了赵振华，说是听说这个养生功的修习能治他的病痛。将信将疑的赵振华随朋友赶过去，在观摩中似乎看到了希望，进而与寻根团团长曾联元先生进行交流，感到从道理上说"有点门儿"，便开始了对易筋洗髓功的学习。其间，他又数度前往少林，见到和尚叫师父，探访达摩问道祖庭，携《达摩祖师论》《易筋洗髓内功心法》而归。

"依方抓药"式地修习了一段时间，身上的病痛真的减轻了，赵振华提精神开始了进一步的钻研，将读书和与同道切磋交流互渗，提升对技能和原理的认知。三个月后，他那个毛病的症状消解了。彼时彼地，发自内心的欢喜无以言表。

老赵修习易筋洗髓经治好自身病痛的讯息传开，许多人找来求教。这反倒使他谨慎起来，说是"初窥门径和进入堂奥相差甚远。我知道自己吃几个馍喝几碗汤。自己还没通透，弄不好把人家领到茄子地里了。"婉拒之中他总是劝人家找高人，参少林。

劝人之际也惊醒了自己——得皮？得肉？如何得骨？得筋？人说，"追根溯源""探幽访玄"，易筋洗髓经功法的根源就在少林，如何触摸到这个根源获取正知正见呢？反复思虑不得其解时，有位少林文化研究者告诉他："你就找永信大和尚。他对少林文化的体认和实践都颇得法门，而且收藏典籍丰富。"一句话道出了一条路径，赵振华又一次踏上了拜谒少林之路。

见到永信方丈，反倒有些惴惴，深吸气提精神上前问讯，自报家门和来由。方丈笑言："你练练，我看看。"话语入耳，让赵振华放松下来，提气摄神，练起了易筋洗髓功法。

方丈注目观望，口中念出每一个招式："韦驮献杵、摘星换斗、出爪亮翅……三盘落地、青龙探爪、卧虎扑食……好，好。"

赵振华一路练将下来，永信方丈很是赞赏。随之给他说起少林功夫真谛就在于"禅武合一"，"少林功夫与一般武术不同之处，就在于功夫中有文化、有信仰"。对赵振华所练易筋洗髓经功法一番讲评后，方丈接着道："少林功夫最著名的是'六合'理论，即是手与足合、肘与膝合、肩与胯合、心与意合、意与气合、气与力合。这个'合'字可不一般，既是'六合'的合，更是'禅武合一'的合、'天人合一'的合，希望你把这个'合'字参悟透彻了。"

永信方丈向赵振华出示了寺里收藏的《少林真本增演易筋洗髓内功图说》，看到他喜出望外如获至宝的样子，方丈道："当年达摩祖师'教外别传，不立文字，直指人心，见性成佛'，你要好好参悟哦。易筋洗髓经有很多版本传世，都对人们强身健体发挥了作用，你能说哪个版本比哪个版本好呢？说是少林真本，即非少林真本，是名少林真本。你若能把自身体验参悟拿出一个版本，那就是你的'真本'，也许就是最好的版本。"直如桶底脱落豁然开朗，赵振华对易筋洗髓功法在认知在精神文化的层面更是高远辽阔，更是修习不辍日进有功。他对永信方丈所谓"若能觉悟禅武心法，便能达到武学化境；若不能悟，枉此一生了。圣凡在此一举"之说，更是用心体悟，对自己、对朋友每每言说:"你用心了吗?"

    到了2003年,世界上爆发了一种叫"非典"全称"非典型性肺炎"的疾病,威胁着人类的生命健康。在"非典"肆虐之际,少林寺方丈释永信决定率领少林文化访问团前往高发区香港,为抗击"非典"的香港各界助力提神。他自然想到了已是练功有成少林俗家弟子"延哲"的赵振华,并提示说此行是要冒一定风险的,赵振华毫不犹豫地满口答应:"师父不怕,我也不怕。这既是体现少林精神佛家慈悲的时候,更是把向师父所学功法造福众生的机缘。"

    香港之行,通过交流传功,对提振大众信心精神起到巨大的效应。包括香港闻人霍震霆、蔡冠生等对赵振华修习的易筋洗髓功法都受益匪浅,赵振华也将自己多年所学、所练、所悟没有任何保留地传授大家。

    积功累德若许年,每日不辍把功练。在2004年4月,少林弟子依千年传承"考功"的季节里,以永信方丈与诸大德高僧组成的典试委员会对赵振华进行了严格的考察测试,向他颁发的证书上写着这样的话语:延哲"经勤修少林易筋洗髓经特级功法,业经本寺严格典试,业已圆满"。手捧证书,赵振华心生欢喜,向永信等鞠躬致谢,对师父的传授和少林文化的熏陶表达感恩之情。

壬辰初冬谨记于九方斋南窗下
2012.11.

少林禅器说

"一华五叶"文化产业营造宣言

世界如器，佛法若海，以器扬波，广布甘霖于人间；人身如器，菩提若心，胸怀菩提，秉般若密而修身。而今我等，会盟嵩岳，问禅少林，发菩提心，造中国器，供养三宝，庄严净土，泽被众生，以利有情。

灵山以来，禅脉绵延。佛祖拈花，迦叶微笑，以花为器，笑便是禅；张骞凿空，丝路乃通，以骞为器，长路通禅；白马驮经，东土立寺，以寺为器，读经悟禅；玄奘西行，唯识乃兴，以僧为器，由识辨禅。

更有初祖达摩，西来万里，卓锡少林，游化嵩洛，面壁九年，滥觞禅学。以至二祖、三祖，四、五、六祖，花开一枝，中华禅宗，五叶茂盛，泱泱大成，融儒会道，世所彪炳。为华夏文化重镇，立世界文明林丛。人生哲理，滋润心田；随机教化，修身养性；借物说法，妇孺能听。

少林为器，传承禅宗，盛名祖庭，洞风有续，禅脉泉涌，代代法统，大德高僧。时有方丈永信，致力少林中兴，倡禅武之神韵，传人间佛教之力行，以现代传播方式，衍传统文化之结晶，率众西行反哺人类文化，广结善缘架构文明之沟通。

春风化雨，广润遍地芳草；文化入心，华放当代文明。我等人众，亲炙少林，耳濡目染，法雨禅风，愿坚根器，竭尽绵薄，少林禅器，打造可成。人云："何为祖师西来意？"我道："就在华夏陶瓷器。"八万法门，门门启开尽禅机；大千世界，器器中空满禅意。

世间法皆佛法，佛法融世间法。公司化而定轨，市场化以运营，人间佛教，器用人间，以欢喜心而发，怀禅悦情而动，行于所当行，止于所可止，齐结善缘，共种福田，同享福报。

即说咒曰："揭谛，揭谛，波罗揭谛，波罗僧揭谛，菩提萨婆诃。"

　　　　　　　　　　甲午孟冬遵嘱谨撰于新加坡旅次
　　　　　　　　　　　　　　　　　2014.12.

少林寺·转轮藏

周而复始　福慧双修

佛祖说法四十余年，留言弟子："佛陀住世，以佛为师；佛灭度后，以法为师。"后有经、律、论三藏十二部《大藏经》传世，道人生智慧，尽世间哲理。八万四千法门，利乐有情，了脱生死，契机契理，福慧双修。

佛教有三宝，即是佛、法、僧，法宝就是《大藏经》。佛祖所说法，僧众护持，大德传承，自觉觉他，自度度人，生生不息，法脉长流。佛法东来，高僧传送；玄奘西行，求取真经。汉化佛教起中原，中原佛教播八方。

两千年来，汉化佛教薪火相传、续佛慧命，向有翻经、抄经、集藏之优秀文化传统，首创于五世纪的"转轮经藏"是为一大传法妙门——香木雕制珍藏经典，轮轴转动方便查阅，巍巍呈庄严相如佛接引，周周而转不息若修性命。

至于唐、宋，汉化佛教体系大成，《大藏经》皇皇修定，"转轮经藏"纷纷落成，抄经、诵经、转经蔚然成风。佛祖教导："若是经典所在之处，即为有佛。"众生踊跃，以向佛之心，转动轮藏以祈福，抄写经文期修静，诵读经典而悟心。

嵩山少林，禅宗祖庭，高僧辈出，大德成行，以弘法为己任，将传承为旨归。千年前便造有"转轮经藏"，大开法门，接引四众，惜"二八火厄"遭遇毁焚。

经虽焚而法宝不灭，轮虽摧则法脉流转。时有少林寺方丈释永信，发愿起心，历时三载再造"转轮经藏"。既成，于乙未开元之际，遍邀宇内书家万人抄写万卷大藏经。实为倡不朽之盛事，立大乘之功德，正应尊宿所说："仰止在佛陀，完成在人格，人圆佛即成，是名真现实。"

法不孤起，仗境方生；德不虚行，遇缘即应。依永信大和尚法旨，一华五叶文化传播公司荣誉承当，为万人抄经活动制作"少林禅器"纪念品——中国五大名窑古法制作、传统配料"少林寺·转轮藏"。其造型，端庄如法，可启敬意；其釉色，圆融流丽，能生欢喜；其灵动，一指拨转，周而复始；其体量，案头清供，福慧双修。

以中华陶瓷器制作禅器"少林寺·转轮藏"另一层寓意在于，代表汉化佛教的禅宗文化与陶瓷文化同为中华文化精神元典，"浴火重生"禅器还契合了经历"二八火厄"的"转轮经藏"再造落成。其中深邃厚重的历史文化和觉性圆满的生命参悟，当你静坐面对，定然充满韵味。

正所谓："达摩当年住少林，武牢人去问安心。安心不见安心法，正脉流传直到今。"

乙未孟春沐手谨记
2015.3.

释行明禅师塔铭

　　禅师行明,俗姓刁,登封西郭店人,诞于一九二一年五月十六,二〇〇二年十月十六示寂。师少结佛缘,德力长老收而为徒。遂随住少室二祖庵,护持祖师圣地,农禅以日作,青灯而读经。后三十余年,师独守祖庵,殷勤修缮,古庵得以长存,慈悲发心,山民可避风雪。"文革"祸起,殃及祖庭,行正大和尚率众护寺护法。山贼作乱,欲毁祖庵,师舍命卫护,发吼声贼恐,遭捆绑古木,闻兽嚎终夜,幸佛法加被,清晨获救。拳拳之心,于此可鉴。

　　铭曰:

　　持平常心,即见佛性;务田间事,便是修禅。胸中空明,一叶大千;祖庵独处,道场十方。松柏有情,少室清凉。

　　少林常住立
　　弟子　永基　永慧　　俗侄　山多　慧音　和南
　　舒之沐手谨撰　印松秉笔书丹
　　佛历二五四七年　公元二〇〇三年五月

二祖庵前"行明塔"

《中华姓氏文化大典》
告华人同胞书

巍巍乎炎黄,万姓归宗;泱泱兮华夏,多元一体。世界全球化之当下,"华人"二字奠立族群之存在、构建集体之面向,认知自我、审视历史、调适状态,于时间空间之新节点,联结其他族群,勠力担承人类之昨天、今天、明天。

江河万里其有源,乔木千寻其有根。欲面对世界,先找见自我。人类从来之问题,华人定然要解答——我是谁?我从何处来?我向何处去?中华姓氏,元点文化,形态完整,地域性之突显,历史性之久远,华人族群之里程,破解谜题之关钥,前行路径之所能。

姓氏表记五千年,血脉相连十万里。"姓者,统其祖考所自出;氏者,别其子孙所自分"。宗亲源流、血缘文脉、移居迁徙,棵棵谱系树老干新枝、旧蔓嫩芽,性命之基因,族群之源码,解读华人生命之强壮、繁衍之茂盛、传播之无限,乃是人类之大动脉,肇自远古,搏动当代。

堂号为谁?回首崇山河洛郎;郡望何处?遥指中原祖根地。中华谱系,渊源博大,流布十方,整合统纂,正其时也。炎黄姓氏历史文化基金会,世纪之初,立德建功,宏愿大修《中华姓氏文化大典》，集学界之精英，访华族之宗亲，纳谱牒于各姓，聚家训于众族。乙未之始，初卷告成，通论姓氏，提纲挈领；岁尾将近，二卷三卷付梓，四卷五卷编成。预为七年之期，筑此浩大工程，一十二卷为系，二百六十部来统，六百册集成。煌煌巨碑，期以毕功。

客路迢迢，布帛重裹宝家谱；他乡陌陌，香木怀揣珍昭穆。黄发碧眼中，一声乡音唤亲人；跨海越洋处，双手相执论辈分。"周虽旧邦，其命维新"。奠定存在，方能发力。薪传中华谱系，上无愧于列祖列宗；凝聚共同归属，下不怍于诸子诸孙。华人之历史华人写，华人之事业华人做，海内海外共担当，人力物力同襄举。大业欣周日，万姓共庆时。

敬告者
中华炎黄文化研究会
河南省归国华侨联合会
河南省炎黄姓氏历史文化基金会
大河报社

公元 2015 年 9 月　农历乙未七月
乙未初秋刘书志沐手谨撰于九方斋南窗下

名山盛事赖薪传

写在中州古籍新版《全唐诗》问世之际

有唐一代，于文学领域乃我华夏诗歌鼎盛黄金盛世，虽当代词作大家言"唐宗宋祖，稍逊风骚"，然大唐三百年，诗人灿灿如横天之星汉，诗篇煌煌若铺地之恒沙，其为不争也。

过宋元，越明清，时光隧道倏忽洞穿，则唐诗之文力亦相与时进，够猛够劲；变沧桑，调江河，空间景观烂柯莫辨，然唐诗之感染令四海宾服，有滋有味。至于清兵入关，一统江山，有玄烨号康熙者，于社会历史有奠立"康乾盛世"之功之誉，在唐诗则未敢哓哓，但云"诗至唐而众体悉备，亦诸法毕该。故称诗者，必视唐人为标准"，夷狄之身，帝王之尊，临文化之殿堂，亦见其敬畏之心。

当海晏之时，便修文化之治，拨国库之银两，调内库之藏书，组织人马，拉起班子，汇编校订唐代诗歌。编纂之人员，皆一时俊贤，名盛者曹寅、彭定求也；依凭之典籍，均历代珍善，底本者季振宜氏《唐诗》、胡震亨氏《唐音统签》也。毕一年另八月之功，《全唐诗》成，载以御览，是为康熙年秩四十五也。编者既为"奉敕"，书名定冠"御制"，马蹄袖下，握管之手亦可作驱驰之足，文化之上，浩然工程当归九五之政绩。

玄烨意满而踌躇，援笔序曰："得诗四万八千九百余首，凡二千二百余人，厘为九百卷。于是唐三百年诗人之菁华，咸采撷荟萃于一编之内，亦可云大备矣。"其洋洋乎？其施施然也。

"朕意"之体例排序，颇耐品味，一变初、盛、中、晚唐之时顺，而为帝、后、王、相之位次，宫中妃嫔，虽涂鸦打油污纸面，能忝列上卷之荣也，白衣处士，纵文采斑斓射斗牛，亦叨陪后座之与焉。即悖诗歌本体之旨，当见玄烨帝王之道。其术可议，其义可辩，然其文化建树之功，当不可掩也。以今观之，玄烨当得"总策划"之衔。

帝制既隳，科学民主振兴，御制藩篱无存，文献史料时有新现，海外散佚回归不断，当代学人勘破玄烨所谓《御制全唐诗》"咸采撷荟萃"，认知其堪称"时代局限"口满之言，遂存旧而补新，摒御制而更趋尽善。中州古籍，雄踞中原，精神揽八方风雨，宝典聚上下五千，两代学人共努力，名山盛事赖薪传，推出这焕然八卷之《全唐诗》新版。商潮滚滚推经济，文脉跃跃促发展。精校精点精出版，新时代新《全唐诗》开新面，唐诗之江河，至此更是汇归一海，遂成洋洋之大观。列阵书柜之中，常吟诵定余香盈口，宝藏书库之室，传后世知文脉律震。当世文人探唐诗之骊，即便弱水一瓢，亦有迹可循，得免爬梳之累乎。唐诗宝塔遂洞开，大众小众入无碍，岂非郁郁乎文哉？

海内诵习者，尚其知吾意焉。

2008.2.

以感恩的心情

从《亲爱的提奥》出发进行对文森特·梵高的触摸

　　从远东的俄罗斯的哈巴罗夫斯克,西行的飞机在提升。地面景物快速变换为色块的堆积,流泻着深秋的黄和红。

　　像梵高一样的热烈,一个意念蓦然闪现。

　　打开《亲爱的提奥》,一片黄白两面的纸夹在中间,是开始读时随手从烟盒里撕下作书签用的,闪亮的黄锡箔一副浅薄的商业面孔,肯定不属于梵高厚重热烈的跳动。

　　就这样,揣上《亲爱的提奥》从中国的中原来到俄罗斯东部,在这块《瑷珲条约》前还在大清帝国版图内的土地上过海关后再飞往莫斯科。不变的是文森特·梵高,那个定格在1890年7月29日清晨的梵高,"但是,天哪,描绘这一切的手指,现在已经死了!"

　　机舱夜灯射下,"另一个年头又过去了。在这一年内,在我这里曾经发生过许多事,我以感恩的心情回顾这一切"。梵高写给"亲爱的提奥"。

　　买下这部"梵高对生活、艺术及未来的言说",为了阅读的延续,唤回十六年前阅读欧文·斯通《渴望生活·梵高传》的狂热激情。那是"少年心事当拿云"的时代,一伙醉酒放歌的朋友高谈阔论中常以梵高在内的这个那个作话题，同时又对另些这个那个指点着鄙薄着，"庸俗"是用量最大的词汇，还有拿油画颜料堆砌"梵高"的。直到一天有位长者不屑道："梵高能把耳朵割下来送给自己喜欢的女人，你们谁做得到！"哇噻，顿如冰水浇顶耶——梵高是谁？我是什么东西？别说割耳朵了，眼瞅着自己喜欢的女人为他人披上嫁衣也没见谁谁在耳垂上划道小口子的。于是，光头剃过了，长发留过了，胡子拉碴过了，爱过了，错过了，该干啥的都干过了。

连《渴望生活》都成了过去的一个朦胧背影。这两年，有本封面印着大大的"梵高传"三个字的图书跳进书店，好像也是翻译人家欧文·斯通的，一看那书名就觉着不如"渴望生活"那样梵高，连购买欲都荡然了。《亲爱的提奥》则带来别样的况味，它的蓝色封面一经触动视觉，就像宿命中的恋人一般相携而归。但愿这些年发生的许多事也能使我以感恩的心情去回顾。

万米高空的晚霞温柔得热烈变幻得繁复，是梵高看过的印象派绘画，为诚挚的心灵预备着。梵高在对提奥诉说："如果生活中没有某些无限的、某些深刻的、某些真实的东西，我就不会留恋生活。"对周围的物和人他都诚挚投入，即使他们曾那么深重地伤害过他，他依然将一切都爱得无级差。当不割耳不足以表达真诚爱意时他便割耳了，无论对方是妓女或者淑女，他爱了的只是一个女人，爱了的贫穷的梵高割下了一只耳朵，从梵高的角度看他也就是这样了。

在四十万字致亲爱的提奥弟弟的书信中，几乎就是贫穷和画，在贫穷和画之中是独到惊人的生活灼知、艺术见解和对人类对世界深切的终极关怀。要保持"这个'我'"的梵高自然要被世人指为疯子，"但是医生们会对我们说，不仅摩西、穆罕默德、基督、路德、班扬等人是疯子,而且弗朗士·哈尔斯、伦勃朗、德拉克罗瓦,以及所有一切类似我们母亲的、敬爱的、贫穷的老太太也是疯子。这真是一件严重的事。人们或许要问这些医生:那么精神健全的人在什么地方呢?"

梵高的问没人会回答。从中国到俄罗斯,我看满大街几乎都是"精神健全的人"。其实,揣着《亲爱的提奥》远行是为了一份感动,一份承诺。感动的是,一位美术圈的女朋友说是"流着泪读的",一位新闻圈的男朋友对其不菲的书价情愿添加数倍"也值得";承诺的是,在流泪而读和不惜高价的感动而感动之下,脱口答应为《亲爱的提奥》写点什么。万里长途一部书,每一页都那么深邃博大耐人品味,感动一下很容易的,而承诺也过于沉重了些。

莫斯科的周日,微雨,普希金造型艺术博物馆。进馆时我有了个联想,普希金、梵高,都死于枪弹,普希金是别人给了一枪,梵高是自己给了自己一枪。

大量的欧洲油画一一看将过去,……雷诺阿、德加、莫奈、高更……

突然,真的是突然。梵高,真的是梵高。那是个展厅的转角处,我定定地站在约三米的距离。一幅是火红火红的田野,梵高的火红,红得迸射着眩晕;另一幅是蓝色,梵高的蓝色,蓝得收缩着人心,逼仄的高墙下神情呆滞的囚徒在列队转圈放风。扑上前去伸出手来,将触未触画面之际又下意识地收回,只觉得眼睛不够用了,深深地吸气呼气,那样子肯定很贪婪。

两幅梵高,这里竟有两幅梵高!不对,是三幅!就在《囚徒放风》下面的展柜里平放着又一幅,是的是的,是《圣玛丽海峡》!双手撑着展柜边框,额头紧贴着玻璃,看哪看哪。44cm×53cm 的

1888年的圣玛丽海峡，梵高告诉提奥："有着青花鱼的颜色——我的意思是说常常发生变化。你始终不了解它是不是绿色或者紫色，你甚至不能够说它是蓝色，因为一忽儿变了的光线就呈现出淡淡的玫瑰红色或者灰色来。""景色不是欢乐的，但也不是悲伤的，而是美的。深蓝色的天空中，散布着一朵朵比深钴蓝的基本蓝色还要深的蓝色的云……"梵高的文字把他的画笔叙述得那么准确，梵高的画笔将他的文字描绘得那么到位。

有人在叫了，是我们的翻译娜塔丽娅，和普希金美丽的妻子同名。我明知故问："这画儿卖吗？"她瞪着蓝眼睛认真地说："肯定不会卖的。你出多少钱也不会卖。"

可千万别卖，就留在那儿让千千万万的人买张不贵的门票去看，以感恩的心情去看。梵高说了："在我的画中将出现一些有永久价值的作品。""有一种未来的艺术，这种艺术正在变得那样可爱，那样有生气，我们为它而牺牲我们的青春，一定会不知不觉地从中得到好处。"

可是，那幅《向日葵》呢？那幅卖了约五十九亿日元的《向日葵》呢？在梵高不知不觉中谁从中得到了好处？

我要买张看那幅《向日葵》的门票，谁卖？

2001.10.

《中国文化精品·楹联》序言

闲侃楹联

说起列祖列宗传留下来的文化遗产，掰着手指头数不了几个，便会有"对联"两字脱口而出。只提这方块字构成的独特文学式样是咱们的专利，就足够我等子孙辈骄傲得心跳加速好一阵子了。

一辈又一辈又一辈，朝朝代代岁岁年年，我们这个民族积攒的对联真可谓若星汉灿烂如恒河沙数。帝王将相文人学士田翁野老贩夫走卒老妪少妇小姐稚童等等等等，皆有对联穿越历史的隧道传至今世，足以表明它有着深刻的代表性和广泛的群众性。

一千二百年前五代时有蜀主叫孟昶的，亲自创作了据称为最早的一副对联，就是那个"新年纳余庆，嘉节号长春"。这事儿是上了《宋史·蜀世家》的，白纸黑字谁都相信，清朝梁章钜先生在里程碑式的联学著作《楹联丛话》中斩钉截铁地说过："孟蜀余庆长春十字，其最古也。"

有妄图"篡改历史"者，说什么孟昶写那十字在公元

900多年，而在此之前甚至春秋战国时就有对偶句式出现，比如《甲骨卜辞》，比如《老子》，比如汉赋，而民间也早有在桃符上书写"对子"的习俗；还说什么《全唐诗话》中记载，唐诗人李义山告诉温庭筠近日得一上联："远比赵公，三十六年宰辅"，而苦无下联，温道："何不对'近同郭令，二十四考中书'。"这也较孟昶早。——这些家伙真该掌嘴。第一，你说那甲骨也好民间也罢，都是名不正言不顺的玩意儿，岂能与皇皇正史相比？第二，李义山和温庭筠是什么东西，两个蝼蚁般的酸文人胆敢与帝王竞争对联创始人的名分不成？孟昶就是孟昶，休得胡言。

更有明太祖朱元璋氏，大约是当小和尚时诵读经文养成的好习惯，至九五之尊而性嗜作对，倡导联风，以行政手段推广对联，在定都金陵的除夕之夜传旨文武百官庶民百姓家家户户张贴春联。他还深入到群众中去，为供少数公猪纵欲而给众多公猪做绝育手术又宰杀猪们的一家挥毫泼墨，写下"双手劈开生死路，一刀割断是非根"之千古名联。在朱元璋时代，因为制造对联升官者有之、发财者有之——只要皇帝老子高兴，那还不是一句话。

在此向全国楹联学会进献一条合理化建议：应推举孟昶、朱元璋为名誉会长并精雕牌位供之，以昭彰其在推广普及对联方面的巨大贡献，这对提高学会知名度将带来料想不到的益处。

有时我也生出一点杞人之忧（况我老家离杞地不远），想到如果朱元璋等下旨禁联怎么办？那样我们今天还会得到这么多的对联文化遗产么？朱氏大明天下作对联的文人们何以为生？嘻！这真是瞎操心，朱元璋等如果下旨禁联，彼时作对联之文人换作别的皇上喜欢的东西不就成了，他们照样活得顺溜，我们照样能得到以代偿对联文化的别的什么文化遗产，无须饶舌。

    "人是造物主最完美的作品"——人自己这样说，不知是否符合作者原意。

    将造物主最完美的作品从中间折叠或切割开来，便有了专家们的人在生理上左右对称之说。生理上的左右对称使人见到对称的东西就产生愉悦的心理，据说这种心理叫作"美感"，于是专家们在"对称的美"中找到了"生理原理"。

    咱们那位写出《文心雕龙》的刘勰先生说到对偶句时张口就说："造化赋形，支（肢）体必双，神理为用，事不孤立。"嘿嘿，中国人一千五百多年前就瞧出这一点了。

    于是西方的"老外"们奋起直追，从人眼睛的张力打主意，说："由于眼部肌肉平衡而感到的舒适和省力，在某种情形下是对称的价值的根源。"他们还说："在别的情形，对称所以投合我们的心意，是由于认识、节奏和吸引力。"

    对联是对称的，而且是很有节奏的，所以我们的对联具有人生和美学意义上的永久的生命力。

    以单字单音的方块字排出的对联从视觉和听觉两方面满足了人们的审美需求，我们就生生不息地制造出一批又一批对联来。

    感谢上帝没有把我们造成比目鱼的模样，阿弥陀佛！

清代有位大学士,姓纪名昀字晓岚的,说过这样一句话:"骈偶于文家为下格,然其体则千古不能废。"上半句道出他这种人特有的心态,想他老先生一天到晚跟在圣主乾隆皇帝的屁股后头,伴君如伴虎哇,乾隆喜作对联是玩儿,到了纪昀这里却不那么轻松,皇上顺口出个上联,他就得赶紧遵旨对个下联,这个联既要投合上边的意思,还不能显得太没有本事,搞得老先生神经紧张兮兮的,背着皇上为了平衡心理,他便狠狠地作了一些子粗俗准粗俗的谑联,毕竟还算是个文化人的纪先生心中于是对这种玩意儿又怕又烦,故斥之"下格";下半句道其然而不知其所以然,那是因为他不曾学过心理学哦。

古人云:"平声长空,如击钟鼓;上去入短实,如击土木石。"古人还云:"平平仄仄平平仄,仄仄平平仄仄平"等等对联格式——诸如此类的现代意义是什么呢?现在学习对联是否还要像私塾蒙童那样来摇头晃脑地叨叨"天对地,雨对风,大陆对长空"呢?格式大概还要懂得一些,则大可不必因形害义,各人尽可以去找自己的感觉好了,去把握住激昂愤怒悲伤沮丧愉快时的心跳节奏。

为什么那些正儿八经的文学史中没有对联的席位?玩对联的人们是可忍孰不可忍,应追查一下编文学史的是否属于纪晓岚之类。

陈寅恪先生认为:"凡能对上等对子者,其人之思路必贯通而有条理,故可藉以选拔高才之士。"

陈先生1932年为清华大学入学考试出国文试题时,重要内容之一便是对对子。陈先生出对"孙行者",引出了这个故事的另一位主角周祖谟先生,周先生因对"胡适之"而可随意选上清华任何系。

舆论为之愕然哗然余波至今，有人说陈寅恪"复古倒退"，有人说那六个字是"绝妙好联"。

周先生后来成为北京大学教授、著名语言学家，以实际行动印证了陈先生的话。

幸亏周先生成了北京大学教授、著名语言学家。

不知那位对"王八蛋"的学生后来怎么样了。

有的对联足以警世，有的对联能够励人，有的对联启迪文思，有的对联颇见匠心，有的对联令人愉悦，有的对联使人喷饭，有的对联……

刘勰在《文心雕龙》里说："夫心生文辞，运裁百虑，高下相须，自然成对。"

有上联曰："上海自来水来自海上。"某些人誉为甚佳回文联，操刀造下联者接踵而来，据说至今未有堪为伯仲者。

上海自来水来自海上？岂不扯淡！

可以说对联的社会效应和审美效应，可以从文字学和音韵学方面研究之，可以写出一本又一本这方面的专著。

早年曾见不识字的农民用瓷碗在大红纸上压出两行墨圈，贴在门左门右很是吉利圆满，我们也可以抑扬顿挫地读作"圆圈圆圈圆圆圈，圈圆圈圆圈圈圆"。

有电视连续剧，将许许多多名联佳联绝联妙联连缀成悲欢离合之故事，每每播映总是想看，看不了几分钟又不忍卒看。联语都是上品精品绝品神品，然看着剧中人不断地吟联作联写联深感编导费劲演员吃力。

有"老外"克雷洛夫氏写有寓言《杰米扬的汤》，汤是好汤，但客人肚肠容积有限经不起一连灌他八大碗，只好逃之大吉。

我的老师朱恪超于联学造诣颇深著述甚丰,有《古今巧联妙对趣话》三辑和《古今谜联嵌名联趣话》等一版再版。朱先生每有新著问世便惠赐于我,接到每一册赠书我都不曾一个劲地看哪看哪直到看完,而是置之案头枕边时不时读上数篇,总是开卷得益解颐增智。

学对联实在不宜鲸吞牛饮,它是要轻啜细品的呀。

曾记负笈求学时,有一段教授骨骼清癯精神灼烁,满肚子典章曲赋浓得化不开,直将五尺讲台作舞台,生旦净末科白唱念一应俱全,每每讲至诸如"碧云天,黄花地,西风紧,北雁南飞。晓来谁染霜林醉?总是离人泪"之处,便戛然而止叹曰:"讲不成,讲不成,一讲就无味儿。"遂在满堂学子笑声中做沉思状。

年事渐长,多翻了几页书后,对段教授的感叹有了几分理解——有些绝妙好诗好词好文好曲乃至好联只可意会不可言传,那是需要各人凭心性去体味去感悟的啊!

前些年说汉字的电脑处理是一大难题,因为这些横竖撇捺钩点组成的方方块块太丰富太复杂了,要将它们塞入电脑简直不可能。

不多长时间,有人发明了什么"王码电脑",一下子把这个难题给攻克了,于是汉字们排着队摇头晃脑地挤进了电脑之中,那些预言高科技时代取消汉字的人傻脸了,老祖宗们在天之灵也安稳了。

有用电脑下国际象棋。

还有用电脑下围棋。

还有用电脑作画。

还有用电脑制造诗歌,据说瞒过了许多作家和文学评论家的慧眼。

有朝一日,我们将面对电脑作出的上联和下联,甚至电脑还要出联让我们对。那时,我们怎么办?

喜耶?忧耶?

壬申大暑挥汗于九方斋南窗下

1992.7.

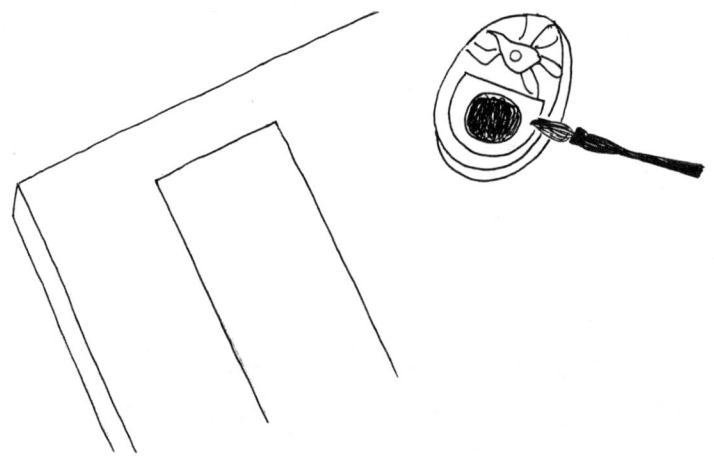

朱恪超《古今巧联妙对趣话》台湾版序言

益智·解颐

五年前，朱恪超先生将他编著的《古今巧联妙对趣话》赠我。一册在手，若不经意之间便被诱入奇妙的对联园苑，忍不住写了篇题为《益智·解颐》的短文谈感受，称朱先生的《趣话》"琼林折取一枝……好比从音乐作品中拿出组轻音乐。"写了便了，当时想他亦不过是在办报之暇，以砚边余墨发文人雅兴而已。

孰料不到两年，他又赠我一本《古今巧联妙对趣话》。看见这新书封面印有"第二辑"字样，我感到他并非在对联这方天地中"打打穿插"便会歇手的。留意观察，他总在礼拜天悠然踱入静寂的办公楼，猜想他又"趣话"去了。果然，前些时我得到另一本新的《趣话》。

一个人少年时的爱好极可能成为他终生以求的事业——朱恪超在联学上的建树恰能印证这句话。四十年前，豫东杞县一个偏僻的乡村，十多岁的朱恪超正在读高小。幸运的是这个高小生有位粗通文墨的兄长，就是这位兄长引领他摸到对联这一民族文化的门槛。那时的豫东农村，识文断字之人真是"以稀为贵"，他的兄长被乡邻们尊崇为

"秀才"，逢年过节上门求写对联的人络绎不绝，他便忙着为兄长研墨展纸，又带着一种自豪感将写成的对联给乡亲们送去。

四十年来，朱恪超由求学到执教，又步入十年办报生涯。时光流转，境遇数易，不变的唯有对联学的执着，阅历增长，学识加深，只是久蕴胸间的对联情结愈发浓郁得难以化解。他曾参与过几部书籍的编写，散文亦被数种文集收入，那都未能使他满足。似乎仅是为其在联学天地独树一帜进行铺垫。

正所谓"厚积薄发"，他终于要写一部联学书籍以偿夙愿了。

一千多年来，我们这个民族创造的对联浩若烟海，联学书籍亦足以汗牛塞屋，这既为联学发展奠定了丰厚的基础，也使得创新愈为艰难。在这方天地中若要向前挪动一步，不但要有入乎其内博古通今的深厚学养，而且要有出乎其外俯察品类的超越眼光。基于多年对联学探讨，他发现，以往多少年作为文人必修课的对联当今现出一种奇异状况，现代文人对联学大致持两种态度，要么视之为陈腐儒道雕虫小技而不屑，要么于书斋一隅或小圈子里搞得"雅而玄"，而两者都阻碍了联学的发展。若欲推动联学进一步发展，就必须使广大百姓喜欢并接受它。

恪超先生遍览诸籍，前人果于此有所疏漏：以往联书要么有"趣"无"话"，要么有"话"而无"趣"，前者仅限集纳故典博人一笑，后者又理论高深令一般读者望而生畏。朱恪超要将二者长处有机结合起来，建立一种新形式。

这需要有入奇景乐而忘返。全部材料要重新编写润色，以求其篇章结构和语言风格的一致性，再统一拟定七言标题。有种说法是文章好做题难标，从那文采斑斓的标题上，不难看出作者少不得绕室周匝捻断数茎须。单是读着目录部分，就使人有种语言的音韵美和视觉的整齐美。最能显示作者学养功力的当属每篇文稿后那数百字的"小析"了,以"编著"而言,这纯为"著"的部分。每篇"小析"都融入作者联学、美学及天文地理等方面的知识,以生动形象的语言将读者引入联学的理性天地,结合每则故事谈出作者对联语的学术思考。散文诗般的语言珠飞玉溅,有着音韵之美的对偶句式时现文中,显示出作者的文字造诣。

恪超先生在联学园地中笔耕不辍,将他那雅俗共赏的治学之道向深广处开拓。虽说朱先生已名列《对联大辞典》和《当代对联艺术家辞典》,他则以传统文人不为虚名所累的淡泊态度付诸一笑。他依然在节假日不紧不慢地步入静寂的办公楼,依然以诚挚之情与人交谈,依然以炽热之心研讨联学。用他自己的话说,他只想做一个名副其实的对联艺术家,他要写出十本约百万字有特色的联书,要给读者讲述一千个妙趣横生的对联故事,要……

庚午年末于九方斋灯下
1991.1.

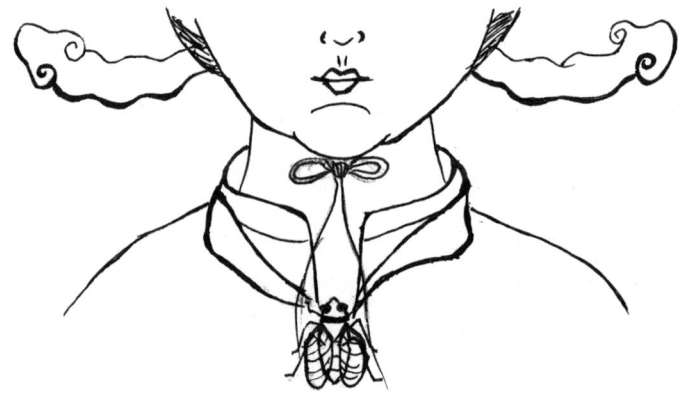

"恶毒女人"的佛心女儿心

有千多年了吧,"狐狸精"乃指斥"作风不正经"女人的必杀之器。但能将"狐狸精"骂到高档文化层次的当推唐代无行有才文人骆宾王,一句"狐媚偏能惑主"真真韵味十足。

迄今中国历史上唯一女皇帝武则天的生前身后,不乏抹黑之作。"义正词严"者乃骆宾王,"入门见嫉,蛾眉不肯让人,掩袖工谗,狐媚偏能惑主",一纸《讨武曌檄》遍行海内;"登封造极"者乃明朝首位艳情小说家"徐昌龄",其《如意君传》直将武氏推向淫乱霸主,且成就自己性文学史重镇地位,大张艳帜,连《金瓶梅》都要承袭模仿。

回看"正史",不禁使人有种虚幻感,"二十四史"中唯唐占有《旧唐书》《新唐书》两部,成书时间至少相隔一百一十五年,史家还真是青睐大唐一代哦。

两部《唐书》中,武氏是如何"惑主"的呢?十四岁进入唐太宗李世民后宫为"才人",都这样说。《旧唐书》称"太宗闻其美容止,召入宫",《新唐书》则说"太宗闻其有色,选为才人"。呵呵,不知撰写《新唐书·则天皇后》的欧阳修先生与武氏有何仇怨,落笔就偏在了"狐媚"一边,只说"其有色"即性感美人一个,并将李世民视作一般的好色之徒了;《旧唐书》的作者还是尊重了一把武则天的家庭教养和才学的,"容止"乃仪容举止,还称其"素多智计,兼涉文史",将其定位在知性美人上了。

"美容止"也好,"有色"也罢,都是太宗"闻"而召入宫的,是"狐媚惑主"还是"主惑狐媚",有心人还是看得出来的吧。

而由骆宾王之滥觞,到新、旧《唐书》之史料选取,到"徐昌龄"之积毁,武则天以有色而狐媚而淫荡的形象便层累下来了,满足了自唐以降多少男人的意淫。

唐太宗的才人,唐高宗的昭仪、皇后,大周朝的女皇帝——武则天的体貌到底如何?

所谓"有其母必有其女",《旧唐书》写到她女儿太平公主时透露了一点,"公主丰硕,方额广颐","则天以为类己"。将史书碎片综合起来,武则天的美,有着典型的唐朝女性的健康之美,且蕴含着知性睿智的色彩,如此而已。

文字给人的是想象,具体的形象定位则是龙门石窟的卢舍那大佛所代表的唐代审美观念。

"龙门奉先寺摩崖造像……唐代的正名是'大卢舍那像龛'……是把山体劈成冂型平面,依岩造像,面对空蒙,规模宏伟,气势雄壮,是有唐一代高度发达的文化艺术结晶,留下了永恒的不可企及的艺术魅力。……正壁主尊大卢舍那佛倚山端坐,通高17.14米,头高4米,耳长1.9米。大佛面如满月,发纹如波,弯如新月的双眉下,是一双灵秀微启的大眼,眼中流露出关切的目光。高直的鼻梁,小巧的嘴巴,在透出祥和笑意的同时,又不乏果敢和坚毅。双耳长且略向下垂,下颏圆而略向前突。圆融和谐,安详自在。身着通肩袈裟，简洁的衣纹仿佛透出柔美的肌肤，一圈圈同心圆式的袈裟衣纹，把头像烘托得异常鲜明而圣洁"（温玉成、辛革《龙门石窟》）。这分明描述的是一位美丽、知性的熟女形象。如果有质疑者问道佛到底是男是女，我只能引用《金刚经》所谓"说是，即非，是名"道——说是佛，即非佛，是名佛——佛尚无是无非，况乎男女焉。

"（雕塑）到唐代，便以健康丰满的形态出现了……代之以更多的人情味和亲切感。佛像变得更慈祥和蔼，关怀现世，似乎极愿接近人间，帮助人们……这里以比前远为确定的形态展示出与各种统治功能、职责相适应的神情和体貌姿势。本尊的严肃祥和……形象更具体化、世俗化"（李泽厚《美的历程》），这里所说本尊所对应的图版便是龙门的卢舍那大佛。

龙门卢舍那佛座北侧面刻有《河洛上都龙门山之阳大卢舍那像龛记》，其中说："大唐高宗天皇大帝之所建也……粤以咸亨三年（公元 672 年）壬申之岁四月一日，皇后武氏助脂粉钱二万贯……至上元二年（公元 675 年）乙亥十二月卅日毕功。"

汉化佛教史上代不乏将佛像呈现当代审美情趣的先例。如果说唐高宗造像尚属"国家行为"的话，中途武则天捐助的两万贯脂粉钱就是"个人行为"了吧。

卢舍那大佛形貌是或不是武则天，历来众说纷纭莫衷一是。既然在下主张是以武氏为代表的唐代女性之美为造像蓝本，就再以伴随卢舍那大佛营造过程的时间线来佐证——

永徽六年（公元 655 年），高宗立武氏为皇后；

显庆（公元 656—661 年）以后，高宗"多苦风疾"（有人说他的家族有高血压病史），"百司奏事，时时令后决之"，从那时起武则天就开始主持朝政了；

上元元年（公元674年），也就是卢舍那大佛"毕功"前一年，高宗称天皇，武氏亦称天后，当时称为"二圣"。

——由此看来，卢舍那佛营造过程中，主要处于武氏当国时间段中。

武则天佞佛，一是其母笃信佛教，二是"武曌以女身而为帝王，开中国政治上未有之创局。如欲证明其特殊地位之合理，决不能于儒家经典求之。此武曌革唐为周，所以不得不假托佛教符谶之故也"（陈寅恪《武曌与佛教》）。

"卢舍那"的意思是"光明遍照"。公元690年，武则天"革唐命，改国号为周"之前自以日月当空的"曌"字为名。"狐媚偏能惑主"？小看了武则天之情怀与格局了吧？

"少林，少林，有多少英雄豪杰都在把你向往。"

至于那么壮怀激烈吗？为佛门圣地、禅宗祖庭谱写的歌曲，上来就有悖佛祖"众生平等"的教诲，将英雄豪杰单单提出。赵朴初先生"天下称第一，是禅不是拳"诗教岂可忘乎？

将前人所谓"定乱策勋真证果，安邦靖世即传灯"与朴老的诗教两相贯通，事理就圆全了。当代少林方丈释永信大和尚多年宣扬"禅武一体"，其义正在于此。

其实，把那歌词添补两句便可——"少林，少林，有多少凡夫俗子都在把你向往"，如是，英雄豪杰与凡夫俗子就处在一个段位了。事物皆有两面性，人亦如此。

你看吧，终日价由少林寺山门摩肩接踵而入的，哪个不是凡夫俗子？若不然，这宇宙岂非被神仙浮屠英雄豪杰撑爆了？

举首观山门品"康熙老皇爷"题匾之味道，入门望比肩银杏悟世间之性情，人生大抵如是，空灵一会儿是一会儿。

而后，前行百步，来到天王殿前那个被人说成"第三者"的银杏树下右转，从标着"慈云堂"的券门进入，豁然别有洞天。

慈云堂院内的四面围廊即是碑廊，从北齐到明清的碑刻依序排列。挨着这碑廊，十数株手臂粗细的木槿树散植在视野之内，由春到秋半年多，一轮一轮的白色木槿花递相绽放，老是有盛开的映入眼帘。

如若人们知道，就一朵木槿花来讲，从开放到枯萎也就一昼夜，其花语是"温柔的坚持"，象征历尽磨难而矢志弥坚，也象征着红火，象征着念旧、重情义。便会相信，"禅"是一种生命的觉悟、是一种人生的境界。木槿树和木槿花，应是所谓"禅"的实相注解之一吧。

多次陪同友人游少林，我总会引他们入慈云堂院内看碑廊。漫步碑廊，可以顺时针走也可逆时针行，顺时针由明清上朔北齐，逆时针从北齐顺流而下。这碑廊的设计者也够"禅"的——顺即是逆，逆便是顺，顺中有逆，逆中含顺。

我还喜欢与朋友驻足那通"大唐天后御制诗书"碑前，如果适逢花期，廊外一树木槿花正映在碑玻璃罩上。兴致来了，我就会对友朋连"蒙"带"侃"："看吧，这是武则天为了给她娘亲做功德而软语温情给少林和尚说好听的呢。当时武则天已经把持朝纲实权在握，但要告慰她娘的在天之灵也会低声下气。在这个时候她不是别的，就是她娘的女儿，是她娘的'小棉袄'。"

有朋友会反问："何以见得？"这更会激发我的兴致，好在事先做过"功课"，便点着碑面摇头晃脑念将起来——

大唐天后御制诗一首并序　　五言

从驾幸少林寺，睹先妃营建之所，倍切茕衿，逾凄远慕。聊题即事，用述悲怀。

陪銮游柰苑，侍赏出兰闱。云偃攒峰盖，霞低插浪旂。日宫疏涧户，月殿启岩扉。金轮转金地，香阁曳香衣。铎吟轻吹发，幡摇薄雾霏。昔遇焚芝火，山红迎野飞。花台无半影，莲塔有全辉。实赖能仁力，攸资善逝威。慈缘兴福绪，于此謦归依。风枝不可静，泣血竟何追。

大唐天后御制书一首

暑候将阑，炎序弥溽。山林静寂，梵宇清虚。宴坐经行，想当休念。弟子前随凤驾，过谒鹫岩，观宝塔以徘徊。睹先妃之净业薰修之所，犹未毕功，一见悲惊，万感兼集。攀光宝树，载深风树之哀；吊影珠泉，更积寒泉之思。弟子自惟薄祐，镇切茕怀，每届秋期，倍轸摧心之痛；炎凉递运，愈添切骨之哀。未极三旬，频钟二忌。恨乘时而更恨，悲践露而愈悲。唯托福田，少申荒思。今欲续成先志，重置庄严。故遣三思赍金绢等物，往彼就师平章，幸识斯意，即务修营，望及讳辰，终此功德。所冀謦斯诚恳，以奉津梁。稍宣资助之怀，微慰茕迷之绪。略书示意，指不多云。

永淳二年九月廿五日司门郎中太孙谘议王知敬书

自信满满读将下来，还在其中自称"弟子"和"遣三思赍金绢等物，往彼就师平章"等处加以重音，然后也不顾释迦牟尼佛怪罪"着相"，摆出一副"谓余不信，碑文为证"的面孔来。

面对这通碑，可以暂时忽略那些捕风捉影、主观臆测武则天"践元后于翚翟，陷吾君与聚麀。加以虺蜴为心，豺狼成性，近狎邪僻，残害忠良，杀姊屠兄，弑君鸩母"（骆宾王《讨武曌檄》）的说辞吧。

暂时忽略回头又想起怎么办？也只能"如之奈何"了。不过，捋一捋武则天被视作"恶毒女人"的成因也是满有意味的。

说白了就一句话：武则天太另类了，另类到成为中国历史上唯一的女皇帝。这还了得！最典型的指斥便是"牝鸡司晨"，母鸡都打鸣了公鸡还干吗？首先恼怒的自然是公鸡们了。

第一群愤怒的"公鸡"来自同时代的大唐。有资格和想取得资格甚至根本没资格"打鸣"的"公鸡"们开始找茬儿，而且以骆宾王这等最没资格的丑类"叫"得最响。

抹黑女人最有力的方式首先是指出其非女人的一面，这一面的突出点是为"恶毒"，另一面就是找出其性生活的"乱七八糟"，骆宾王《讨武曌檄》真是写到位了。同是皇帝，无论男女，若是类比，唐朝的那些男皇帝哪个不是登峰造极，比如太宗李世民的玄武门事变杀兄屠弟软禁老爹，比如玄宗李隆基的抢儿媳当老婆，比如他们各位充斥后宫的三千佳丽，这等史实起码在那谁谁谁和以后的那些谁谁谁笔下不曾凸显贬抑。而武则天么，一介女流，当了皇后当天后，临朝称制之后竟然还"革唐为周"当了女皇，那就对不起了，捕风当然要捉影，抓其一点自会放大再放大而不及其余。

当武则天读到《讨武曌檄》，问明作者为谁后说："宰相之过也，人有如此才，而使之流落不偶乎？"就凭这个话，足以羞煞某些"公鸡"了吧，只是很多"公鸡"缺乏羞耻之心罢了。

如果说唐朝"公鸡"的忿忿尚情有可原的话，那些自唐以降代不乏人的"公鸡"对武则天的愤恨之情就不太好理解了。更不好理解的是其中本应"无征不引""孤证不立"的史官们，明清野史和艳情小说中武则天的淫荡形象他们是始作俑者且居"功"至伟。

回到少林寺这通武则天诗书碑上来，一派情切意浓的女儿心性自不待言，其文采当得"后（武则天）性明敏，涉猎文史"之誉乎？

就如此表白女儿心性的一首诗、一封书信，在以后就连称其"感人肺腑"者笔下也留着"有所掩饰"的伏笔；而在明朝陆柬所著《嵩岳文志》中，则将作者署为"唐武氏"，甚而将已确定为武则天的另一篇《少林寺进冬笋赐书》干脆署名"前人"。这该多不想让人知道武则天有如此文笔哦。

有当代社会心理学家谈道：在人们心目中，男人应当是自信、强有力的领袖，女人应当是谦卑、合作、随时提供协助的角色，如果男人和女人的行为不符合这个刻板印象，就会令人感到不安。利用刻板印象作为武器，去攻击不符合男人心目中好女人标准的人历史悠久，中外皆然。初唐才子骆宾王也曾用这一招骂武则天，说她"掩袖工谗，狐媚偏能惑主"——有心计，善宫斗，像狐狸精一样迷惑了皇帝——分明是典型的刻板。"男人侮辱有权势的女人还有一个特殊作用——打击她们的士气，激发出对女性拥有权力的不安"。

在一个千百年被奉为经典的书中，有句"唯女子与小人为难养也"，被许多代男人们或明或暗地念叨过无数次甚至成为一种文化基因。

有一个女皇武则天放在那儿，该会使多少年多少代的多少男人心底深处多么的不安呀。

2016.11.

千年蝉鸣中的金简公案

　　于林间起起伏伏蝉鸣中仰望嵩山峻极峰顶的我，忽然生出一个念头：那一千三百一十六年前的蝉鸣，和现在是同样的音调吗？

　　应该是的。就看更早的汉代画像石画像砖里的蝉纹，其身体结构与当代的蝉无什么差别，其发音器官也应当相同的吧。那么，与我听到的同样蝉鸣声中，那位叫胡超的道士奉女皇武曌之命，一个人大汗淋漓气喘吁吁地爬上了公元700年的嵩岳峻极峰。

　　何以说这次上山为"胡超一人"，缘于我认定胡道士是在执行一项"秘密使命"，万不能与四年前女皇封禅嵩山那样声势浩大。封禅嵩山之际，女皇将年号"天册万岁"改元"万岁登封"，把山南的"嵩阳县"更名"登封县"，宣示的是女皇天地一人的威仪，传播的是"日月当空"的声势。而这次，胡超是捧着一颗带有女皇隐秘性的柔弱之心而来。

　　中岳庙和少林寺的暮鼓隐隐响过，蝉声逐渐稀疏低落，迢迢银汉天际显现。胡道士捧起那通千年后学者们所称的"武则天除罪金简"，应该是作了些什么法念了些什么咒语吧，面南背北，就像如今婚礼上新娘子抛捧花，把那金简向后抛出。一道微光闪过，传来金属与亿年岩石清脆的碰撞声……

此刻，在峻极峰南面二三十公里处的石淙河畔三阳宫中，迢迢星汉下稀疏蝉鸣中，悄然伫立着另一位这次行动的当事人，当朝"大周国国主武曌"，女皇武则天。那金简与岩石碰触的铿然一声自会牵动她的心灵感应。我们知道，她其他的称谓有武媚娘、武才人、武昭仪等等。仰望牵牛织女星的她，心中除了"当初那个轻唤媚娘的谁"的哀婉，也就是"登上悬崖峭壁的女子"的孤单了吧。

这天，是她的久视元年（公元700年）七月初七，选择这个令胡道士为她抛出"除罪金简"的日子，绝不仅是传说的"人神相会"之日，更在于七夕是女性色彩浓重的"乞巧节"。因为，她是个女人，是个美丽的女人，如若不信，请品读无行文人骆宾王写她那句"狐媚偏能惑主"，转换成现代语言就是"美丽性感万人迷"。

跨越千年，年年蝉鸣起，年年蝉鸣落，年年蝉鸣试图唤醒那无任何史料记载而确实存在的金简。

在我仰望峻极峰顶时，那通"武则天除罪金简"就摆在我那相距九十七公里的书案上（当然，那是件铜质复制品），上面是摹刻过来的三行六十三字——

上言："大周圀（国）主武曌，好乐真道，长生神仙，谨诣中岳嵩高山门，投金简一通，乞三官九府除武曌罪名。" 太岁庚子七𠀠（月）甲申朔七㊀（日）甲寅，小使㤰（臣）胡超稽首再拜谨奏。

武皇的金简上有五个所谓"异体字"，依序为国、曌、月、日、臣——是专家在数量上莫衷一是的女皇创新创意造的字儿中的五个。

张体义先生一语点睛道："人家武则天造的，都是'大'字儿呀！"

那通"真的"金简在 1982 年 5 月 21 日传奇般偶然再现世间，然后专家们把它评为国家一级文物，然后它被收藏到了河南博物院。专家说它的重量差一点儿都半斤了，含金量达到 96%！

然后的然后，好多不含金的金简复制品出现在好多的旅游景点。吊诡的是，有复制者给安上个"唐《武后金简》"的名头，后者皇后也太后也，而这通金简的"主人"实实在在是"时任"女皇武氏呢。隐秘的不愿承认中国历史上唯一的女皇帝"大周国主武曌"啦，这里所折射的文化潜意识颇是耐人寻味。

武则天除罪金简 1982 年重现世间而欢欣鼓舞的人群中，很是有收集研究"女皇造字"的人们。

关于武则天造了多少字可谓众说纷纭，有九字说、十二字说、十七字说等，目前最多的说法是十九字。就算十九字吧，那这个金简一下子就集中了五个而且有实证价值，比例不小。

武则天和她的秘书班子为何造那些个字？调侃者云"女皇有造字控"，听着倒是有趣。我以为，她造字的重要目的是要"刷存在"，刷大周国之存在，刷大周国国主女皇武则天的存在，是种话语权的占有方式。

从时间上看，在距"革唐命,改国号为周"不到一年的载初元年（公元 689 年），为自己加尊号"圣母神皇"的她发言了："朕宜以'明空'为名……特创一十二字……上有依于诂体，下有改于新文。庶保可久之基，方表还淳之意。"

一切的一切有着明确的目标指向。半年之后，大周国成立了。

讨论武则天造字，当然可以在文字学方面写出好多学理性强的著作论文，那是专家学者的事儿。在下看到的是，用"会意"去解读她的"特创"便大约仿佛——什么是"曌"？日月当空被及万物也；什么是"圀"？女皇君临八方大周国也；什么是"恧"？其他扯淡，一颗忠心放正也。如是而已。

不再是"不信比来长下泪,开箱验取石榴裙"的感业寺小尼姑了，是甚至号令"花须连夜发，莫待晓风吹"的女皇武曌了。真的可以任性了！

一路腥风血雨"杀"上女皇宝座，从玩弄权术到把握人性，武则天给历史留下了多重面孔多层性格，称其威可冠以"铁血女皇"，赞其美可拖着长音叫"媚娘"。

公元700年"七夕"之夜投除罪金简向神界"告白"，身后又以一通乾陵前的无字碑为世间"留白"。由此而言,她是很擅长玩神秘的。

美丽智慧的武媚娘对世人说，呵呵，你猜你猜你猜猜猜，"其实所有故事只有我知／谁让那初到皇城羞涩的女子／承受她永未能忘记的日和月"。

然后,1982年5月21日,"武则天除罪金简"大梦千年后重现世间，又引发了"我猜我猜我猜猜猜"波澜。有猜文字的，那五个异体字咋解呀？有猜内容的，那"嵩高山门"是啥门呀？"除罪"都有哪些罪呢？有猜人物的，那个"胡超"是和尚是道士还是太监哦？

对于金简上边"天头"那不规则和毛糙的剪切，没有专家正式的解说，那么我猜是有意无意的回避或另有隐衷吧。

猜归猜，对于猜还得求证是吧？依公开的文字和影像资料且把事儿捋捋呗——

一、时间:无异议的1982年5月21日,有的准确到了傍晚7时许。

二、地点:无异议的中岳嵩山主峰峻极峰。

三、人物:登封县唐庄公社(现在叫"乡")王河大队(现在叫"村")的农民,a.屈西怀,b.屈西怀等,c.一二十人,三种版本。

四、前奏:a.植树造林,b.牧羊,两个版本。

五、序幕:基本无异议的"放雷石"玩(将山上石头滚向山下,其间有声响和扬尘发出。一种缺乏娱乐活动时期或地域人们过剩精力宣泄的行为)。

六、发现金简:掀起或撬动一块石头时,看到了沉睡千年的金简,以为是a.铜片或b."果子纸"(包装糕点的纸张),就带回家了,又是两个版本。

七、然后:迄今三十四年来的层累,都可以写一部传奇长篇或拍电视连续剧了。高大正的记载是,在文物贩子层层加码开出十万元天价后依然不为所动,就是一根筋地"积极捐献"。随之当然是表彰(万人大会哦)、颁奖(奖金1500元呢,当时每月50元左右算是中等偏上收入了)、新闻宣传等等。是个皆大欢喜的结果,至于金简天头没道理的剪边自然可以忽略不计了。还有种不太正面的说法,就是那过高的十万元"天价",吓着了这位放羊和种树的农民大哥,求救于支部书记或副书记的本家叔叔,毕竟是干部的本家叔叔感觉兹事体大,劝说并主动报告了上级。无论如何,最终的结果是金简交给了文物部门而非文物贩子。

5月21日发现的金简,7月10日"献出"了金简——约五十天的跨度,足以搞一场"玄武门政变"或"神龙革命"了。这段时间里,都发生了什么?

到了2007年，于茂世先生拿出了一张说是从当事人手中拍摄到的最初金简铅笔拓纸，称"依据这一原始'拓片'，金简的顶部、底部，都曾被剪去1厘米多的留白"。这就不仅是"天头"了，甚至牵扯到了"地脚"。于先生的声音发是发出了，无人回应。近期，还有专家在讲述那高大正的传说。

社会学界有个"不考验人的欲望"定理。于先生拍到的那个"拓片"也只能算个孤证，将其纳入"你猜你猜你猜猜猜"的范畴，有人微笑道："你猜也猜不着。"

屏幕上，专家振振有词，讲说那通公元700年嵩岳峻极峰顶投出的武则天除罪金简，像"黄河之水"狂泻万里，如"彭城瓦罐"一套接着一套。

少年时，困惑于我的豫北乡亲常以彭城出产的生活陶瓷器相互打趣。初通人事，方知长者言说"彭城的夜壶——好嘴"之意蕴，那夜壶的嘴若不"好"，岂非扯了蛋了？倘若以物喻人，呵呵呵呵。

负笈省城，有世界史教授颇宽容，课程结束仅出一论题考试，称"凡自圆其说者，以及格为下限"。教授啊教授，岂不知你"自圆其说"之观念，成为影响小生三十多年的思维方式之一。

专家的言说常常一套一套的，专家的讲述都是自圆其说的。

屏幕上的专家说："武则天金简……国家一级文物……河南博物院镇院之宝……武则天金简制作采用的三种工艺：捶揲、錾刻、砑光……是在宫廷里边制作的，是官作的一件作品……"吧啦吧啦吧啦，好好有学问哦。正值酷暑，鄙人外相赤肚露脐，内心正襟危坐，洗耳恭听。冇法儿，天儿老热。

听，专家在细述武则天金简制作的捶揲法："把这个金简大样加工成以后，我们发现它的边缘呢，有剪切的一些痕迹——又进行了修边整理，形成了这个金简。"

"噗——咳——咳——咳——咳"，一口烟呛着俺啦。

之所以让烟呛着，是专家吓着宝宝啦。

从语言文字上看去，专家能自圆其说。

但是，世界上好多事儿坏就坏在这个"但是"上。对照实物印证，吊诡的情形出现了——

前提之一，武则天金简是当时先进生产工艺的代表；

前提之二，"官作"武则天金简的是当时最高水平的制作机构；

前提之三，在制作武则天金简"捶揲"工序最后"进行了修边整理"；

结论是，武则天金简是制作工艺精到精准的"作品"。

问题是，河南博物院的那个"镇院之宝"，"真的"武则天除罪金简的四边，何以唯有上边的"天头"歪斜毛糙且与其他三边在比例上不合呢？一句话，咋会连个边都修不齐整呢？

依据专家们的慧心慧眼，定然会发现上述问题。但，打从这武则天除罪金简再现世间，各路专家经手掌眼，在这一问题上，都不曾提出正式的质疑。

1982年，金简重现很是个光彩的事件，"献出"金简的那位很是光鲜的形象。从公元700年的"七夕"，到1982年的5月，在这一千二百八十二年当中，谁对女皇武曌"动了手脚"？专家们似有隐衷哦……

2016.7.

补白·网络时代的即兴打油

曹兄亚瑟,人清雅,文醇厚。读其新作《每个男人心中都有个冬妮亚》,心有戚戚,打油三滴——

少年迷恋冬妮亚,保尔冷眼嗤笑他,
送你极寒挥镐头,貂皮狐臭两尴尬。

一部钢铁百人传,夜半无人蒙被看,
保尔小冬正眷恋,心跳加速费手电。

心中女神冬妮亚,老曹半百难忘她,
初吻印在保尔唇,亚瑟肝肠伤断啦。

2016.6.2.

小解:苏联小说《钢铁是怎样炼成的》,实为对一代中国青年产生深刻影响的"青春励志"读物,而在特殊的"文化大革命"时期,也须钻进被窝打着手电偷偷读。冬妮亚是该书男主角保尔·柯察金少年时代相恋的贵族少女,其纯情开朗美丽成为很多人的心中女神。由于"世界观和阶级立场"的差异,二人后来分道扬镳。诚如亚瑟兄所言:"所有读过这本小说的后生小子,都会激起无限联想,盼望遇到自己的冬妮亚。那时,我们心中的初恋对象都是纯纯的、没有任何附加条件的简单爱的冬妮亚,提起冬妮亚都会在心头微微战栗……"。

如果说,远古尧、舜禅让带有原始民主意味的话,那么,后来的"以魏代汉"及晋"越魏继汉"的所谓禅让,只不过是——

刀锋下的"民主"把戏

上上下下受禅台

车出许昌向南行,我们去看那"以魏代汉"的"临界点"——受禅台。当地的友人讲,在诸多"三国"遗迹中,受禅台是"真的"之一。从建安二十五年(公元220年)那个秋高气爽的十月算起,它竟然存留近一千八百年了。

从许昌市区到受禅台所在的繁城镇有十八公里。途中朋友们说笑道:"这去的可是你们老刘家痛失天下的地方,你应当好好地看一看、写一写。"我立马回应:"他那个'刘'碍我这个'刘'什么事儿了?他是皇帝,咱是草民,八不挨。"说笑归说笑,心头还真的似乎被什么东西牵动了一下。历史这玩意儿就是玄妙,穿越时间隧道,难道有根无形的"筋"割也割不断么?那抹也抹不去的遗传基因哟!

天阴沉沉的,横蹚麦田时衣服和开始秀穗的麦棵摩擦出幽幽的声响。一年一年的,播种了、成长了,只要没有动乱、没有刀光剑影、没有人踩马踏,多少总会有些收获的。可是,那一年的盛大受禅典礼应该是一派太平景象吧?

那参加典礼的每个人脸上都应堆砌着掩饰内心的笑容吧?那杂沓的脚步都在随意地践踏着即将成熟的秋庄稼吧?风吹雨打,年年岁岁,连石碑都斑驳难辨了,"依稀犹识钟繇隶",清代的人都这么喟叹过。

麦田尽处,一方土台突兀旷野,风云际会,沉沉如卧。没有惊叹,更没有喧哗,在我的意识中,它从来就应是这个样子放在那儿的,静止、孤独和似乎是造作的深沉,像一个被随手抛置在那里丧失生命活力的幽灵。这,就是受禅台了。

历史的那个片断,这方土台曾经喧闹了一次,唯一的一次,它只是为了那次喧闹才有,那次喧闹也就是它的全部价值。喧闹过后,历史便将它冷落了,或许正因为这冷落,它才得以存留至今。

历史的喧闹在它真正的角逐场一幕幕持续上演,这受禅台只不过是一记嘹亮的过场锣。

为了敲响这记嘹亮的过场锣,历史至少付出了两代人的努力。

那一天是汉献帝建安二十五年(公元220年)的十月二十九,魏王曹丕登上了新筑就的受禅台,一场改朝换代的盛大典礼开始了。没有挥刀溅血,只有欢声笑语;没有烽火硝烟,只有燎祭天地、五岳、四渎的柴火香烟。文武百官和各"国"使臣数万人参加的大典隆重热烈,大家都看见了,是汉献帝刘协自己深刻认识到四百余年的汉家天下气数到了尽头,是他诚恳地承认自己的能力不足以担当天下重任,于是明智地把江山拱手托付给昨日的魏王今日的魏文帝曹丕,把玺绶、诏册交给了曹姓皇帝。

今天的我们已无从知晓这受禅台的原始形状,在《资治通鉴》中有段小注引《出征记》说它"高七丈、方五十步……"这和前几年有人用皮尺测量的"高度为 21 米，长宽各 75 米"大致相仿。历史能锈蚀铜铁，可湮灭人踪，却不曾削减这方土台，是为了给后人留下一点意趣么？

受禅大典的欢呼声中，不苟言笑的大概只有汉献帝刘协和魏文帝曹丕了，走向终结的前者只有苦涩的回味，开创新端的后者则在努力掩饰他的兴奋。

登上受禅台，我们看到有一二十个土坑，那是乡亲们挖掘的红薯窖，"合理利用"了它地势高水汽小的优势。而在应该是当年禅让者和受禅者所处的位置，有两个一尺方圆的凹坑，百姓们传说是刘协禅位后跪拜新君的膝盖印，正因这一跪于是从来不生草——平民式的同情是开挖红薯窖的交换吧？

大典结束时，曹丕终于压抑不住心中的激情，转着头看看簇拥在身后左右的群臣道：哦，我找到舜、禹这二位先皇的感觉了。

若是他的老子听见这话，定然会失望地嘲笑——傻儿子，别太得意了，你有什么资格妄加比附？——幸亏曹操在这一年的年头里死了。

之所以如此"歪批曹氏父子"，是因为我分明看到，受禅大典的曹丕身后，矗立着一个曹操——是他，以一生的心血和智谋闯过刀山血海，用累累尸骨筑起了这座受禅台！

起于步伍，终于魏王，雄才大略，权倾朝野。曹操用手中利刃削平了通向受禅台的道路，与其说是路，毋宁说是条河，一条血流的河……

有位日本国学者前些年著文称魏受汉禅是"一场不流血的宫廷政变",那时他还不曾到这汉魏故城的许昌来过。

撰写此文前,有朋友建议我援引那岛国人的说法为题,我终于没能接受。我深切意识到,汉魏交替,高筑禅台,不是不流血,从某种意义上来说是一个历史阶段的血流尽了,于是在这个历史的休止符上才再也挤不出一滴血来。

"铠甲生虮虱,万姓以死亡。白骨露于野,千里无鸡鸣。"有着治世之能臣和乱世之枭雄两种面孔或双重人格的曹操登场了,登上了群雄逐鹿的大剧场。若从兴兵关东讨伐董卓算起,曹操就清醒地看到抓实力抓实权的重要性,他对打着讨贼旗号各存心思的群雄了如指掌,"乃心在咸阳",都想夺得天下称王称帝。

那么,曹操就不想得到汉家天下这匹"鹿"吗?不,他也想,甚至可以说比谁都想,但他高人一筹之处在于知道看清形势、把握时机。在他势力不强时,就视天下群雄若粪土。正如他对刘备说,真正的英雄只有咱们俩。这确乎反映了他的真实心理,只不过在说话之际他就想着如何解决对面那位英雄了。

"挟天子以令诸侯",曹操在稳健地壮大着自己。杀吕布、杀董承等人、杀败袁绍、征刘表、逐刘备、战赤壁、绞伏皇后、灭伏氏一门……征战南北,剪除异己,九死一生,终于雄踞中原,置献帝于股掌之上,朝中大臣皆为亲信。是"治世之能臣"呢,还是"乱世之奸雄"?如何厘得清?谁能厘得清?

曹操后期,可说是到了随心所欲的地步,"受禅"也罢,"夺宫"也可,对他都已不成其问题,汉献帝已成土偶木人。

那么，曹操为何不当皇帝？

这正是其高人一筹之处，他对"狮子"和"狐狸"的形象选择定位颇准。

群雄并起之时，都打着卫护汉朝的旗号，都想着干掉其他势力夺取天下，于是谁若露点想当皇帝的念头，立刻就会授人以柄遭受众诛。曹操是其中显得最高明的，他深通游戏规则且运用自如。当袁绍和韩馥要立幽州牧刘虞为帝时，曹操看穿他们是要造个木偶自己来提线，便以"天下大义"进行威吓性劝阻；当袁绍得到传国玉玺而自得时，曹操更是看透了他的浅薄和急于求成。

曹操雄心勃勃，务实不虚，即使在权倾汉室之后也不急于称帝，三分天下的形势两家合力便会打破"鼎立"的暂时均衡，汉献帝还是他的一块招牌，他要利用到最后。

其实，到了三分天下时，刘备、孙权、曹操哪个不想称帝？他们征战一生不正是想登上那宝塔的顶端？尤其是到了晚年，去日无多，大愿未了，谁不着急？但汉献帝还在那儿坐着，哪个敢轻举妄动，另两家立刻就会借口联手。

建安二十四年（公元 219 年），孙权放出试探的气球，写信给曹操要他当皇帝。曹操对孙权的心思看得明白，把那信拿给亲信们看，蔑视道："这孩子，想把我放到火炉上烤呀！"远见卓识，心存大业，曹操暂时不会当皇帝，他还要继续开拓进取。《三国志》的作者纵览史册，以为曹操在汉末群雄中"明略最优"，是"非常之人、超世之杰"。

曹操曾不无得意地自诩，假若天下没有了我，那就说不清会有多少人称帝称王了。这可谓操纵历史方向盘的"夫子自道"。

毛泽东读《三国志》时批注道："作土皇帝，孟德不为也。"真真一语中的。

较之乃父，曹丕显得嫩了许多。

汉献帝已是案板上的鱼，随时可以随意地下刀。曹操是要等火烧足、作料备齐再烹制这条鱼；曹丕则急于下手了。

站在受禅台向北望去，是绿树四合的繁城镇。镇中有一"献帝庙"与受禅台遥对，人说原有3米宽1.5公里长的青砖甬道相通联，如今民房叠相阻，甬道不知去何处。

绕道镇西南角，有一农家老妪袖手闲坐，与受禅台遥遥相对。我们上前攀谈，她说那是个禅让台，问及那上边有没有她家的红薯窖，她似乎掩饰什么地说，我没上去过。在土台上时，文物保护部门的朋友曾对那些红薯窖深恶痛绝，老妪质朴的随口掩饰很可能与此有关。转换话头向她问起受禅台上不足一人高的红砖小庙是敬谁的，回答说是敬天的，保佑风调雨顺。

敬天，这概念颇是宽泛。在许昌市东南19公里处的汉魏故城，顺城墙遗迹走到西南角上，有个现高15米的"毓秀台"，是当年汉献帝刘协祭天的地方。想那东汉建安元年（公元196年），曹操以其政治眼光望上一望，欣然采纳谋士荀彧的建议，以忠君的面目博得献帝好感，先人一着地把刘协从洛阳接过来定都于此，精彩超人地走出"挟天子以令诸侯"的妙棋。那献帝一旦被"挟"便身不由己，百般无奈百无聊赖之中祭祭天，也能求得一些心理平衡吧。

而到了曹丕受禅祭天的烟火冒起，毓秀台上便消失了皇帝的影踪。只是到了公元1993年的春天，当地村民又集资在毓秀台上建了个"天爷庙"，有楹联曰："万民共祭玉皇帝，风调雨顺太平年。"不伦不类不对仗。更不伦不类的是冬闲庙会时念的现编"经文"："玉皇大帝真是灵，五谷丰登降太平，多打粮食搞四化，社会主义得安宁。"透出一种蒙昧和狡黠。

汉献帝祭天为了保天下，曹丕祭天为了得天下，老百姓祭天是为了多打粮食——真是"境界"各有不同，应了句俗话："每人头上一方天。"仔细一想，这些祭天的哪个真信天，都只不过是忙里闲里抽空拿这"天"散散心而已，事过之后又都各干各的"正事"去了。

说是那位日本学者写完那篇《一场不流血的宫廷政变》后，也抽空到许昌来耍耍。在毓秀台的庙会上用钱从农民手里换了把香，恭恭敬敬点燃恭恭敬敬叩头，挤出人群后激动地流着眼泪哇哇叫道：汉献帝祭天的地方我也祭了天。搞得围观群众茫然不解：这人什么毛病？

不知这日本学者到董妃墓看过没有，那是建安五年（公元200年）春天，董承等人受献帝暗中指使，要谋杀曹操，机密泄露，曹操不但砍下参与阴谋的董承、王服、种辑的脑袋，而且将他们的家族全部抄斩。董妃因为是董承之妹，怀着身孕被勒死在献帝面前，"身怀龙种五月孕，帝王掩面亦枉然"。算是给了刘协一次"黄牌警告"。还有献帝的"正妻"伏皇后及其一家，也是和董妃几乎一样的原因得到了一样的下场，留下一个伏皇后墓——这些"景点"都在许昌周围，想那日本朋友应是到彼一游的。

繁城镇中，"献帝庙"也真是可怜，三间正殿两间厢房像历史的弃妇蓬头垢面，据说曾经香火旺盛，而今占地边长不足30米。殿门有锁久不曾开启，带钥匙的人是个"兼职"的，说是出去了，半天没找到。扒着门缝看，黑咕隆咚的，慢慢适应了才看出一左一右两通石碑。无奈中忽然心生一计，把石门墩中的厚厚挡板提起来，有了30多厘米的"矮门"，我们便从这矮门钻了进去，权作拜庙了，心里也没什么不舒服，反感到有趣。

两通石碑是"真东西"，合称"受禅碑"。东边的那通碑额篆书"公卿将军上尊号奏"，是汉室相国华歆、太尉贾诩、御史大夫王朗等四十九位文武大臣写给曹丕的联名信，劝其接受献帝的禅让"出任"皇帝，也称为"劝进表"。

在此之前，汉献帝和曹丕已演了三让三辞的把戏了，一个是真让，因为不得不让；一个是假辞，因为在反复辞让中可以把舆论造足，让全国人民都知道不是我要当皇帝，是汉献帝非要让给我当，文武大臣非要拥戴我当，天意该着了我当。于是让来辞去的，一个说你就是舜、禹再现，天下就顺理成章是你的；一个说哎呀你吓死我吧，我可没有舜、禹那德行，你要把天下让给我我就连现在的官也辞了……

让够了辞足了，大家都知道汉献帝死活是这个皇帝当得烦透了，这道"劝进表"便"一槌定音"了——曹丕呀，我们劝你接受禅让是按天意办的。天意你知道吗？你和我们谁也不能违背呀，你德高望重三皇五帝比你都差点，你早就该接受这禅让了，这皇帝你就当了吧。你要是还怕有人说三道四，俺们都替你想好了，搭上个受禅台，让能去的都去，再请些外国朋友来助兴，让大家亲眼看到这可不是你抢他老刘家的天下，是他哭着喊着非塞给你的哟。

曹丕明白戏再演下去就过头了，于是对这个"劝进表"表态道，既然你们都说这是天命不敢抗拒，是民意不能违背，那我就别再推辞了吧。

哎嘿，成了！

"公卿将军上尊号奏"是马屁精们的关键一拍，便有殊荣被勒石树碑，立此存证。有个这还嫌不足以说服后人，便又立了西边那通"受禅表"碑，记述下献帝禅让给曹丕帝位的全过程，曹丕如何有德有才如日月,献帝如何让,他又如何多次辞让,满朝文武如何死劝活劝,如何在这里高筑了灵坛举行了大典——相当于一篇"现场报道"留存后世,你能不信?

第二年和第三年,刘备和孙权就紧赶着建立了蜀汉和吴称了帝,扯去了那层早嫌碍事的面纱。

所谓"献帝庙"是明代以后的称呼,以前叫"魏文帝庙"。说是明弘治年间,许州知州邵宝来此巡视,一看"魏文帝庙"便无名怒火高举三千丈,大骂曹丕是篡位奸贼,下令把曹丕塑像的头砍去,塑了个汉献帝的头安上去,这个庙便成了"献帝庙",似乎如此一举就表明自己是个大大的忠臣了,浅薄的邵宝还写联刻于庙门:"台碑受禅依然在,庙寺馨香看是谁?"

如今呢,台碑受禅依然在,庙寺无香更无谁——石碑斑驳不忍也不能卒读,据说很有书法价值,那"曹丕身子刘协头"的泥像早已潜踪匿形不知化为香尘还是粪土了。

"老谱将不断袭用。"

仅仅相距四十五年,到了魏元帝曹奂咸熙二年(公元265年),历史几乎是搬演了同样的一幕,剧情一样而人物换了。于是,这一年也是晋武帝司马炎泰始元年。

他们都用同一个叫"禅让"的词儿,好像是从尧、舜那里学来的,很是好听的温柔。

这历史的疯狂和历史的回旋呀……

1995.6.

广告时代的标语钩沉

话题之一　感受沧桑

20世纪的中国,遭遇"三千年未有之变局",传统与现代碰撞,"西风"与"东风"交合,社会思潮与社会遽变常如狂飙突起,忽而巨浪滔天,忽而跌宕起伏,是非轮回,沧海桑田。亿万人置身其中,或忘我投入,或随波逐流,荣辱沉浮,悲欢苦乐,看似个人的命运选择,实则皆大时代潮流中之一浪花一水珠也。古人谓"世风三十年一大变",可这在20世纪已嫌太久太长,粗略数来,这百年来"世风"差不多是十年一大变,五年一小变。而这"变"的最醒目的标记之一就是标语。

面对过去不同年代遗留的形形色色的标语,如同是一幕幕活生生的沧海桑田。因为这些"用简短文字写出的有宣传鼓动作用的口号"曾是我们生活中的一个巨大的存在,可以说它就是我们某个特定年代生活的"脸面"。如果有一部"20世纪中国标语编年史",那几乎可以当作20世纪的中国历史来读了。亮出一个典型的标语,那个年代的特定情绪、特定氛围、特定生活立刻重现眼前。早年遗存的标语风景，常令我们恍若隔世,感慨万千,而由"主流标语"畸变衍生而成的"土创标语"则常令我们惊诧莫名，哭笑不得——其实那也是一种文化，值得我们从不同角度去慢慢嚼味。

改革开放二十多年来,"经济"渐成时代，社会的主题，标语的空间也越来越被广告替代。有问：标语和广告有何区别？打个比方，标语好比是广告的"父亲"，广告好比是标语的"儿子"。原先"父亲"曾唱独角戏，如今"父子"同登台，而且"儿子"要唱主角。"父亲"与"儿子"当然长得相像，有时甚或分不清楚。譬如都是"简短文字"，都有宣传目的，往往也都大笔如椽写在墙上"广而告之"，等等。然而"父亲"与"儿子"毕竟又很不一样。如标语多为政治性、权威性，而广告则多为商业性、诱惑性；标语多以"强势"张扬，广告多以"软性"媚人；标语标举的是你必须承担的义务和责任，而广告则是夸张你可能占到的便宜和得到的服务；标语的表情是严肃认真、一丝不苟甚至是声色俱厉、不容置辩，而广告的表情则是笑颜常开、妙语连珠甚至是虚情假意、曲意逢迎……

随着21世纪的到来，中国的"广告时代"已然大模大样地降临，"标语时代"显然将逐渐淡化，成为过去。

故事之一　悲剧

"文化大革命"爆发之际，我还不到七岁，"双职工"的爹娘嫌城里乱，自己还没有被下放就先把我给"下放"到老家农村去了。孰料这下子将我撂到了乐园里，河湾里跳水扎猛子摸泥鳅，地里揪包菜偷茄子喂小兔，把剥下的棉花秆皮包块土坯卖给供销社换烧饼吃，跟着当民办教师的姑姑学着用地方普通话读课文，半夜里跟着堂叔一本本不歇气地翻看他藏匿的带"封、资、修毒素"的连环画……

真应了"社会任何地方都不是真空的"那句话，乡村里也掀起了革命造反的高潮。一天傍晚，我叫叔叔姑姑的一伙人在街墙上刷了一条大标语。嗅着飘散在空气中的生石灰味儿，我和几个小伙伴没头苍蝇般地狂奔着蹚起浮土，一遍遍喊叫那标语的内容："打倒刘少奇！保卫毛主席！"跑累了喊乏了刚刚停下来，旁边一个破衣烂衫的青年人冷冷地来了一句："看恁那一只袜子一只鞋的样儿，还'打倒刘少奇，保卫毛主席'咧。跟恁说吧，刘少奇是毛主席的好朋友。"我们冲着这位说不上辈分的"旁姓邻居"翻翻眼皮各自回家了。

次日，我随便提到这场事儿，引起一位本家叔叔的高度警惕。他那时正找机会表现积极，问我敢不敢当面揭发，我说："有啥不敢咧？"当天夜晚就在三间房子一盏15瓦灯泡的生产队队部开起了批斗会。我那本家叔叔对着那邻居青年拍桌子瞪眼睛又吼又跳："你说过反动话儿没有？！"对方低吟："没有。""你说没说过'刘少奇是毛主席的好朋友'？！""没有。"本家叔叔一把拉过我："他说了没有？""说了么，好几个人都听着呢。"场上顿时哗然。那青年幽幽地看了我一眼，低下了头。

随之，"上面"来了工作队，接连几天开会批斗那青年，村里的空气都是紧张的。本来工作队要抓个"阶级斗争新动向"，可一了解，他家庭成分是"雇农"，大概是念及这点才没有"专"他的"政"。后来是，他那破衣烂衫的老父亲一把鼻涕一把泪地"忆苦思甜"，直到他也一把鼻涕一把泪为止。

那青年幽幽的眼神使我懵懂的心猛地一揪，它使我想起了掉到河里的小狗恐惧慌乱的呼叫。我不知道那次事件对他的命运产生过什么影响,但这事儿常在我心里挥之不去,偶或夜半醒来,扪心自问:我算不算充当过告密者?我是不是应该为少年时代的行为忏悔……

故事之二　闹剧

记得是1976年10月7日的夜间,隐约闻听离家不远的马路那厢有阵喧嚣,好事如我者连忙赶去,无目的地瞧瞧有什么热闹可看。市"革命委员会"围墙前,一辆客货两用汽车前轮搭上人行道,后轮还在慢车道上歇着,两道雪亮的车灯刺向朱丹墙面,映出几条跃动的人影忽大忽小地忙碌不停。

凑到跟前,是几位面孔紧绷的汉子。有用笤帚疙瘩往墙上刷糨糊者,有将一张张大纸铺往刷满糨糊之墙体者,有用笤帚把将纸摊平整与墙面充分黏结者,有条不紊娴熟默契,工夫不大就把两米高三十来米长的墙段进行了纸包装。一看这阵势我也就知道了,他们要写大标语了。

果不其然,有大男人一手拎铁桶一手捏排刷跨向前去,桶中洋溢出廉价臭墨的味来。那人面墙站稳,将刷子在桶中搅和搅和,在桶沿上淹了两下,抬手刷将上去,半尺来宽的墨道子淋淋漓漓地现于纸面,那写得真好还真快,一刷下去就是一笔画,跟印出来似的,往少说也得有十年八年的功夫。

随着那字一个个刷将出来,有个完整的意思了,围观者眼瞪直了——"打倒王洪文",顿时鸦雀无声,接下来是"张春桥、江青、姚文元四人帮",我记得"帮"是写成了"邦"字,与后来正式公布的不同。

大大的惊叹号完结了这条巨幅标语,那些人跳上车去开走了,车斗里还有成捆的白纸。有人议论说这几个是谁谁谁、谁谁谁们,他们都是某个时期曾在这个城市里贴出第一张大字报或最早贴出什么大标语亮相表态而成为"功臣"、成为风云人物,并进而成为掌权人物的。言者窃窃,他们这次定然又是得了风气之先。

后来,就是在郭沫若先生词曰"大快人心事,揪出四人帮"不到半年,开始抓"帮四人"时,那几位得风气之先最早在我居住城市刷出大标语者,个个榜上有名。最先写标语"打倒四人帮"者成了跟着"四人帮"被打倒的对象,他们是白忙活了。至今回想此事,好笑之余,觉得大可玩味。这几个聪明人的白忙活,实际上不是在预示着这个特殊的"标语时代"的终结吗?

话题之二　词义寻根

标语,实乃20世纪中国的一大景观。然而,真要让我对标语说出些道道来反倒一下子给蒙住了。脑子里一个个意象纷至沓来飘忽不定,掂量掂量这个不周严,掂量掂量那个不深刻,折腾了几天拿不定主意,只有归结为自己学识浅陋理性思维欠缺。

还是去查查工具书吧。

先是搬了一部上海辞书出版社1989年版的《辞海》,够权威的了吧?可是翻来翻去我倒弄迷糊了,"标"字头下竟然没有"标语"一词。呀嗨!奇矣怪哉!连电脑上"标语"都是个词儿,这堂堂《辞海》竟然不收。

于是又搬出《辞源》来，无有"标语"一词，人家说是所收的词儿下限为1840年。标语呀标语，在这个大部头里成了无源之词了。

我不甘心，又去查阅1999年版的新装帧新修订新印刷新题签的新《辞海》，"标语"一词还是没踪影。

我茫然无措了，你看这读书人，查书本想走个捷径，谁知那十年当中为十多亿人民编纂《辞海》的衮衮诸公却不知出于什么心理，将"标语"拒之门外。我敢打赌，其中所有专家都见过读过标语，至少三分之一的写过标语，少数几位大家的名讳还被用廉价臭墨写上过标语，甚至还用红墨水打上了叉叉呢。

搁置了几天，心有不甘，顺手从书架上抽出本商务印书馆1996年7月修订第三版的《现代汉语词典》来，一经查找，竟然真有标语一词："[标语]用简短文字写出的有宣传鼓动作用的口号。"原来"标语"就是"口号"，难怪咱们老百姓总是"标语口号"连着说呢。忙找出"口号"词条来，有了："[口号]供口头呼喊的有纲领性和鼓动作用的简短句子：呼～｜标语～"。

这下子问题迎刃而解了。没有"标语"咱就找口号吧，反正它们是同质同义的词儿。于是，1989年版和1999年版《辞海》里的"口号"都出来了，还是十年一贯的："[口号]①为达到一定目的、实现某项任务而提出的，有鼓动作用的、简练明确的语句，以供口头呼喊。②犹口占。用于诗的题目上，表示是信口吟成的……③古代帝王宴饮时乐工所唱的颂诗。《宋代·乐志十七》：'每春秋圣节三大宴……乐工致辞，继以诗一章，谓之口号，皆述德美及中外蹈咏之情。'"咱要找的"解词"一看就是那个"①"。

我忽然想起我应当还有部"《辞海》祖宗"，忙翻箱倒柜扒出来，拂去尘灰打开一看，"主编者"打头一位赫然便是舒新城，不是祖宗是什么？

这是部竖排的上世纪40年代中华书局版的《辞海》，里面印着"中华民国三十六年发行　中华民国三十七年十月再版"，不但有"口号"，竟然还有"标语"，摘录如下："[标语]政党或团体在进行大众运动时，将自己所抱之主张，及其趋向之目的，书为简单明快之语句揭示公众易见之处，藉以鼓励群众者，谓之标语。""[口号]……④团体集合时，将所标榜之论点或运动事项之中心，以简短明了之语句，高声呼出，谓之口号。与标语之意相同；惟一为口语，一为文字。"

好了，这下总算把"根"给寻出来了。

2002.3.

补记　当时《东方艺术》杂志约写关于标语的文字，奉命成稿。杂志出版后看到文稿增加了一些，作者署名为金承、曲沟、潦寒（其中"曲沟"是我的一个笔名），篇名《标语沧桑》，想是编辑缘杂志所需整合了数位作者稿件。此次理旧作，仅凭记忆将自己所撰文字摘出修订，其他方家大作不敢掠美。

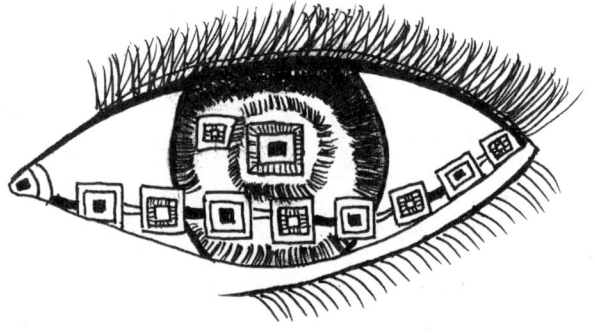

有官同升　有财同发
"韦小宝贪贿文化圈"初窥

韦小宝这市井无赖，竟占据了金庸武侠小说的封笔绝唱，在康熙年间纵横捭阖，官财两旺，艳福齐天，有声有色地主演了热热闹闹的《鹿鼎记》。韦公爵直至淡出江湖，七妻三子外，就是鼓鼓囊囊欲撑破腰包的数百万两银票了。

十五年十五部皇皇巨著的"文坛侠圣"，写死写走一个个英雄豪杰后，给我们单剩这"白鼻子小丑"。且不说他出身妓院（英雄原是不问出处的），就他文（闻）不成武（舞）不能搅屎棍般之人，金大侠竟重彩泼墨，难怪一些读者憋气。

愚以为，金庸涉足武侠之初，诚如张体义先生言有"稻粱谋"意味，可读性甚强。笔下日进斗金后，便于"好看"强化"耐看"，融入"自己的政治取向和对现实社会的一些看法"，《笑傲江湖》《鹿鼎记》等缘此诞生。这也说明，文人发财未必是坏事。

金庸以"世界第一侠笔"写小说，本有超逸之精神；又以"香江第一健笔"写社评，亦有经世之事业。出世入世在笔下纠纠缠缠，韦小宝这"小混蛋"就跳了出来。正如他老先生当年苦恋大美人大明星夏梦不得，后来便在自家报纸上大肆刊登夏小姐香踪倩影,以至于同法国友人交谈时总觉得法语"动人、可爱"的发音就像在叫"夏梦",且每以梦中情人之形绘笔下佳人之影,亦可慰其情怀矣。

葛氏柱宇先生,孜孜金庸十多载,誉《天龙八部》《鹿鼎记》为金著双子星座,且称"鹿鼎"胜过"天龙","愈读愈有味儿"。味在何方?就在"萧峰死后是小宝"(葛氏语),就在"腰缠数百万,携美下扬州"(本人自话)。

单就这数百万两银子从何而来,便很有说道。从何而来?贪污来的,受贿来的,索贿来的,属个人道德品质问题;至于如何贪污、受贿、索贿来的,恐怕就是个社会文化问题了。

正所谓"居移气,养移体",韦小宝打从妓院入宫门登官场,就在贪污贿赂的大氛围中熏着染着,逐渐"成熟",有所发展有所创造、有理论有实践地玩得个炉火纯青。

观照韦小宝,绝不可忽略那个叫索额图的。在韦小宝的"进步"道路上,这位书中非关键人物起着关键作用,从"启蒙教育"到"扶上马送一程",此公诲人不倦可评正高堪当博导。

想当初,索大人与小宝奉康熙命查抄鳌拜,他即据出小宝的政治投资价值。此时的小宝为"皇上跟前第一个红人"。吏部侍郎与"小太监"八拜成交,结为兄弟,把个对官场机谋蒙嚓嚓的小宝吓得愣愣的,索大人却心知肚明:"只要他在御前替自己说几句好话,便已受益无穷。"他让没见过几两银子的小宝对鳌拜家财"尽管拿好了","不管拿什么,皇上都不会问的",又帮眼花缭乱的韦小宝从藏宝库里挑了几件,这自有那"懂事"的书吏从查抄清单上"一笔划去"。随后,索额图一手运作了从鳌拜贪来的巨富家产中昧下一百万两银子,"咱哥儿俩就二一添作五"。

如此身传，令韦小宝不安而欣然。"索大哥"同时不忘"理论教育"："有句话说：'千里为官只为财。'这次皇恩浩荡，皇上派了咱哥儿俩这个差使，原是挑着咱们发一笔横财来着。"他说着了，生长官宦世家的他"素知'揣摩上意'是做大官的唯一诀窍"。果然，康熙本知鳌拜有件价值连城的护身宝衣，清单不见物无影，不是被贪了还能咋的，但是默许了事，直到若干年后方挑明，睁一眼闭一眼地包庇纵容贪贿。正因此，贪贿成为康熙盛世官场运转机制的组成部分，也是其牵制二级权力圈的一种政治手段——辫子在握，随时可揪，康熙不傻。

索大人毕竟老谋深算，提议两人各拿出五万两分与"大家"，"钱是拿来使的，你我今后一帆风顺，依靠旁人的地方可多着呢"，韦小宝自然言听计从。

这"贪贿第一课"对韦小宝有决定"发展道路"的导向意义，且有了"韦小宝贪贿文化圈"的雏形。于是，在那个特定的时空之间，在那种独有的文化氛围之中，韦小宝学成出师青胜于蓝，通吃黑白两道，建立和巩固了自己的"贪贿文化圈"。

"圈"者，一是有相当的人数，二是有系统的理论。"韦小宝贪贿文化圈"兼备二者——他、康熙、康亲王、索额图、吴三桂系、天地会、神龙教、云南沐家、俄罗斯公主系、施琅、太监侍卫系、地方官员等等等等组成矛盾统一的利益共同体，以韦小宝为纽带，大圈小圈，圈圈相联；其理论也颇全面，"花花轿子人抬人"作基本立论，分章节有"好兄弟有钱大家花"，"有官同升，有财同发"，"银钱过手而沾些油水，原是天经地义的事"，"赔本生意，兄弟是不干的"，"想贿赂收得多，第一是要对方有所求，第二是要对方有所忌"，"不论送你什么重礼，你都不可露出喜欢的模样，他如见你喜欢，那便没了下文"；你神色冷淡,他定然当你嫌礼物轻了,明天又会重重地补上一份"。如此一环套一环,结果便是:"你肯收钱,那还不容易？""收礼之人自是好评如潮","贿赂从丰,来者不拒","你自己要做清官,可不能人人都跟着你做清官啊,你越清廉,人家越容易说你坏话"。

  康熙评价韦小宝"不学有术",堪称知己。问题在于,众人包括康熙都明白韦小宝"恃宠而骄",却任其而骄而骄下去。

  如前所述,贪贿是种恶劣的个人道德品质,是要用大力气去抑制的人性弱点；而作为社会现象的贪贿文化圈的存在,却是特定时空的一种守衡方式,起码要在法治全面荡涤人治的时空方能打破这种守衡。以此看来,就不难理解为何在康熙盛世出现了这种怪圈,为何韦爵爷这个贪贿成性之人较开始还想当清官的施琅更得民心（搜刮台湾民众百万白银而得"万民伞"为例）。要打破"韦小宝贪贿文化圈",就得寻找制衡的力量,健全法制、依法治国应当就是这种力量所在,让廉政风暴将"韦小宝"的贪贿品德砸死在萌芽状态。现代文明的开放社会便是对"韦小宝贪贿文化圈"赖以存在之社会文化的革命。

戊寅正月于听喧室南窗下
1998.2.

大龄文学爱好者刘书志、影碟狂热分子杨煜普、新哲学爱好者兆天晓的夜半闲话

戴"箍"的妖猴能成仙？

大龄：这本书是煜普推荐来看的，话题也是煜普提出的，就让你开头切入吧。

狂热：痛快得想哭！这就是我读今何在所著《悟空传》的状态。

大龄：给个理由先。

狂热：就是说，不知为什么许久以来没有痛快过，好像丧失了痛快这项功能。我现在唯一搞不清的是，是环境因素使我不能再有小时候更接近生命本体的那种痛快，还是说人的成长必然要失去这个痛快。

大龄：我觉得这个"痛快得想哭"标示着一种觉醒。一个走出校门数年的文化人，从书本知识的积累到文化观念的形成过程中，确实有个叫"箍"的伴生物，关键在于你对"箍"的认知形态。从吴承恩的《西游记》到周星驰版《大话西游》到《悟空传》，都演化出一个"紧箍咒的诱惑现象"。"紧箍咒"有种巨大的社会文化象征性，它不仅是肉体的束缚，更重要的是精神束缚——施加于"妖"或"妖猴"时老是说，你受这种束缚是要"果"，成佛成仙呀什么的；

它同时还是一种精神指向，具有轨道框定性又有目标的指定性，自觉意识稍有萌动，行为方式稍有游离，即使你也是要求取真经，甚至要找个取经的便捷方式，于是箍在头咒便在耳，让你头痛欲裂灵魂出窍，直到你驯服求饶："师父，徒儿再也不敢了。"于是停止念咒巨痛消停。这种过程的多次重复使"妖猴"进入一种麻木不自觉状态，在标志着"度"的"箍"中彻底地不以痛苦为痛苦了。妖猴猴妖们的独立见解和自由思想在念咒的痛苦和不念咒的不痛苦中"历练"而顺应，有的把"金箍"甚至当成一种头饰了。

狂热：一种头饰，一种标志。现实生活中的猴妖们概莫能外，都得顶个"咒"，如果大家发现你这家伙没有这个"咒"，就不能再把你引以为××了。如果大家都有你没有对你是种解脱状态的话，你应该是快乐的，但大家为此而又引你为××，于是乎你就痛苦了。这就是个悖论。

大龄：人生往往陷入这种悖论当中。从《西游记》来说，他弟兄仨都戴着有形无形的那个"金箍"，而没有自由思想、独立意志的八戒也好，沙僧也好，就没有被念咒的痛苦，悟空往往就有被念咒的痛苦。

狂热：觉醒是最大的痛苦。

大龄：的确如你所说，从《西游记》到《大话西游》到《悟空传》是一脉相承。而这个一脉相承又是递进的，一个比一个的独立意志更强烈，一部比一部颠覆性更强。

狂热：更强烈地把这个悖论凸现在我们面前。之所以"痛快得想哭"，就在于《悟空传》给出这样一个机缘，让我一旦开始阅读就进入这样一个场景，我的六神脱离开常态的我，以超逸的角度来观照，我是如何戴上这个箍和要不要去掉这样一个箍之间是怎样的状态。

大龄：所以，《悟空传》用现代解构方法也好，现代语言形式也好，它使现代人更容易寻找自己的影子，寻找自己对应之处。我认为《大话西游》和《悟空传》都有个"反《西游记》精神"，不是单一层面地表现天公之神圣、唐僧之纯洁、悟空之调皮捣蛋，反而道破了唐僧在给孙悟空念咒同时又被别人"念咒"，这就很有意味了。就是你说的，你觉得束缚比较多，可给你束缚的人或许受着更大的束缚，他身上凸现的悖论更多、更明显、更集中。

狂热：问题在于，大家能不能倒着一环扣一环地把这个"咒"来除掉，回复到那个本真的、痛快的状态，我们能不能更让自己减轻点这方面的心理负担？

大龄：你这有没有一种非要揪着头皮离开地面的感觉？如果从"存在的就是合理的"这个角度来说，咋办？

狂热：搞不懂，这现在对我来说属于搞不懂的东西。

大龄：所以我说过"人生最大的痛苦是清醒的痛苦"，知道为啥痛苦，痛点在哪里。当你明白清楚后，又陷入了更大的痛苦，是个更难解的"结"或说方程式，还不如仍处在那个麻木状态，《圣经》有言："那些一无所知的人是多么幸福呀！"另一方面也印证了像你这种人，"知识越多越反动"。

狂热：对。做一个"天蓬"，或者做一个"卷帘"，其实比做一个"齐天大圣"是更幸福的。

大龄：这个问题对现代人来说是个更为明显、更为深层的痛点。黄仁宇先生有一观点，农业社会中人与人的关系是单线条的，工商业社会中人与人的关系是复合的、多元的、网状的，农业社会人与人之间关系比较单纯，在工商业社会，动一点就会辐射一片。

狂热：你有没有发现，从《大话西游》到《悟空传》，把这个矛盾的载体放在了感情和理想之间,这是吴老先生那个东西里体现不出来的,也就是你说的一个比一个更甚一层,到了《悟空传》,连个天蓬、白马甚至唐僧也都有了自己催人泪水的情感历程。但这个东西又广泛地、不约而同地受到人们发自内心的喜爱,难道不是从反面说明了我们的感情生活已经匮乏、荒芜到了一种让我们自己觉得发指的地步,所以看到这种苗苗、芽芽的时候,会不由得落下一滴……

大龄:咱俩的年龄差别造成不同感受。你想哭,我没有想哭,我感到了一种……失落。"想哭"说明你的感觉还没有像我这样磨损,我的感觉比你多磨了这些年,所以我看了《悟空传》感到一种深重的失落,觉得有些是追不回来的东西了。

狂热:对我来说,其实也追不回来了,即便有时间、有空间,也追不回来了。

大龄:你总比我离得近点儿。

狂热:离得近而抓不着,我就比你更痛苦!去者去矣,但是,人在只差了一点点而抓不住的时候,才会有想哭而不是遗憾的感觉。

大龄:为啥"失落"呢?还说"紧箍咒"这玩意儿,从你对它的反叛,到你对它的适应,到你对它的麻木,这恐怕是大多数人走过的一个过程。到了一定的程度,这个"咒"就不再是外加的了,而是自觉的了。开始你怎么着时,师父给你念咒,随着时间发展,你还没有怎么着,只是刚有了想怎么着的念头,你自己立即就想到了这个"咒",你为了躲避这个"咒"的效应,你就戴着那个"箍"继续往前走,"咒"化入了你的潜意识。

狂热:关键是,到了你说的这种时间(年龄)段的话,你怎么能确定你要去的那个地方正是你原本要去的那个地方?

大龄:谁也不能给你肯定的答案。这就有点儿"集体无意识"

的状态了。不管是人类发展还是自我发展，都是一种历史淘汰、自我淘汰，历史毁坏、自我毁坏，正是"少年满腹凌云志，而今无人不白头"。可怕的是，到了白头时，就回头怀疑甚至否定"少年满腹凌云志"了，越来越失去本真，越来越失去元神。

狂热：甚至到你说的这个程度，他本身已经成为这个"箍"里的一部分了。越来越多的力量融进这个"箍"里来，靠个体力量更加难以突破。

大龄：对。唐僧念咒是突然外加的一种强力，就必然产生巨痛；而种种外加力量甚至包括你自己的力量附着到这个"箍"上，就像在一点儿一点儿地紧螺丝，一天加一点点压力、紧几个纳米，这样一个过程中没有强烈的刺痛感，你那个头型也就适应了。

狂热：那么当你比别人更意识到这个"箍"的存在时，你还要不要保有你的敏感。你虽然不能保证你整个的生命流程中，这个敏感度始终都那么高，但你从主观上刻意把握它，应该不至于缺失得那么快吧，有一个和外力相互抵消的过程。

大龄：那就得"痛"。

狂热：我意思是说会不会放弃这个敏感，让自己不痛？

大龄：要么就用能够用的方法，把这个"箍"给打掉、扔掉、敲碎；再一种，你不觉"箍"为"箍"。如果要打掉，不论吴版、周版还是今版的孙悟空，他要打掉这个箍，就要到处去求索，但他最后还得依靠佛祖。有箍而无箍，是个麻木状态，无箍而有箍，是个适应状态。等佛祖把箍去掉时，就是他认为不戴箍和戴着箍已经没区别了。在这个过程中，在他们没有认同的情况下，如果想去掉这个箍，你求也不行，反抗会带来更大的痛苦；如果你的力量和他们的力量相抵消的话，那他会用他的强力把你的力抵消掉以后，他依然存在，而你……《悟空传》里有两个情节：他不认紫霞，不认阿瑶，这是他戴上箍之后了，其实他内心想认，但怕这个箍伤到自己心爱的人，所以他为了不使这个箍有所动作，他只有不认。不认，保护了自己和爱人，但真到认了的时候，就走向了共同毁灭，付出这个代价，就得到了大自在。周星驰版的孙悟空最后不是自己把"箍"戴上了吗？种种复合因素弄得他自己给自己戴上了，在戴上之前，也是泪流满面，也是痛苦不堪，也有念念有词，反正就是自己给自己戴上了，然后在"箍"的框定下一直往前走，其间他也还想把自己心底的那一滴泪捧出来，但是他只有借助一个替代物来解决这个问题，他自己只有扭头而去。

狂热：选择爱情作为象征物来凸现这个矛盾，只是为了强化这个效果。你不能不承认，周星驰和今何在借用爱情这个线索，达到了很强的煽情效用。

说说这个《大话西游宝典》。

大龄：对《宝典》我同意你的观点，甚至不用再说它了。《大话西游宝典》《周星驰不完全手册》《悟空传》，有没有商业性操作在里边？

狂热：到这个时代了，什么东西能逃开商业这个"箍"呢。

大龄：那，谁在这个"箍"里边玩儿得更得劲儿？《宝典》？

狂热：它就属于你说的那种"不把箍当箍"了。

大龄：那么它的经济效益应该是最好的。而《悟空传》，网络写作，是在一种未知结果，或者说未知经济收益的情况下开始了他的写作，那么它在原创阶段应该是一种比较自由的写作状态。那后来又是谁给《悟空传》戴上"箍"了？

狂热：那肯定是它的运作者了，这个人很聪明地游弋于网络和现实之间。但我觉得《悟空传》的操作者比"宝典"操作者的社会责任心更强一点,或者说,在思想观念上更深刻一点。

大龄:可我觉得他更有商业眼光,更预知到了白花花的银子,黄灿灿的金子。

狂热:我觉得《宝典》更像一锤子买卖,而《悟空传》在树一个牌子甚至几个牌子。"博库网站""网络文学大赛""网络人文书""十大网络写手"——它推出这一系列的"概念",为今后就作了强有力的铺垫。大家在自己心里对相近题材下的不同品牌会有一个优劣的评判。

大龄:怎么看《周星驰不完全手册》?

狂热:《手册》的运作,更像是送给自己的一份心爱的礼物,蕴含了很深的挚爱和智慧的光芒,没有一丝躁气。从我本人而言,《宝典》这种情绪化的东西并不能给我以太多阅读上的满足的快感。但是,又是在我花去了阅读的时间后才能得出这样的结论。

大龄:但《宝典》在商机的捕捉上是成功的,它在阅读上能给哪些人以快感?

狂热:会给"陷"在网络里的这些孩子,那些七至二十岁的人。《手册》是二十至三十岁的人有快感。《悟空传》是二十五岁以上,岁数愈大,快感愈强。我想也包括你所说的"失落",你说的是那种感觉,我说的是感觉强烈的程度。

大龄:完全同意。

狂热:所以我认为我们应该旗帜鲜明地向《悟空传》来表达我们的敬意和推崇。如果给此书写篇书评的话,我的标题会叫《我快乐死了》。因为这本书,它让我看到了想象力不灭,在社会众多个体想象力普遍缺失这个大状况下,它的电光石火般的灵感,唰唰——

唰唰——唰唰唰——

书籍给人的快感,除了知识本身,还应该有一种角度、思维方式的快感,但是现在逗口舌之快的快感总有很广阔的市场,而且总能抓到先机,当然这也符合事情发展的规律。

大龄:它深知如何对付这个浮躁的社会,它深知如何在这个"箍"里头打转。

狂热:对于目前流行的一些"写实"的小说,我个人越来越没有阅读的欲望。

大龄:书其实也是个"箍"。有的人读书不是为了在精神上升华,是为了在精神上堕落。从书中学权术,从书中学诡诈,从书中学狡辩,这就是为什么一个时期许许多多大大小小官员"刻苦研读"《国画》这类官场文学,这是个很微妙的阅读现象或说社会现象。他们并非是想冲决这个"箍",而是为了解读这个"箍",从而在这个"箍"里更自如自在,规避"箍"以免引起"箍"的反弹。

很多的人是种观剧者的心态,改革者的胜利,反腐的胜利,他会拍手称快,而改革者的头破血流,贪污者的得逞,他也会感到欣欣然,这是一种非常"另类"的阅读快感。孙悟空大闹天宫,他读得如醉如痴,孙悟空被绑上柱子,刀劈斧砍,狼咬狗吃,他照样感到高兴,一切血腥的场面,正义的、非正义的血腥场面,都能使他的神经兴奋起来。

狂热:现在看书的可以分为两种。一种是不愿动脑子的,只图有这种生理刺激,无论是血腥的、肉欲的、同情的等等等等这些人类基本的欲望可以给他的刺激,他都可以从中获取一下,以资调节一下他无聊或有聊的生活;另外一种是动脑子的,又分两种,一种是你说的这种,从反面吸取经验教训来让自己在"箍"里获取更大空间，另外一种是咱这一种，只想更清澈、更透彻地了解到这个"箍"的本质所在，结果是徒唤奈何地看着这个"箍"。

大龄：这最后一种他比所有人都痛苦。

狂热：只是定定地看看，像看着紫霞去了一样。

大龄：撕心裂肺地看着，痛不欲生地看着。

狂热：然后听到或发现类似《悟空传》和《大话西游》这样的文本和图像文本的时候，还是迫不及待地要去亲近，让它们来刺激我们即将变得麻木的神经，然后再看一眼这个"箍"，你说咱是不是有自虐倾向？

大龄：确实。昨天看到张洁的一段话，"当我走上写作道路那一天起，我就深刻地认识到，我的痛苦就是我的财富"。所以我认为"痛"是很难再"快乐着"，有时候甚至"痛"死也"快乐"不起来。有个女人，把《红楼梦》读了不下十遍，最后认定，最伟大、最值得她效仿的人物，是王熙凤。

狂热：很恐怖！很恐怖！我想曹先生得知这样的结论时，会像周星驰演的悟空一样，来一句"我拷"！

大龄：是的。这个"我拷"是一种情感愤怒到了极点，无奈到了极点的最后的词儿了。这个词儿内涵不深，外延甚广，可以把一切极致的情绪包容进去。

值得注意的是，《大话西游》《悟空传》们是如何把古典的东西变成"今典"的东西，这是怎样的一个转换过程。周星驰、今何在的悟空、唐僧、八戒、沙僧等等都已经不是吴先生的那些东西了。无论从它们的更符合现代人的精神，对于自由意志的张扬，对人性回归的呼唤，都是现代版本的了，有点"借壳上市"的味道。从传播的角度来说，它应该是更具大众性或者说层面更丰富，挣扎在"箍"

中的能看到自己的影子，即将入"箍"的也能看到自己的影子，热恋中的小底迪小美眉们也能找到自己的影子，甚至做广告、做策划的人也从中找到了激发点，像香港影星张柏芝那个掌上电脑广告。这些"今典"有很大的辐射力，不同的人都能从中读到自己想读的东西，读到自己能用的东西。

狂热：但同时又一种论调，把《大话西游》归类于"恶俗"，仔细想一想，这便是一个说话者到底站在一个什么立场、什么角度来发言的问题。他们说这些流行的就是恶俗的，而我认为作为经典它首先必然流行。

大龄：浅薄的人必然从浅薄的层次浅薄地认知事物。前些年，为了打压流行歌曲，卫道士们津津乐道一个进口掌故，说是国外一个名人去听音乐会，表现不爱听，人说这可是最流行的呀，该名人斥道，流行感冒也很流行，那也很好吗？引用这个故事的人如获至宝地喋喋着，作痴儿状，其实那外国名人是典型的在偷换概念。

狂热：你认为他们是没脑子？不，他们是有脑子没用到正地儿，他们是在别有用心地讲这些话。所以我说过，有些人不愿别人学会动脑子，别人动了脑子就不会再买这些人的账。这些人已经通过"反阅读"了解了这个"箍"的性质、性能，明白了在这个"箍"内如何自保，他又运用自己的这聪明之处，再造一个"箍"来套他认为暂不如他的人。

大龄：更可怕的是，他想给一切人戴上，不仅是不如他的，他还想给比他强的人戴上。因为，这些人是"箍"的既得利益者，他就想用他的"箍"再去套别人，以期获得更大的利益。

狂热：前一段《南方周末》有篇文章在谈到华语电影未来的走向时，提到了《卧虎藏龙》，他就认为这个片子的火爆只在于它的武打的这种包装,仅仅是靠这种包装,吸引了西方观众的心。这不纯在瞎掰么。

大龄:这和说《红高粱》是将中国人的丑陋面展示给西方人、讨好西方人,如出一辙。

狂热:起码,我即便在《卧虎藏龙》的形式上也看到了一种非凡的想象力,就算在我们这样一个武打片泛滥成灾的地方,又有谁想到了像李安这样更令人信服地来表现轻功、武功?没人这样拍过。这就有种想象力给我震撼的快感。而我另一个朋友就看出来了这样一点,人们写侠客写得太多了,但没人写过剑客,李安就是试图塑造俞慕白来表现一下剑客的人生与内心世界。

大龄:这些年我国的文化精英层面终于接受了武侠,更有人将金庸置换了茅盾。记得有篇文章,说金庸是传统文化意义上的士,而古龙是传统文化中的浪子。当我读了古龙一些作品后,忽然感到,有人指斥金庸"伪善"是有某种意义的理由的。金庸就老是拿一些很深厚的文化来掩盖他游走在陈腐文化的"箍"中自得自在的实况,而古龙笔下的人物有各种的"缺陷"甚至精神分裂,但大多有强烈的解构性和颠覆性。

狂热:周星驰所秉持的,未尝不是这个原则。

大龄:对呀。他们活得更像人,是基于人的态度、人的精神来活,可以说他们可以在你面前脱得光光的,让你能看到他的一切毛病和一切真实的存在。

狂热:那位作者说《卧虎藏龙》是武术皮毛眩惑了观众的心,我觉得他太夜郎自大了,观众都是傻帽儿吗?

大龄:在国民劣根性中,最大的之一就是"妒人富,嫌人贫",只要看到你比我过得好,我心里就难受之极,我就用一切手段来给你戴上"箍"。如果说西方观众看《卧虎藏龙》欣赏的是中国武术的皮毛,那他欣赏的是不是外国电影高科技的皮毛?如果这样,还有没有不是皮毛的东西。"所好者钻皮出其毛羽,所恶者洗垢求其瘢痕",三字真经"莫须有"。要说文化传统,那真是有非常优秀的地方,也有非常恶俗、恶劣的地方。在民族的文化发展过程中,理性的东西往往负于非理性的东西,我们这个民族太感性化了。读金庸的《碧血剑》,让我更为慨叹的是《碧血剑》后面的《袁崇焕评传》,功勋卓著的一代名将,因为朝廷一句"通敌卖国",没有死在清兵和朝廷的刀剑下,而是被轻信的"情绪高涨"的北京市民们一人一口咬死的。每每想起,我都有种莫名的恐惧感从尾巴骨凉飕飕地蹿上头皮,我真怕有天在大街上突然三个人指着我喊"小偷!"便有三十个三百个群众齐上阵把我打翻在地,踏上好多只脚。袁崇焕身上体现出怎样的悲剧呀。有人说中国的文化精神的主流是忧患意识,其实这种忧患意识的主体,恰恰是那些想挣脱"箍"的人。《悟空传》《大话西游》,在语言上、形体动作上、画面组合上,它们试图用一种解构古典的方法来包一层欢乐的"皮",而它的内核,却还是"忧患"。

狂热:对于《西游记》,我有一种很强烈的感觉,它是告诉我们,"箍"之不可以突破。它总更像在说,"箍"是多么的厉害呀,我们可别去招惹它。

大龄:并且指出了"箍"的最后结局,你如果顺着"箍"的道路走,就可以成"佛"。而《悟空传》表达了对这个结局的怀疑。

狂热:我就说嘛,即便你到了那个地方,又发现了那儿不是你原本想到的那儿的时候,可你的生命流程又不可能重来一次。

大龄:《大话西游》和《悟空传》还表明,恰恰在一种漫画状态,更接近人文本体,当你处于漫画状态时,你能够变形,能够随心所欲去解构、去颠覆。其实,"站起来的猴子"又何尝不是这样?

狂热:我大学期间唯一手抄过的一本书是《彼岸》。其中有一个人,大家都在找东西的时候,他不找,别人就来问他,你是不是找到什么了?他说我没找到。你没找到你为啥不找了?我真没找到。你不要装了,你肯定找到了又不想让俺们知道,你真孬!

大龄:《悟空传》中说到,天宫征集写西天取经的文本时,唯一中选的是吴先生的《西游记》,因为它非常符合天宫的意愿,他就中选了,他就成了古典了,他就流传至今了。如果说《悟空传》是一种箍外的自由的话,那么吴的《西游记》又何尝不是箍里的自由呢?文学艺术家都处在一种社会边缘状态,有的是在箍外的边儿上,有的是在箍里的边儿上,这不一样。为什么反腐题材大行于世,就是那些箍里的边儿上的人物在叫嚣。

哲学:在做箍。套用《大话西游》唐僧的话说:观音姐姐,你那个箍太粗制滥造了,还又歪,毛都扎住了,我前天在陈家村发现一个箍,打制精良,物美价廉,我们再去给他定做一个吧!所以说,箍也得讲求质量。比如不太好的箍,我让你今天喝水你就喝水,我让你吃菜你就吃菜,那你肯定不愿意嘛,人是有欲望的,他这会儿非得想吃菜,非得想喝水,你咋办;另一种箍就是,你想吃啥就吃啥,反正最后得给我干,这就是好箍。

大龄:现在的问题是,有很多粗制滥造的箍。

哲学:非要给你戴在头上。而且薄利多销。不,其实是厚利。关键是不能去陈家村买。肯定会说,悟空都是你的不对,戴啥箍不是箍。而人家悟空是"我就不想戴箍,你要给也给个好箍"。

大龄:问题在于:一是垄断经营,别无分店,即便毛勒着,眼皮扎着,也得叫你戴。另外,在垄断者眼里,叫你戴箍实际上是对你的一种恩赐，唉呀你看你这个人没戴箍的时候像个孤魂野鬼，居无定所，一戴上箍了，刚才你的话，就可以喝水了，就可以吃饭了，箍成为一种可以吃饭、喝水的标志，另外呢，他要千方百计不让你知道，把箍抛开之后，你可以跑到一个有很美的水、有很好的饭的地方。

哲学：没箍者即为妖怪，有箍者将要成为神人，而谁不羡慕神仙呀！

大龄：现在他既是箍的制造者，又是箍的经销者，又是箍的质量的评判者。

哲学：是这样的：如来制造出来"箍"以后，发下去，观音发了几个，普贤发了几个，忽然有一天，观音发现普贤和他们说的不一样，普贤说戴上这个箍之后你可以成为能吃能喝的神仙，观音说神仙就不是能吃能喝的是造福人类的，于是观音就跟如来抱怨：你看，普贤让人家能吃能喝，这明显就是在破坏箍，他应该去控制他们。如来说：观音你去弄个"3·15"整整呗，如来又说，普贤毕竟是你师兄弟，注意点。

大龄：让你对"箍"的认识规范化，规范你的推销词儿，规范你的制造手段。造箍者的意志无非是加上各种修饰的词语，如何让戴箍者能顺利地戴上箍，没有反抗地戴上箍，心甘情愿地戴上箍，就是这样。如果是个高明的销售箍的人，对于想吃喝的人就说你能成为吃喝的神仙，对于想追求心灵层次的妖就说你能成为心灵层次上的妖，箍还是那个箍，推销词儿得因人而异，最终目的就是要把这个箍给你戴上。

哲学：对于"箍"，自由是人的本性，人本性中都有动物的一面，最开始的"箍"只是一个很松散的布袋子，就是自然规律我吃你你吃我的食物链，不要做一些破坏环境的事情，但是"人"的精力过剩，他把这个布袋子变得越来越花哨，越来越结实，把自然规律抛远，就不再不戴箍了，到现在这个"箍"呀，还是不能一点"箍"都没有，它本来并不是个"箍"，应该是大家有一个秩序。

有的人就是为了戴箍，孙悟空他这个妖以前没戴过箍，他又和造箍的人差不多聪明，所以他就会想象，除了戴箍是不是还有别的方法。所以说，后来孙悟空就戴上了箍，目的就是为了他想知道戴了箍之后是不是有别的方法可以不戴这些箍。

我认为跳不跳出来也是相对于一个年代而言的。在吴承恩那个年代，他相当于已经告诉人们，我还戴着箍，但这个箍没有你们想象得那么好，还有比这箍更好的，实际上这对于当年来说，现实无论跳没跳出，他的思想跳出去了。到了周星驰，1994年，拍《大话西游》时，当时在香港电影那个阶段，周一路演的忍气吞声都是闹剧，好像是在作贱自己，但是他就是为了要戴这个箍，戴到拍《大话西游》这一年，他突然就告诉人们，这个箍不戴会更幸福，我今年就不戴了，所以他就赔钱了。到了今何在这个年代，终于有人发现，孙悟空都已经跳出去了，你们还在这儿干啥嘞，我昨天见了，还跟他一起喝了酒，咱都走吧，今何在就告诉大家，该走了。

大龄：从深度、广度来说，我们的文化体系可以说是"百分百"了。几千年形成这种坚固的结构，不论是俗文学、雅文学都达到了极致。而正由于港台文化较早受到外来文化的解构力量，也就较早丢掉了对传统文化的敬畏之感，在颠覆、解构之后，实际上吸收了合理、精华的部分，抛弃了僵化、陈旧的部分。你们那个调查中40%多的人为《大话西游》叫好。其实《大话西游》也好，《悟空传》也好，都是"打着红旗反红旗"，是"借壳上市"，借了《西游记》的壳，来传递一种人性化的、自由主义的精神理念。

"五四"之后的相当一个阶段，包括所谓影响了一代人的作品，实际上把传统的"文以载道"的理论推向极致。

哲学：实际文化思想曾经是相当禁锢的。特别明显地表现在宋以后，唐宋以后不但没有诗人，而且没有思想家。

大龄：明代话本小说、言情小说甚至艳情小说。

哲学：思想深度不够。明朝小说发展到了一个极致。

狂热：更走向大众化了。

哲学：但没什么思想价值。就是顾炎武他们也一直在回避一些很重要的问题。不过他倒是给大家提供了一个思想文化上的方法，而当时有思想的艺术，还是体现在小说上，包括吴承恩的《西游记》。宋以前的思想家可以明确地说思想应该是啥样，世界应该是啥样的，宋以后没人敢这样说了。实际上吴的《西游记》里，明明白白给大家套上个箍，它最明确地提出来，思想到了宋代孔孟之道发挥到极致，认为这一套思维，这一套文化就是大家应该遵守的。实际上当时很多文人都这样想，而吴只在小说里表达这想法，他塑造的这个孙悟空到最后还是戴上了箍成了佛，他只是告诉大家这么多佛中间有悟空这样以前不是佛的人是如何来想事情的，是怎样看这个社会的。之后，到"五四"，我认为它很"空前"，因为它明确地告诉大家，这是一个箍，而且，很多人把这个箍给扔掉了，不是一个两个，而是一批。我认为真正打掉箍的年代就是世纪之交的这几年，你看现在咱参照这个箍的方法不再是我告诉你"我的思想是对的，以前的其实都是坑害老百姓的"，不再是这样，而是大家很明白地通过这些年人们不断地接触外来文化、自身不断地变革，保证了大家"我认为我要这样活，我不要戴这样那样的箍，如果你想戴你随便戴，我也不认为你戴就不对,如果你不想戴,更好,我更欣赏你",现在是走入了这样一个时代。

大龄：更趋向一种宽容、多元、理解。

哲学：虽然现代没有大师,现在可以说中国文坛没有真正的小说,没有真正的文学作品,但是,咱们这些普通爱好文学的人已经开始从这方面感觉到,不再是一个两个人,而是大多数人都在这样想。这就说明,"箍"在慢慢地去掉。所以,类似于《悟空传》这样的作品网上比比皆是,在人们中间也比比皆是,虽然还没有最后形成一种大师一样的作品。何为经典,经典不是箍住人,看似一个"箍",实际只是个精神支柱,像《悲惨世界》表现人应该怎样面对社会,它原原本本地把这个社会本质的一些东西给表现了出来,就没明说冉阿让是一个英雄,大家要向他学习,它只是通过表述冉阿让的经历来告诉大家你在这个经历中会认识人生本身是什么样的,用文学语言来给人们支柱,支一年两年,甚至一百年二百年。《西游记》只支持人到现在,就需要新的东西出来了,在文学上我觉得是这样的。

最主要的是抛弃,箍是不可打破的,是金刚圈。张元说："电影作品是艺术,艺术代表个人的观念、感受。社会经济是社会,是历史,是现实,是按它既定的规律走的。我的电影从任何角度拍都只是我一种个人感受。"他的意思很明确,这个箍在我拍电影的时候,我没有要它,我把它放在了一边,但是箍是现实存在的。在最近十年间,五年间,尤其近二年间,越来越多的人,在越来越多的时间,把"箍"视作一种装饰,而不是一种指导,就像牵在牛鼻子上的一根绳,在这样去思考这个世界,这样一来,原先这个"箍"的效应在不断地减弱,在影响人们对生活、对社会思考的这个作用上,在越来越减弱。

狂热：这样一来，谈话之初提到的那个悖论就有解了：越来越多的人跳出来，原先的"箍"就发挥不了作用，越来越多的人不断加入到原先被视为"异类"的行列后，"异类"也就不再成其为"异类"。

大龄："箍"外边的异类不成为异类以后，"箍"里面的就成了异类了。随着这个比例的消长，就形成了"箍"效应的消解。

哲学：我认为在这条路上的人，会越走越靠外。你说周星驰的《唐伯虎点秋香》是无箍可依，我这样看，在明代，才子唐伯虎的东西其实属于是想躲避箍的东西，当时并没有"点秋香"，他是以他的作品和作风，标新立异于忠于孔孟之道的那些文人，在当时他是想脱离箍，想躲避箍。再往后，人们编造了"唐伯虎点秋香"，人们沿着他这个想躲避箍的路子走下去，人们已经开始考虑这个"箍"了，就把他编得更想逃避，就是三笑定终身，为了一个女仆人乔装改扮怎么样怎么样，这在当时的文人来说是不可思议的；等再往后，到现代，出现了陈思版的《三笑》才给它赋予了"我们这个阶层的人，应该和想脱离箍的文人相结合"的主题，也就是说"你那个箍不要箍得太紧，松一点儿，连我们也箍进去"；等到了周星驰版的《唐伯虎点秋香》，他也很不想要箍，可又想用这个箍挣钱，他把唐伯虎的"才"突出在他的聪明伶俐、率性创作上，但周当时并没有打算跳出这个"箍"，他并没有打算像《大话西游》一样告诉人们：虽然我给你们做了个"箍"，但是你们要把它扔掉。他只是告诉大家：那些文人都是这样的。

大龄：但是不能否认他们已经敢于藐视"箍"，藐视一切"崇高"了。

哲学：他们已经知道自己头上戴的是什么东西，但是我觉得他还是要戴。只是你不要觉得这个箍会闪闪发光。

大龄：所以，《悟空传》就是在一个很自为、自觉、自由的写作状态下的产品。因为，网络写作没有稿费保障。

哲学：而且很多人不知道，它并不是让所有人看的。

大龄：它甚至是一种情绪的张扬或宣泄，是更接近本真的东西。

狂热：现在看来，一开始说的那种读完之后"痛快得想哭"就很没有必要了。

大龄：不，那同样是一个很本真的感觉，但那个感觉也可能还是一个"箍"。

哲学：影视作品对内地的文化影响，从某种意义上说不如文学，因为影视的条件没有外国成熟。中国的一个特点就是"广"，地域广、人群广、层次也广、生活方式也广，在这种情况下，占主导地位的城市类的影视作品对文化的影响相对于以前就起到了越来越重要的作用。十年以前，十年以前再往前，中国内地主要是通过文学作品认识外部的，因为当时在城市也没有几家电影院，也没有什么电影，但是到今天，今年是个特殊的年度，去年引爆的冲击电影发行体制的"五元票价"的大爆发，到今年中影内部的争论……今年引进大片是历年来最多的，题材最广泛，禁忌度也是最小的，冲击力也是最强的。

狂热：其中不乏一些深度上等同于《悟空传》一类水平的作品。

哲学：去年就有了这样的苗头。去年引进的最成功的影片，一个是《碟中谍2》，一个是《角斗士》，它明显体现了好莱坞去年电影业最辉煌的一面，之所以引进速度那么快，我觉得中影是痛下决心，而且是迫于峨眉影视的那个"五元老总"，我觉得中影有一定的针对性，也有一定的归属感，中影好像不再觉得它那个箍是那么神秘、那么光彩照人了。

从事实即可看出，从去年到今年，中影——专门卖影视箍的这个人，他已经觉察到这个箍的松动了。四川这个人就说了，五块钱看电影没啥不可以，以前大家都在问为啥不能降价的时候，没有一个人敢说，但实际上大家都清楚，不降价是因为中影公司明令禁止降一分钱，首先你们放映上离了我就没法儿活，那你就不要跟我谈条件，当时所有进片的权力集中在只此一家，这么大个中国只有中影一家，到去年，四川说——因为它是个个体的合资的——我就卖五块钱，如果你中影不喜欢我，你也可以不把电影给我放。但是，很明显当地的中影公司不会不给他，因为我买你的拷贝的价钱出得比别人高，你给不给我，而且再加上我们之间的个人关系。

大龄：实际上从这个进程当中，我们可以为中影公司唱一句赞歌，就是：中影公司在高喊着引进巨片的过程当中，使我国人民淡化了"巨片"观念。

哲学：本来是想蒙人的，说你看大片比别的片好。但实际上他引进后这个价格上，不是说大家不想去看，他就是硬生生地说，我给你们这个箍戴，这个箍是大片，你必须给我这么多钱，大家就不停地掏呀掏呀掏，随着这么多作品的文化的积淀，大家从而就会觉得——根本不是这么回事。由此蹿出来这个赵国庆，他说：给我五块钱，你们随便看。我这肯定比你那"十元票价"挣钱，因为我不受你管，你没法儿关掉我的电影公司，你也没法儿不供片给我，因为这个中影公司内部已经起壳了，他们运作到后来本身也比较被动，本来国家把这个东西交给你管，你把这个市场却做得很死，还为自己找托辞说——现在好莱坞的制作水平下降了，电影质量下降了，所以引进也没人看了。

大龄：这些成熟或不成熟的引进方式，起码告诉了戴着箍的准备戴箍的人们：离开箍以后，有更好的饭和更好的草。

哲学：所以他今年前两个月引进的全是最火的片儿，而且也不再在价钱上规定那么死，电影市场已经放开了，以前就是独家，现在很多人是我可以跟你商量这个价钱。

大龄：历史上，有这样弟兄俩：当了皇帝的曹丕说文章是"经国之大业，不朽之盛事"；而被排除在"箍"之外的曹植说，文章乃"雕虫小技，壮夫不为"。实际上就完全在于他的主观认同你这个文化作品是否想抛弃或是触动这个箍。别老是弄得"一言丧邦，一言兴国"，人人自危，自己吓自己。

哲学：它代表了对箍的不同看法，实际从文化上来说，老是提醒大家去看这个"箍"，本来大家都不意识到，但它总是提醒你去看，就像以前的亚里士多德一样，大家都说地是方的，他非说你们要想想地球是圆的可能不可能，大家就很恨他。

大龄：这个还是个第一个站起来的猴子，吴承恩的猴子，即使他对猴民做了一些有意义的事情，甚至给猴民带来了一定程度的幸福，但是由于他总是要跳出箍，最后只好叫箍箍住他。虽然他找到了水帘洞福地，他强销了生死簿，他给猴子带来了福利，但是正因为他这种反叛精神，老是敲得这个箍叮当响。

狂热：吴承恩那个猴，是一脚踏在箍内，一脚踏在箍外；《大话西游》里的猴，两只脚都踏在了箍外，但是与箍仍相去不远；到今何在的猴，是跳到半空看这个箍。

哲学：一天二十四个小时，他有二十个小时不戴箍，以前是无时不戴。

大龄：今何在的悟空，是超越箍之外，又对箍有清醒认识的猴子。他认识到这个箍以后，他才跳出去，同时他又知道这个箍的效力所在，他在逃离箍以后，他还想拯救尚在箍里的人。

哲学:"箍"是具象化的东西,是经济、政治秩序形成的一种体制对人们思想上的一种影响,无论是文学作品还是影视作品,它反映的都是这个东西。以前影视作品再少,还是有人像张元一样在做,在那一会儿,把箍抛掉来看一看。

文化它很紧密地联系着他拍这部电影、写这个作品时的经济、社会的体制。之所以现在的文学作品、影视作品开始有人慢慢地回头看这个"箍",在"二战"后已经五十多年了,经济全球化的趋势愈来愈强,中国目前的经济体制不再是上边说生产多少就生产多少,该分给谁就分给谁,人们开始按照平等的经济规律来做事情,用交换来激发人的生存力,你需要什么东西你就要做出一些东西,再跟别人换回来货币再去买你想要的东西。以前的文学创作,即使有,强调的也是人在生产中的本性,而不是人在生活中的本性。像王蒙《坚硬的稀粥》,以前大家都觉得这个粥很好喝,反正都得喝,后来发现这个粥坚硬了,就有人不再喝坚硬的粥了,有人就开始在街边摊煎饼,卖柔软的稀粥,所以王蒙就写为啥我们不能跟那些人一样喝到柔软的稀粥。无论王蒙以后的作品如何,这部作品实在是敲了敲这个箍——戴这个东西干什么?

因为经济的"松动",就带给人文化上的松动,特别是通过这几年的市场化,不再是我说"蓝天白云,啊,蓝天白云",这样的东西不再成为一种文化,而成为一种枷锁,人们要的是"咦,蓝天白云上有周星驰在飞",大家会更需要一些来让我们看看我们头上戴的这个箍好不好、舒服不舒服的这样的作品。

狂热:《悟空传》是必然要出现的一个偶然的产品。

大龄:没有今儿何在,也许就有个明儿何在,昨儿何在。社会的经济、文化进展到这一步了,它必然有相应的产品出现。他敢把唐僧写成一个有七情六欲的人，既不像吴承恩版那么纯洁，又不是周星驰版那么迂腐狡猾，他写的这个比三个徒弟更率真。

哲学：啥时候中国能出《悲惨世界》这样的东西……

辛巳（公元2001年）孟春三杯清茶通宵达旦于九方斋南窗下

补白·网络时代的即兴打油

偶行都市夜，街花悄然放。
微飘汽车屁，不掩数枝香。

2017.3.17.

红杏枝头春意闹，万木竞萌嫩芽苞。
俏裹黑丝轻解裳，任尔发情与发骚。

2015.3.2.

改良梦——康有为

一个人走完毕生途程，据说已写就自己的历史，而如何评判这个历史，却成了后人乃至后人的后人的事情。于是有谁说，盖棺岂能论定，更何况那棺盖又时常被人拨动。

我们的康有为先生 1922 年初就要进入 65 岁了，也就是说，他老人家过"耳顺"之年已四载了。那么，这位诞生在 1858 年 3 月 19 日或者夏历戊午年二月初五的康先生心灵深处最壮烈或者最悲痛或者最值得怀恋的事情是什么呢？他和我们都知道，就是那场轰轰烈烈而又匆匆忙忙足以使他彪炳青史的"戊戌变法"运动。

杭州的 1922 年 2 月 10 日，对于普通的杭州人来说，或许和以往以至于以后的日子并无太大的区别，也可能一部分人会在谈论几天来这个城市上演的关于清朝光绪皇帝的一台新戏。正在这一天，康有为从上海来到了杭州。

夜幕之中康先生乘坐车辆行走在杭州街头，白发苍颜的他只是随意浏览着市景。忽然，一家戏园明亮的灯光刺入他的眼帘，喧闹的锣鼓声中，《光绪皇帝痛史》的戏剧海报震颤了他内心深处的一根最敏感的神经，他暗自惊呼："呵，皇上！"那是他心中的偶像和精神的支柱呀。于是康先生赶忙购票入场，尚未坐定便举首望去，台上戏已过半，有位衣冠严整的中年人正在戏台上的勤政殿中向德宗皇帝侃侃而谈变法维新的方略，演员抑扬顿挫的念白吸引了满场观众，而座中倾倒入境者唯此一人——从迷离的泪眼之中，戏台上的"帝"与"臣"只剩下变形模糊的身影，康先生的魂灵似已离开躯体进入恍惚之中，耳畔时而飘过观众的叹息。

剧终人散，离席的观众也没有谁特别留意这位如痴如醉的老者。康先生回过神来台上台下已空空荡荡，那绺花白的胡须被泪水鼻涕濡染得一塌糊涂，他摇摇头站起身来无力地步出了戏园。

这一夜，我们的康先生又难以成眠了，好在这于他已习以为常。孤灯之下，他拔笔濡墨，以那独步天下雄浑苍厚的"康南海体"写出了《壬戌正月观〈光绪皇帝痛史〉感叹伤心，口占十八章》。虽说归途中已拟好腹稿，而气韵贯通的字里行间呈现的仍是跌宕起伏的情愫，其中刻画心迹最为传神的有两首：

老夫入座倚栏观，化身冠带正登场；
喁喁万首咸倾动，共指鲰生叹息看。

电灯楼阁闹梨园，笳鼓喧天万众繁；
谁识当年场上客，今宵在座痛无言。

——往事如烟往事如梦，如梦的往事只有到戏中去寻觅，寻觅的结果仍然如幻如梦，何等的眷恋何等的无奈，多么想入梦不醒，而今如梦如醒如醒如梦，强烈的失落感带给心灵的只有巨大的创痛……

是啊，当年的"场上客"康有为是多么的风华绝代、意气激扬，和他的同志们在中华大地上演出了有着轰动效应的壮烈活剧。在"登场"之前，康有为在学识、观念以及组织上进行了长期的积储。

聪颖超人的天资，"以教授世其家"的传统文化熏陶——这些注定康有为典型的中国传统式文人的成长道路。"诗礼传家"的中国旧文化人总是一代又一代将厚望寄托于下一代，康有为一降生，他的伯祖父便送他"有为"之名，他的父辈们努力以自己的理想用传统文化的雕塑刀来塑造这个孩子，所以对5岁能诵唐诗数百首的小儿"期以将来大器矣"，所以6岁的孩子便被灌输着《大学》《中庸》《论语》并朱注《孝经》，所以当出对"柳成絮"小儿应声"鱼化龙"便使得他们"亟誉之，谓此子非池中物"而"甚乐"了。在孩童时期儒家文化便在康有为脑海中烙下了深深的印记，从而对他的一生起着主导的决定作用。

我们可以再欣赏一下康先生所取的名号"祖诒"，他38岁中进士之前著书立说、上书清廷、函答友朋皆署名"康祖诒"，这是因其祖父康赞修在连州训导任上遇水灾殉职，清王朝按制赐他荫监生资格，故名"祖诒"感念祖父的荫德；"广厦"，他这个字当然是从杜甫诗句"安得广厦千万间，大庇天下寒士俱欢颜"而来了；"长素"，乃康氏之号，他常说："思入无方，行必素位，生平最爱用素位之义，故以长素自号"，虽则常说未见常用就是了——浓浓地浸染着儒家的文化观念，涵容着孝悌、忠君、爱国、救民的深刻意味，自然也呈现着康先生的人生价值观。

20岁前后从于理学大师朱次琦的三年及其后入西樵山对佛道学说的研读，可以说康有为完成了一个中国传统式文人进入社会之前的学业，在关注国家命运的同时他开始考虑怎样"登场"了。这时风华正茂的康有为颇有些踌躇满志，"观民生艰难，天与我聪明才能拯救之"，"乃哀物悼世，以经营天下为志"。读书既宏博，"经世致用"的指导思想促使康有为要立刻有一番作为，那时在他眼中"布衣书生"和"王侯将相"之间并非隔着鸿沟深渊，那首《登越秀山顶五层楼》诗中"沧海有时经烬劫，布衣何处不王侯"两句淋漓尽致地披露出他当时的心志。

然而，如何成为王侯将相而"登场"施展抱负，他一时又找不到合适的途径，对科举制度的厌弃在那样的社会环境中也不可能位居王侯，祖荫的能量毕竟是有限的，于是满腹锦绣经纶的康有为便极易产生对社会制度的怀疑情绪。当然，这种对制度的怀疑不敢也不可能是根本上的，便水到渠成地产生改良社会的愿望。1879年22岁时及以后的两次游历香港，给他带来了思想的转机，加深了内省，既痛恨香港沦为殖民地又新奇地发现了资本主义的先进因素，坚定了他改良社会制度使之完善的决心。香港之行深深触动了他，"乃知西人治国有法度，不得以古旧之夷狄视之"。广东邻近香港的地域之便，使康氏成为中国文化人中较早接触西方文化的一员，在发出"伤心信美非吾土，锦帕蛮靴满目非"的爱国感慨同时，他的思想向西方文化洞开了一扇窗子，后搜购上海江南制造总局译印西学新书3000余册并订阅美国人编的《万国公报》，"自是大讲西学，始尽释故见"，以图在自己的治国"方剂"中加点"西药"。毛泽东后来谈到康有为这样的文人时说："那时，求进步的中国人，只要是西方的新道理，什么书也看。"

西方书读多了，便文人技痒，于是在研读哥白尼的"日心说"和牛顿的天体力学后，康先生在1886年写了一部名为《诸天讲》的天文学专著，对太阳系的起源、行星与太阳系的关系、月亮的圆缺、彗星和流星、太阳黑子等的科学道理大讲了一通。这部无非牛反刍式地归纳他人观点的著述当然不会具有划时代的学术价值，康先生当然也不会由此成为天文学家，但这对他的知识结构和思想体系发生了深刻影响，科学的自然进化观渗透其中并将在他之后的学术探讨和政治作为中起作用。他后来著作中的朴素唯物论思想不能不说与此有关。

厌恶八股，但又不得不通过科举的道路去求取功名；学识渊深，却借助权贵以售其术——超人的学识超越不了历史的限制，打从康先生试图"登场"，便常在这左右矛盾的怪圈中打转转，这既有社会的因素又有个体的因素。对科举他可说是抗拒而无奈地顺从，从19岁到36岁他四应乡试，终于在1893年中了举人，这也真难为了他。每次应试对于他都是一次痛苦的挣扎，满怀改良社会的愿望和设想，却要以试图改良的事物为手段，这是清醒的痛苦抑或痛苦的清醒？恐怕康先生本人也说不明白。

中国先进的知识分子都怀有强烈的忧患意识，其代表人物之一的康有为以满腔爱国赤忱关注着国家的兴亡、民族的荣辱。一介书生所有的只是一杆笔，面对着强夷进逼、朝政腐败，布衣书生康有为拼着身家性命于1888年12月写出了《上清帝第一书》，在这篇长达五六万言的《为国势危蹙祖陵奇变请下诏罪己及时图治》折中，他慷慨陈词，"极言时危，请及时变法"，提出了"变成法、通下情、慎左右"三项具体建议给光绪皇帝。巨大的爱国热情和神圣的历史使命感激励着他，康有为以尖锐的言辞抨击朝政，纵论国势时弊，甚至斗胆指责慈禧太后和光绪皇帝面对严重的内忧外患视若无睹，呈示出无与伦比的雄才大略。在历史需要伟大人物出现的时刻，康有为高举着变法救国的旗帜登上了政治舞台。

然而，我们的康先生未免过于书生意气了。在他那被传统儒家文化浸透的心底深处，"忠君"和"爱国"是同义的。他以为只要他的上书到了光绪皇帝手中，皇上一旦采纳他的主张，变法仅是旦夕之功，殊不知他和皇帝之间相隔之距离岂以万里计，他太低估了社会历史积淀的重负和顽固守旧势力，落得个"当时举京师之人，咸以康为病狂，大臣阻隔，不为代达"。话又说回来，他将变法改良的希望寄托在无能无权又懦弱的光绪皇帝手上又能如何？康先生大概不知"帝慑于积威，见太后辄战栗"，"一切用人行政，皆出慈禧之手"吧？他冒死犯险奔走上书之时，或许光绪皇帝正害着想念珍妃的相思病呢？文人的幼稚与盲目势必付出惨痛的后果，后来的"戊戌政变"恰恰印证这一条。

历史毕竟到了需要康有为的时代。第一次上书皇帝虽然失败了，而康有为的政治声誉却因上书张扬开来，上皇帝书被广为传抄，使得关心国家兴亡之士敬佩注目，为他以后的行动奠立了社会基础，只是康先生本人一时还未意识到这点。上书不达和乡试未中使他陷入深深的苦闷之中，虽说写有"治安一策知难上，只是江湖心未灰"的诗句，但无奈终归是无奈。不过中国文人自有排遣苦闷的方式，那就是政治上的蹭蹬以艺术的建树去代偿，在这种境况下产生了我国书法史上具有划时代意义的理论杰作《广艺舟双楫》，康有为以仰观宇宙俯察品类的气魄和独辟蹊径的深刻见解奠定其书学地位。

虽然"著书销日月"，终究"忧国自江潭"，康有为将他在政治上未达到的改革设想在书法理论中尽情地宣泄，他的《广艺舟双楫》中倾注贯穿了变革的哲学思想，具有抛弃陈习另辟蹊径的进取精神，谈书法时显政论——"书学与治法，势变略同……后之必有变也，可以前事验之也。""人限于其俗，俗各趋于变，天地江河，无日不变，书其至小者。"足见先生之"心未灰"。不过康先生的思想在博大精深中往往存在矛盾的方面，在《广艺舟双楫》中他以一个"变"字统领全篇，但又拒绝承认唐代书法也是变魏、晋而来，甚至主张"终身不见一唐碑可也"，表露出一种执着与武断。后人在评论康有为的书法时说："所著《广艺舟双楫》颇多精论。其书……能洗涤凡庸，独标风格，然肆而不蓄，矜而益张，不如其言之善也。"康先生对自己的书法见解和创作也"尝自谓'吾眼有神，吾腕有鬼'"。艺术上这样，政治上又何尝不如此呢。激情的易于迸发和遭受挫折时易于消沉，个人行为和言论的相悖——在他的一生中常有出现。

1890年康先生南返广州，决心以办学培养变法人才，"欲任天下之事，开中国之新世界，莫亟于教育"。1891年开设于广州的长兴学舍中，康有为"与诸子日夕讲业，大发求仁之义，而讲中外之故，救中国之法"。人有一善，人必从之，何况像康有为这样划时代的人物。到了1893年从其学者达百余人之众且多为当时才俊，中有梁启超、欧榘甲、韩文举、徐勤、麦孟华、龙泽厚、叶觉迈等，他们在以后的维新运动中成为康有为的得力助手和健将。

康有为毕竟不是滞于苦闷颓丧而不能自拔的人物，巨大的爱国热忱和坚韧的民族精神促使他始终在等待、寻找着实现伟大抱负的机会。1894年他偕同梁启超入京参加会试,在《达巷党人曰大哉孔子》

的命题下，发出孔子诚然伟大但万世之何尝没有比孔子更加伟大的人物出现的宏论。卓然超众的巨人发出了超越时代的观念，当然不为时代所容，这种"离经叛道"的"邪说"不但没有中试官而且不会"中"时代。

通过科举进入上层社会以推行自己的变法主张——康先生当时是否这样想的我们已无从查考，总之他是一再去叩科举之门，在1895年初他又一次进京参加会试，这次总算不虚此行，他的殿试策《变则通通则久论》和朝考卷《汰冗兵疏》虽不受会试总裁徐桐和阅卷大臣李文田喜欢，他仍然中了二甲第四十六名进士而成为"天子门生"，他这个进士得来的也真是"侥幸"——徐桐曾预先告诫阅卷大臣，广东省试卷中有才气者必是康祖诒，千万不要录取。阅卷时梁启超才华横溢的卷子被认为是康有为的遂弃置不录，这方使康有为"漏网"。可见中国传统文人之难以把握自己的命运，而这掌握取弃权的往往是"有识"的大学士徐桐之类，即使是向政权建言的文章，也废弃不用。

话又说回来，作为传统的中国文人中了进士当然是桩高兴事，于是不久之后广东南海县银塘乡康氏祠堂竖起了一根光耀乡梓的大旗杆，那一对高一米多的麻石旗夹上刻着："光绪二十一年乙未科会试第五名贡士，保和殿试二甲第四十六名，赐进士出身，朝考二等，钦点工部主事。臣康有为恭承。"一字一画洋溢着喜悦之情。而康先生在《康南海自编年谱》中则说："以迫于母命，曲折就试，原无意于科第。"他这话是解释为何不就工部主事职的，俨然一个不为五斗米折腰的古圣先贤了。康先生的确未到工部就职，缘由却不是超然出世，恰恰是奋然入世为变革社会奔走呼号。由此便令人感到他那粉饰过重的自编年谱表露的恐怕不是当时的真实思想，因为自编年谱时的只是文人康南海而不是政治家康有为。

一个朝代的覆亡，多由"内忧"而招致"外患"，内外交攻则灭亡，而专制王朝的官吏腐败是其不治之顽症。康有为目睹着清朝末年朝廷内外上下的极度腐败痛心疾首，所以当1894年甲午中日之战爆发时，他回答一位贵人"国朝可百年乎"的问题颇为泱然："祸在眉睫，何言百年？"并对当年慈禧太后六十大寿的祝贺准备愤慨记述说："拟以三千万举行万寿，举国若狂，方谋保举，而孙毓汶当国，政以贿成，大官化之，惟事娱乐，内通李联（莲）英，相与交观，政俗之污坏，官方之紊乱，至是岁为极。"

康有为对形势险恶的认识是清醒的，而且早在六年前就预言过日本对我国进犯。如是怎么办？对于日本侵略军相继攻占大连、旅顺和北洋舰队的全军覆没，他发出愤怒的感叹：若清廷早一些采纳维新改良的建言，中国何至于受这样的侮辱！他要用维新变革的"方剂"给清王朝"进补"的思想始终不曾泯灭，他依然要改良国家制度，使之强盛起来，从未想到到了这样一种地步的清朝即使不亡于外亦必亡于内。

当康有为和来自全国的举人1895年在京师等待会试发榜的春夏之交，传来了"钦差头等全权大臣"李鸿章在日签订丧权辱国的《马关条约》的消息，顿时全国人民陷于巨大悲愤之中，"四万万人齐下泪，天涯何处是神州？"被《马关条约》割让给日本的台湾人民"鸣锣罢市""搥胸泣血"，"愿人人战死而失台，决不愿拱手而让台"。人们纷纷谴责李鸿章的卖国罪行，要求"明正典刑，以尊主权而平众怒"。康有为看到那些卖国条文如刀绞心不禁失声痛哭。但是谁指使李鸿章卖国呢？那条约上的"御宝"又是如何盖上去的呢？当时似无人追究这些。

丧权辱国的《马关条约》激发了中华民族空前高涨的爱国意识，被历史造就的康有为站出来投身于对历史的创造了。康有为指挥得意弟子梁启超奔走联络在京的各地举人上书救亡。梁启超首先联合了广东、湖南的数十名举人上书都察院，请代奏皇帝，力陈台湾万不可割让给日本。随之，福建、四川、江西、贵州、江苏、湖北、陕甘、广西、直隶、山东、山西、河南、云南等省的举人相继上书，其中台湾的举人尤悲痛地"垂泪而请命"。爱国举人上书请愿活动风起云涌，"章满察院，衣冠塞途"，"车马阗溢，冠衽杂沓，言论谤积者始无虚咎"。后人论及康、梁在其中的作用时说："公车上书请变法维新，倡之者康公，而梁公奔走之力为多。"可见他们二人是走在历史前面的领旗人。

　　历史潮流将康有为推到了潮头上。他深感爱国举人们士气可用，意识到应当联合起来进行更大规模的请愿运动。康有为的声望使他处于领袖群伦的位置，大家公推他起草奏书。康先生久蕴胸间的爱国激情和变法改良思想融会着纵横中西的学识喷涌而出，一昼两夜的时间从他如椽之笔的锋尖上倾泻出洋洋大观一万八千字的《上今上皇帝书》，"请拒和、迁都、练兵变法。盖以非迁都不能拒和，非变法无以立国也"。康有为在上书中给光绪皇帝开列了"下诏鼓天下之气，迁都定天下之本，练兵强天下之势，变法成天下之治"的救国药方。变法方能图强乃此次上书的基本主张，他基于对外国政治和社会风气的了解，对光绪皇帝提出了在政治、经济、军事、文化各方面进行改革的具体实施办法，这些办法有些已具有引进西方先进经验的意味，他提出类似资产阶级代议制的"议郎"制有着超越时代的卓识，他所说的"议郎"是由民间"约十万户而举一人"，这些"议郎"不仅给皇帝当"顾问"，且能够"上驳诏书，下达民词"，中央和地方的重要决策都要由"议郎"开会讨论,经会议三分之二的多数同意后才交政府各部执行,全体"议郎"每年更换一次。

大哉康子!伟哉康子!他的上书从宏观到微观涉及之广、气魄之大、见识之深都是他人难望其项背的,他的方略倘成为现实,必然开历史之新局。然而历史积淀的沉重负担使我们这个国家不可能"摇身一变"。康先生上书中许多具体方略是切实可行的,不失为疗救大清帝国的良药。然而大约是被来势浩大的举人请愿搞得情绪激昂起来,他想望使历史"开快车"而短期美梦成真;他在那儿所做的"孔教梦"也进入了上书之中,他设想着在全国推行"孔子之道",并将其推向世界,"施于蛮貊,用夏变夷"。当然这个"孔子之道"是康氏加工雕琢过的"孔道"了。"孔子之道"施于国人或许非不可行,"施于蛮貊"恐是一厢情愿的空想了吧!

上皇帝书成,经18省1300名举人传观讨论了三天,预定5月4日(四月初十)去都察院投递。爱国言辞之强烈,上层文人之众多,决定了这份上皇帝书对国人爱国热忱的集中体现,自然使朝中顽固守旧势力恐惧并竭力阻挠,"造飞言恐吓";清王朝也对这气势浩大的爱国情绪惧怕,忙将原定5月8日(四月十四)在烟台换约提前为5月2日在《马关条约》文本上盖用"御宝",以造成既成事实。卖国都到了急不可待的地步,而爱国的文化人却在痴情地向卖国者请愿。

到了5月3日,在北京宣武城南松筠庵讨论"上皇帝书"散会后,许多举人听说"和约"已成,于是"群议涣散"而"取回知单者"近半。所以在一个月后印出的《公车上书记》所附的题名录包括康有为在内共有603名,还不到那汇聚松筠庵里1300名的一半。但是,这1300人都应是中华民族的优秀分子,他们进京原是"求取功名"的,而在国家兴亡的大义面前,他们冒丢失功名之险积极地行动,并非仅停留在口头和笔头之上,我们还能苛求他们什么呢?文人的"能量"毕竟有限而且有着懦弱的一面,他们的行动却不失为爱国先驱者的称号。他们无奈,他们善良,甚至对王朝的最高人物都不敢怀疑且主观上为他们开脱。我们的康先生,这位"公车上书"的领衔者都在文字记述中不但对光绪皇帝"充分理解",说"皇上之苦衷,迫逼之故,有难言之隐矣";甚至对慈禧太后也笔下有所开脱:"李莲英为宦寺,不识地图,乃至徐用仪亦然,皆言中国甚大,台湾乃一点地,去之何妨?太后习闻之,故轻于割弃也。"是"言之由衷"抑或"言不有衷",我们就不得而知了。

光绪皇帝终于要变法了,他1898年6月11日(夏历戊戌年四月二十三)发布《明定国是》诏书,宣告维新变法——康有为先生十年来"伏阙忧危数上书"总算有了反响。十年之中,康先生如同一个痴心的"单相思"者,满怀希望而又无奈地"苦恋"着他认为"乾纲独断"的德宗皇帝,虽有重重阻隔依然矢志不渝地等待光绪皇帝接受他的一整套维新变法方略,盼望着能通过皇帝推行他的主张,以实现救国拯民的伟大理想。十年七上书,为国弃生死。梁启超后来对康有为的评述是较中肯的:"(康)先生经世之怀抱在大同,而其观现在以审次第,则起点于爱国;先生论政之目的在民权,而其揆时势以谋进步,则注意于格君。"

1888年布衣书生康有为第一次上书皇帝,1895年在由他发起的"公车上书"中执笔写就他的第二次上皇帝书,虽然都不曾"上"到光绪皇帝案头,在士大夫阶层和民间则影响甚大。他在顽固势力的重重阻隔下并不曾退却,在 1895 年 5 月 29 日(五月初六)呈上了第三次《上皇帝书》,这封在《公车上书》基础上补充发挥的上书,向皇帝建议宜趁和议签订不久,国耻方新,及时下哀痛之诏,鼓士民之气,转败为功,重建国基。他在这次上书中多层次多角度地陈述中国必须赶快变法的道理,向皇帝提出富国、养民、教士、练兵等自强雪耻的方案。康先生的这次上书 6 月 3 日(五月十一)到了光绪皇帝手中,皇帝读过之后在极为嘉许康有为之余,又责怨各大臣对他的消息封锁。康有为和皇上终于在思想上有了接触。

光绪嘉许康氏是否就表明二人思想的一致呢?未必然也。作为一名君主,光绪是想让"他"的国家强盛,以无愧列祖列宗,但他又是个先天不良后天积弱备受慈禧太后钳制的傀儡皇帝。虽说光绪成人后慈禧在名义上"还政"于他,可这位个体素质上懦弱无能的皇帝还处处小心翼翼地看太后颜色,同时随年龄的增长他又不甘于长期受制于人,逐渐也有了一班"自己人",他也想借之有所作为一番,也好摆脱慈禧当"真正"的皇帝。在光绪的一班"自己人"中,起重要作用的有个翁同龢。那时户部尚书翁同龢以皇帝师傅兼职军机大臣,位居"宰相",随处留意为皇上拉拢培植人才。朝中渐渐形成一个"帝党",自然要和"后党"有所争。这时,康有为自己"送上门"来了,最先注意到他的是翁同龢。

看到皇上对康氏的喜爱和康氏将会在皇上的作为中起到作用,翁同龢特意走访了六品小官康有为,但没有见到。康有为闻讯受宠若惊了,马上登门回拜翁同龢。相见之下,二人谈得十分投机。在商讨变法事宜之余,翁同龢向康有为透露了"皇上实无权"的忧虑,这大概是翁联络康有为的主要目的,"帝党"想要借助维新派人物的力量扶植皇上。互相有所借重使皇上及"帝党"与维新派人物结成绝不会牢固的联盟。翁同龢将康有为的著作都拿去看了，自此"议论专主变法，比前若两人焉"。前者康有为初上书时，对这位布衣书生深加责难的大臣中也有这个翁同龢。

翁同龢在康有为和光绪皇帝之间起了重要的桥梁作用，促进了变法维新的发展。1895年7月5日光绪颁布了《举人才诏》，又在7月19日将康有为的奏折发各省督抚会议奏覆。毕竟是文人的康有为议论朝政其实并不熟谙朝政，他在思想理论上富于思辨而在实际行动时却往往直线思维。康先生1895年6月30日（闰五月初八）呈上了《上今上皇帝第四书》，谈变法的先后次第及下手之法，他期望"举逸起废，求其个听，广顾问以尽人才，置议郎以通下情，数诏一下，天下雷动，想望太平，外国变色，敛手受约矣"。这次上书，遭到御史徐郦、工部侍郎李文田、督办大臣荣禄的阻挠，遂使康有为投递无门。本来想着挺顺利的事一下子搁浅了，康先生无奈之中又犯了书生气，返回广州继续从事他的教育事业去了。

对国家危机忧心如焚的康有为对光绪皇帝的希望和忠诚始终不曾泯灭，听到德国强占胶州湾的消息，他于1897年冬又急忙由广州赶往北京，在12月5日（十一月十二）呈上《上今上皇帝第五书》，陈述变法维新的急迫性，想望着光绪能效仿俄国的彼得大帝而"定国是"。爱国的热情使他忘了翁同龢对他说的"上实无权，太后极猜忌，上有点心赏近支王公大臣，太后亦剖看，视有密诏否……"那番话。康先生日夜奔忙，游说公卿大臣们，甚至饮食俱废"三日不及治膳"，随马车载卧具奔走不息。遗憾的是，他这次上书被工部尚书淞溎扣压不送。康先生一气之下又要南归。

翁同龢是大有识人辨才眼光的，他深知康有为对光绪皇帝的作用和价值。所以当1897年12月12日康有为将行李装上马车即将登程时，下了早朝的翁同龢闻讯即冒寒风冷雨，赶到南海会馆劝阻康氏南归，"毋行，吾今晨力荐君于上矣，谓'康有为之才过臣百倍，请举国以听。'上将大用君矣，不可行"。这才留住了康有为。康有为对翁同龢的知遇之恩也是感激非常的，将其誉为"月下追韩信"的良相萧何，自然也自诩为开创汉家基业的大将韩信了。可惜呀，我们的康先生虽有生花之笔和三寸不烂之舌，手中却从未操纵过韩信那把杀人的刀。康先生手中不但没有杀人刀，而且时常犯文人的"傻气"，当以后的"百日维新"开场的第四天，翁同龢被慈禧太后免职逐回江苏常熟原籍时，康先生一时冲动就要抛开他的变法维新大业而离开京师，仍是翁先生阻止了他。真不知康先生能承受多大的挫折。

由于上书皇帝所造成的广泛社会影响，卓有才能和识见的康有为引起朝臣的重视，更使翁同龢等认识他的价值而注目。第一个请求皇上召见康有为的是兵部给事中高燮曾，他是读了康氏三上皇帝书传抄本感动之余而向皇帝推荐人才的，再加上翁同龢的相机行事一番赞誉，促使光绪皇帝要传旨召见康有为了。而恭亲王奕䜣拿出皇上非四品以上官员不能召见的"本朝成例"，又推迟了这次召见。位至九五之尊的皇上也得囿于旧制，只好令总理衙门诸臣传康氏问话。于是便有了康先生总理衙门西花厅"舌战群臣"一场，他面对荣禄、李鸿章、翁同龢、廖寿恒、张荫恒五位重臣不卑不亢侃侃而谈，披露他胆识惊人的才华，陈述变法维新的大计，其中当然不乏对守旧大臣荣禄、李鸿章诘难的针锋相对。这次"问话"经翁同龢次日在皇上面前一番美言，遂使康有为向皇上又靠近了一步。虽有奕䜣等人阻挠，光绪还是下了不得任意阻拦或积压康氏所递条陈的命令。光绪要了康有为为变法强国大造舆论的《日本变政考》和《俄彼得变政记》两书，君、臣二人声气相通了，康有为结束了他长年"单恋"

的煎熬，遵君命在1898年1月29日（戊戌年正月初八）呈上了上皇帝第六书——《外畔危迫分割洊至急宜及时发愤大誓臣工开制度新政局革旧图新以存国祚》折，这份上书将光绪变法维新的心意促进一步。变法维新的大幕终于露出了一丝缝隙。

有了皇上撑腰，康先生更加积极地行动起来，他连连上书光绪，又将他兴学、办报、结会的三大活动推进一步，为变法维新掀起广泛的社会舆论团聚起力量。他在1898年3月12日（二月二十）第七次上书皇帝，在这个《译纂俄彼得变政记成书可考由弱致强之故》折的上书中，他极力希望光绪仿效彼得大帝作为一番，那美妙动人的语言怎不使皇上心跳耳热，向往成为中国的彼得大帝，于是皇上及帝党臣僚和维新派声气相应了。可惜光绪即使有彼得之心恐怕也没有彼得的气魄与才能呀！

终于到了1898年6月11日（戊戌年四月二十三），由于康有为为首的维新派强烈要求和推动，光绪皇帝颁布了《明定国是》诏书，宣布正式变法，将学习西方推行新政定为基本国策。变法维新的大幕拉开了，也由于阻隔康氏、光绪的力量之一的恭亲王5月份死去，光绪和康有为这一对心仪已久的君臣也终于要相见了。借用当时慈禧太后身边得意"女官"德龄的话说，他们二人如同一见钟情的少男少女，"康有为是深喜得遇明主，光绪也欣然以为朝上多了一个贤臣，彼此都觉得非常满意"。

他们或许没有足够地重视到，变法维新从开始就笼罩着慈禧太后的阴影，在光绪召见康有为的前一天，"帝党"重要人物翁同龢被慈禧免职逐回原籍，这无疑是个下马威。而光绪6月16日召见康有为，事前事后都没敢让太后知晓。

那天康先生一大早就赶到朝房候旨召见，在他兴致勃勃的眼光中周围景物都为之一新。煞风景的是，在朝房又撞上荣禄，就是这位荣大人上次在总理衙门西花厅诸臣问话时不等结束便拂袖而去，这次当然是彼此看着就来气。荣禄眼睛歪斜轻慢地嘲讽道："以子之犖犖大才，亦将有补时局之术否？"康先生依然拿他坚定不移的理想作答："非变法不能救中国！"荣禄本心就不想听什么变法的宏论，很不客气地发难说："固知法当变也，但一二百年之成法，一旦能遽变乎？"不怀善意的荣大人在给康先生出难题，同时也确乎提出了一个值得思索的问题。意气昂扬的康有为断然回击："杀几个一品大员，法即变矣！"气走了荣禄，康先生似乎出了口闷气，可这种一时逞口舌之快的愤激之词是于事无补的，他当然想"杀几个一品大员"，他有杀人刀吗？荣禄却有。

　　光绪和康有为的谈话很是融洽亲切，康有为侃侃而谈那被光绪称道"你的条陈讲得很详备"的变法之道，他还是认为只要皇上下了决心，变法不过在于反掌之间，而对皇上迟迟没有动作感到疑虑："皇上既然知道非变法不可，为什么长久没有举动，眼看着国家危亡呢？"足见他对寄予厚望的皇上并没有深入的了解，就这样一句书生气十足的问话，皇上在回答之前也要先看看帘子外面没有人偷听后才叹气道："我受到种种牵制，无法放手干呀！"二人两个半小时之多的交谈，康有为得到几个口头肯定答复，光绪皇帝也提起了变法的精神。在召见康先生后，光绪立即传下谕旨命他在总理衙门章京上行走，随之又特许康有为专折奏事，康有为有了奏折不必由总理衙门代递就可直接送到光绪手里的特权。

　　浑身是劲的康先生以他的如椽巨笔指点江山，设计着大清帝国晚年政治改革的宏伟蓝图，他要依靠光绪皇帝的力量将多年梦寐以求的变法改良、强盛中国的愿望迅速变为现实。他狂热地将久蕴心间的变法建议一条接一条呈送皇上,皇上以自己的口气将康的主张颁布为新政诏令。新令迭出,真正付诸实践者有几?那些居要位之守旧臣僚不是将其搁置便是拖延不办。在费正清主编的《剑桥中国晚清史(1800—1911)》中有这样一段话:"康有为政治纲领的目标是一系列制度改革,这些改革如果付诸实施的话,等于一场'来自上面的革命'。"可惜历史上没有这个"如果",康先生的美梦没能成真。身居颐和园的慈禧太后的眼光始终在紧盯着紫禁城,就在我们热情迸发的改革理论家康有为大写变法奏折时,"后党"们已决心将这次变法扼杀在摇篮之中,他们策划着在秋季迫光绪到天津阅兵,然后趁机废黜光绪另立新君。康广仁在一封信中道出他老兄的处境:"伯兄(康有为)规模太广,志气太锐,包揽太多,同志太孤,举行太大。当此排者、忌者、挤者、谤者,盈衢塞巷,而上又无权,安能有成?"

"后党"顽固派在收缩着包围圈,他们已拔刀出鞘。光绪和康有为等人当然有所察觉,他们甚是焦虑,7月26日(六月初八),光绪帝下令将上海的《时务报》改为官报,派康有为督办其事,实际是让他躲离京城,康有为没有立即前往。"维新派"认清了慈禧太后是维新变法的主要障碍,"非去太后不可"。于是这班文人想以武力解决问题而手中又无兵权,匆忙之中看上了在天津操练新式陆军的袁世凯,康有为又是派人前往游说袁,又是向皇上密荐请召见袁世凯加官优奖之。到了9月13日,光绪急迫之中欲力挽败局,交维新派一道密诏,十分焦虑他几乎不保的"朕位",企望维新派设法相救。康有为等人捧诏痛哭后要孤注一掷,策划由袁世凯杀掉慈禧死党后兵围颐和园捕杀慈禧太后。孰知忠君爱国的文人们又一次认错了人,当面表示赴汤蹈火亦在所不辞的袁世凯回头便向荣禄告了密。慈禧得到袁世凯密报立即深夜还宫,痛斥光绪。慈禧以康有为图谋杀她质问光绪:"汝知之乎？抑同谋乎？""既知道还不正法,反要放走？"光绪只得说:"拿杀。"于是以皇上的名义下达了密拿康有为抄南海会馆的上谕。康有为已于9月20日凌晨逃出北京,坐火车到天津后乘船赴上海。

慈禧太后于1898年9月21日（八月初六）发动宫廷政变,光绪被囚于中南海之瀛台,太后宣布重新垂帘听政。掐指算来,"维新变法"运动至此为103天。变法运动的大幕匆匆落下,"戊戌六君子"谭嗣同、杨深秀、林旭、杨锐、刘光第、康广仁的鲜血染红了它。康有为、梁启超逃亡海外。

清王朝下了捕杀康有为的密电,在他乘坐的"重庆号"轮船将抵上海时,码头上已布满捉拿康有为的人。倘若他在上海就擒,自然难逃活命,壮壮烈烈地吃上一刀成其大义,康先生的历史也就此完结了。而他在所乘轮船抵沪中途为英国人搭救,康先生被转到了"巴拉勒特号"轮船上。康先生被英人救下却推测出光绪已死,他痛不欲生了,变法不成靠山已摧,他不知道活着还有什么指望,他要投海自尽追随他的皇上到另一个世界。康先生匆忙找来纸笔草成遗书托付后事,还写下绝命诗一首:"匆洒龙漦翳太阴,紫微移座帝星沉。孤臣辜负传衣带,碧海波涛夜夜心。"他要去为皇上而死,他如果这样一死也就写完了自己的历史,后人顶多说他个一时想不开。他的脑子里皇上就是国家,皇上在变法就还有希望,皇上没了他的一切就完了。他不知道皇上为了自保已抛弃了他;他也不知道,当其后清查"康党余孽"时,他和皇上之间的"桥梁"翁同龢是怎样洗刷自己恨不得就成两人根本没来往才好。

康先生没有死,英国人的劝说起了作用,他在英国人的保护下到了香港,知道了皇上还没有死,他也就不想死了,但他的维新改良中国之梦破灭了。

英国人的炮舰将康有为护送到了香港，20天后的1898年10月19日，在得到日本人保护的许诺后，离港赴日以逃脱清王朝的追捕。英国人和日本人是要利用这位试图在客观上将中国向资本主义推进一步的大名人，而对康先生来说这时只要有人肯保护他他都会跟着走的。对自己的命运他始终难以把握，他总是要有所依附、有所寄托，这种依附和寄托有时是自觉地追随，有时或许是无奈地跟从，"明知不是伴，情急且同行"。

康先生15年之久流亡海外的生涯开始了，他从政治舞台上无奈而又无力地"退场"了。康先生不能忘怀他的光绪皇帝，是他的皇上那个密诏使他逃得生路，他取了个"更生"的名号纪念皇恩，何况他对光绪还怀着渺茫的希望，虽然皇上因于四面环水的瀛台。为了这个渺茫的希望，他拒绝了与革命派孙中山等人的合作，又于1899年7月在加拿大发起成立了"保救大清光绪皇帝会"，康有为当然是总会长。康有为在他写的《保皇会歌五章》中这样说："皇上之不复位兮，中国必亡。皇上之复位兮，大地莫强。"将光绪"复位"与国家兴亡联系在一起，一时赢得美洲华侨群起响应，筹措巨款训练维新军，派人返国刺杀慈禧太后，可惜没能成功，刺杀慈禧的人刚回国就被直隶总督袁世凯发觉并捕杀了。

饱学中国传统文化的康有为构造他维新改良中国之梦时，中国的革命派领袖孙中山也开始了他革除帝制的历程。当初为了寻求同盟者，孙中山在1892年就试图与"有志于西学"的康有为建立联系，而那时积极准备"登场格君"的康先生踌躇满志地要年龄小8岁的孙中山具门生帖往拜，孙中山则认为康氏妄自尊大没有前往。后来在 1895 年和 1897 年革命派又两次试图与维新派合作都没能成就，尤以 1897 年那次继以康有为"登场"变法更是唯恐革命党影响其"大业"。这次康有为亡命日本，孙中山试图拉他一把，康先生则沉迷在光绪"复位"的梦幻中，回绝了与革命派的合作。传统文化的浸染使得康有为只能是康有为、康有为只能是改良主义者，他对西方文化的取舍是用他心中固有的"环"去套取的。骨子里的儒家观念决定了康有为这只维新的"蛹"化不成革命的"蛾"。

清王朝时刻不忘对康有为的追杀，日本政府逐渐感到中国维新派的价值而失去热情，康先生也就离开日本经香港于 1900 年初到新加坡。反正有敬慕这位爱国名士的华侨资助，康先生的衣食住行不用发愁，离国 15 年间他频频周游列国观光览胜，足迹印在了欧、亚、美、非各洲。大名人的好处就在于所到之处都会受到不同程度的礼遇，碰巧有某位总统想起来了还可接见一番，总统大人落个礼贤外国之士的名声，康先生激动之余可以做点诗感感怀，双方都能满意。康有为过去是读西方书从中借点救国的"药方"，在他"维新百日，出亡十六年，三周大地，游遍四洲，经三十国，行六十万里"后，他更是自命不凡地认为找到了救中国的"良药"，这个良药就是君主立宪制度，他认为中国只要服了他的"神方大药"，便"可以起死回生、补精益气，以延年益寿"。遗憾的是，他的"药方"刚开出来，其中一味"主药"——38 岁的光绪皇帝就在 1908 年 11 月 14 日"驾崩"了，康先生悲痛得死去活来也无济于事。接着，中国历史步伐前进到了拒绝服用他那"良药"的地步，1911 年辛亥革命赶跑了皇帝，"无皇可保"的康先生还在一厢情愿地坚持"共和政体不能行于中国"。当年积极推动历史前进的人物开始想将前进了的历史往回拉了。

出亡后的康有为实际上只是个文化人了，但这个曾因戊戌维新而声名大振的文化人还想在政治领域指手画脚一番，但又没有具体的政治事务可干，只好无奈地编写书籍，在纸笔之间去"圆"改良的梦幻。

1911 年，收有康有为戊戌年间撰写的 20 篇奏议的《戊戌奏稿》在日本出版。从保存史料的角度来看这是件大好事，但是后世的历史学家却发现康先生的《戊戌奏稿》"在许多地方有原则性的改篡，不能反映维新派变法时期的政治主张"。现代的历史学家们找到了康有为戊戌时期的奏折内府抄本《杰士上书汇录》，拿来和《戊戌奏稿》一对照，看出康有为在《戊戌奏稿》中竭力掩饰他尊君权的思想，删除了他竭力扬君权的文字；他还在《戊戌奏稿》中增添了逃亡日本后才形成的政治观点，即颁布宪法制定君主立宪政体；《戊戌奏稿》还将维新派的政治纲领由开制度局改为开国会。康先生是要在《戊戌奏稿》中重新塑造他在戊戌变法时的形象，谁知给后代学者平添了许多麻烦，费心考证、对照，还要去推测康先生当时的心态。

在以《戊戌奏稿》改换粉饰自己面目前后，康先生完成了一项巨大的"系统工程"——将二十年前就萌动于心的"大同"思想敷衍成洋洋大作《大同书》，反正文人闲极时玩玩笔墨就能打发时光。若说二十年前他聚徒讲学而倡"大同之世"还是为变法维新吸引人才的话，那么他 1902 年所完成的"救生人之苦，求其大乐"的良方《大同书》只是设想了一个世界范围的"世外桃源"。身无所羁正好随心所欲，没有人一定要求他去落实，康先生本人也不想去落实，只不过以改良世界的梦幻去代偿破灭了的改良中国之梦。想象着自己大慈大悲普救众生而设计着大同太平之道的康先生不觉忘乎所以了:"千界皆烦恼,吾来偶现身。狱囚哀浊世,饥渴为斯人!诸圣皆良药,苍天太不神。百年无进化,大地合沉沦。"

对宏论巨构的《大同书》梁启超将其概括为:"(一)无国家,全世界置一总政府,分若干区域;(二)总政府及区政府皆由民选;(三)无家族,男女同栖不得逾一年,届期须易人;(四)妇女有身者入胎教院,儿童出胎者入育婴院;(五)儿童按年入蒙养院及各级学校;(六)成年后由政府指派分任农工等生产事业;(七)病则入养病院,老则入养老院;(八)胎教、育婴、蒙养、养老诸院,为各区最高之设备,入者得最高之享乐;(九)成年男女,例须以若干年服役于此诸院,若今世之兵役然;(十)设公共宿舍、公共食堂,有等差,各以其劳作所入自由享用;(十一)警惰为最严之刑罚;(十二)学术上有新发明及在胎教等五院有特别劳绩者,特殊奖;(十三)死则火葬,火葬场比邻为肥料工厂。"——真是独出机杼、包罗万象。合乎人情、人性及客观世界发展规律否,康先生用不着具体负责,更用不着身体力行。

康先生将自己扮作神明,其实他自己心中已被一个神明所占据,那就是他极力推崇的孔夫子。即使在维新变法遭阻之时,他还忘不了利用孔子的声望,塑造一位改革专家新的孔子形象,为他"托古改制"寻找历史的借口。传统文化的浸淫使其难逃羁绊,故在实际言行中他就时时悖谬《大同书》的观点。康先生在《大同书》中认为凡想做帝王君长的人都是对平等公理的背叛,他却时时不忘复辟帝制,甚至到1917年还参与了短命的"张勋复辟",为乳臭未干的清朝末代皇帝溥仪重登龙位摇唇鼓舌;康先生在《大同书》中将男女平等提高到实现人人平等的社会结构的基础的高度,斥责一夫多妻制度要求妇女有独立人格,而其后他在其主办的《不忍》杂志上撰文"冒万死以保旧俗",大肆鼓吹不应禁娼妓、纳妾,不应拆毁贞节牌坊,并且在他老人家60岁高龄时还娶了20岁的杭州浣纱女张光为第六夫人。凡此种种令人看出康先生那文人闲极无聊之作《大同书》也只是写给他人看的,难怪连他的学生们也指责说:"先生日言戒杀,而日食肉,亦称一夫一妻之公,而以无子立妾;日言男女平等,而家人未行独立,日言人类平等,而好役婢仆;极好西学西器,而礼俗器物语言仪文,皆坚守中国。凡此皆若甚相反者。"也难怪他的得意门生梁启超在康先生作为张勋复辟的重要谋主时即通电痛斥:"此次首选造谋之人,非贪黩无厌之武夫,即大言不惭之书生","吾不能与吾师共为国家罪人也"。对此康先生当然要伤心落泪以至于咆哮怒骂了。

　　在1917年的张勋复辟中康有为所充当的角色尤为滑稽,他老人家死心塌地地追随在那些各有所图的政客身后出谋献策,而在12天的复辟当中也只捞了个不能再虚的"弼德院副院长"。复辟失败后那些军阀、政客纷纷变脸争得权力后,便抛出了无权无用的文人康有为作替罪羔羊,将罪责都推到他老人家身上,被通缉的康先生只得避居美国公使馆。其时因缺钱,康先生托人将他携带的"宝物"《大观帖》出售,而帖上那康先生的万余字手批却使得宝物降低"身价",琉璃厂的碑帖商人将他的批语割去售人,康有为闻讯大怒收回时那帖上批语已失其半。真是人贬值相关之物也掉价,对康先生失去崇拜感的小文人甚至造出副嵌字联嘲骂说:"国之将亡必有,老而不死是为。"

　　1927年3月31日,康有为先生在青岛福山路"天游堂"去世,终年70岁。康先生去世前几天的一个夜晚曾遥望星空道:"中国我无立足之地了,但我是不能死在外国的。"

康有为去世后：

——"末代皇帝"爱新觉罗·溥仪在他 1964 年出版的《我的前半生》中记述说："一九二七年，康有为去世，他的弟子徐良求我赐以谥法。按我起初的想法，是要给他的。康在去世前一年，常到张园来看我，第一次见到我的时候，曾泪流满面地给我磕头，向我叙述当年'德宗皇帝隆遇之恩'，后来他继续为我奔走各地，寻求复辟的支持者，叫他的弟子向海外华侨广泛宣传：'欲救中国非宣统君临天下，再造帝国不可。'他临死前不久，还向吴佩孚及其他当权派呼吁过复辟。我认为从这些举动上看来，给以谥法是很应当的，但是陈宝琛出来反对了。这时候在他看来，分辨忠奸不仅不能只看辫子，就连复辟的实际行动也不足为据。他说：'康有为的宗旨不纯，曾有保中国不保大清之说。且当年忤逆孝钦太皇太后（慈禧），已不可赦！'胡嗣瑗等人完全附和陈宝琛，郑孝胥也说光绪当年是受了康有为之害。就这样，我又上了一次分辨'忠奸'的课，拒绝了赐谥给康有为。据说后来徐良为此还声言要和陈、郑等人'以老拳相见'哩。"

——到了 20 世纪 60 年代后期，一场号称"文化大革命"的十年浩劫将康有为在青岛象耳山的墓地捣毁，康先生的遗骨被"红卫兵"们从坟墓中"揪"出来，冠以"中国最大保皇派""游街示众"，将其遗骨四处扬弃，幸有遗颅由青岛市博物馆秘密保存下来。

——1984 年，青岛市政府拨款在浮山南麓重建康有为墓地。1985 年 10 月 27 日，康有为新墓地墓碑揭幕和迁葬康先生仪式隆重举行。

——1985 年 10 月 28 日，康有为的"书法弟子"刘海粟倡导在青岛成立了"康有为研究会"。1986年,又成立了"康有为基金会",并召开了首届康有为思想学术讨论会。

——……

1992.6.

补白·网络时代的即兴打油

　　冬有鸡脚竹叶三,春来月色泻墨痕。
　　漫云纸笔无落处,天地造化总传神。

2015.3.15.

感觉余秋雨

瞻望少室山中簇簇红叶，余秋雨站成一处景观，举手投足之际便有或摄像机或摄影机或记者的镜头在"捕捉"。这，就是"名人效应"。

穿西服不打领带就得敞着，那叫随意；西装上衣和牛仔裤的搭配，便是洒脱——余秋雨就这样随意而洒脱地走入中原，走向嵩岳，一双休闲鞋踏过观星台、少林寺、塔林、嵩阳书院的青石路，没有荡起尘埃，也不曾留下足迹。

"你成了一个景点。"《读书》杂志编辑赵丽雅以女性的敏感脱口道出。余秋雨显然被触动了，默然之间，目光里聚拢其凝重深沉，"一切最终变成景点"，已无人观星的观星台下，这话不知是慨叹还是认知。

文化苦旅——那是一种心路的历程。对一颗苦苦探寻人类社会文化深层奥秘的心灵，我们又能感知多少呢？虽然余秋雨说感觉是理性的升华……

从郑州至登封的一个半小时，余秋雨多在睡梦中，轻颠晃移的车体如同一只摇篮托举着这位学者。车窗外的大地，闪动过汉武帝的旗旌、秦王李世民的马队、史学家司马光的步履、历代高僧托钵的身影……他们此刻或许正风云际会在余教授飘移的心海。

一觉醒来，如卧的太室、如莲的少室诸峰扑入眼帘，他生出求田问舍的愿望，列举匡庐、泰岱、渤海之滨道出凡文化人都曾经或可能有过的企冀："有一处我的房子，把钥匙交给河南的、山东的、江西的……朋友，朋友们平常可以替我照看着，也可以轮流去住着，外地的朋友来了说出我的名字就可落脚，我来时就提前通知你们……"我接口补充道："还有天柱山。"那是他在《文化苦旅》中称赞不已的文化人安家之地，闻听此言，他眼中有个亮点一闪而过。

一颗苦旅的心灵定然是疲惫的，需要一个静静的寂寞的处所自我抚慰再赴旅途，即使有了"我的房子"，能安放驿动的心么？余先生在文章中写过颇有意味的话："离别家乡恰恰是为了回家，我的人生旅行怎么会变得如此怪诞？"他也曾万般感慨地引诗述怀："你永远奔驰在轮回的悲剧／一路扬着朝圣的长旗……"

那双休闲鞋迈入禅宗祖庭少林寺，古银杏树玲珑剔透的黄叶若伞覆地，似乎千百年来就在等待这位学者生命的礼赞，余教授惊喜地微张双唇仰观不已："这么大的银杏树呵！"对一旁导游银杏即是白果的介绍听若未闻。而当银杏需雌雄共生一地方能生存并繁衍的话语飘过耳际，却被他及时捕捉并低语道："这可是典型的爱情主题哟。"说话间一脸顽皮的笑容。我说："这可是你迈入佛门的第一个感受。"话一出口便意识到哪点不对了，我的感觉似乎简单得没有到位。

余秋雨对与生命相关联的色彩很是偏爱，当少室山的红叶在他眼中折射出烁动的生机，他抿紧了嘴角、加重了呼吸，伫立着不愿回顾，而身边是那一座座高僧涅槃化身的塔林，红叶下是八亿年前"中岳运动"中崛起嵩山的岩壁褶皱。我忍不住提醒他："你看，那山的纹理，多么典型。"回应说："是山的纹理。你看，多好的红叶！"在少林寺里，只要是能看见黄灿灿银杏树冠的地方，他都要流连着观望。同一个余秋雨，看到路旁电线杆上悬挂着红底黄字某种酒的长方形广告牌时大皱眉头："真煞风景。"问他是否产生了对"文革"时代的联想？答道："不仅是那种联想，还有对视觉的不良刺激，这种简单粗劣的制作和周围环境极不相称。"

在嵩阳书院，绕着那两棵盘根错节的千年汉柏，余秋雨走了一圈又一圈，对扶疏的枝叶啧啧称奇，什么汉武帝加封"大将军"柏、"二将军"柏的传说故事对他都云烟飘散，此刻他眼中只有两棵生长着青枝绿叶的古柏："重要的是它们活着，这就是一切。真是难以想象的生命奇迹，多少代多少代过去了，它还活着！这既有点在嘲弄历史的沧桑，又在歌颂着历史，以另一种方式来歌颂。当李白'天门一长啸'时，它活着；当杜甫'漫卷诗书喜欲狂'时，它活着；当苏东坡'把酒问青天'时，它活着；当许许多多人在做什么什么时，它活着。真不得了，它用自己的生命把这些零碎的生命一圈圈起来了，成为了一体，那是种什么样的哲理感？没有一个奇迹比得过这么个古树上还长叶子的奇迹更让人激动了。"

余秋雨对生命的人文观念缘古柏这一对应物而喷溅飞扬，使得多次见过古柏的我默然静听、默然沉思。在我眼中，古柏从来就是古柏，以及围绕它的历史传说和村中孩童拜它为干爹的自然神崇拜。而余秋雨飘逸超然地走入嵩阳书院，便把一个新的观照角度搭在了古柏的枝干上。当然,学者自有其雄厚的人文积淀所托举的制高点,而就我们来讲恐怕不是"只缘身在此山中"能敷衍过去的,面对博大雄浑的中原文化,更为迫切和重要的应当是方法论和"批判的武器"了。

少林禅院,大雄宝殿,法相庄严,余秋雨双手合十微闭双眼。是默思一种化境,还是顶礼佛祖?想了想还是不问的好,人生好些事情还是不说白了为好,一旦说透了便索然无味,丝毫想象的余地也没有了。

"文化学者重要的是要思考人生的境界"。余秋雨的目光若不经意地扫视着佛教文化的履痕,思绪在若即若离之间飘移。"达摩一苇渡江"碑前,他注重的是线条超诣流动间文化精神的张扬,"绝对的大家手笔",至于是否出自吴道子之手完全可以搁置不顾。转身离去时他张开手掌道:"我想,佛教的最高层次应当是种漫画形态。我说的漫画是指以最单纯的线条略带夸张地数笔挥就。"其实何止是佛教的最高境界如此。余秋雨以一个"第三者"的目光对文化景观侧目而视,绝不拘泥于具象的思想在升腾、在俯冲。置身佛教的建筑群中,他从出世的表象中抓取出其实质的人生境界,"用偶像吸引形形色色的百姓靠近,在似乎是参观的过程中诱导人们进入另一种境界、领地和生活方式。佛教很宽容,允许人们在很初步、低级的层次靠近它。佛教对生死的看法比常人要高得多"。

佛教文化的人生境界是靠建筑、雕塑……而显现的,现实的人生境界在迎面而来。一个黄发碧眼的小男孩晃动着纸片用生硬的汉语向我们招呼,凑近看去那纸片是张价目表,写着诸如拍照二元、合影五元的字样，原来小家伙是在利用开发自身资源，看到端起相机的记者便伸手道："给钱，给钱。"随即背过身去"拒不合作"，对我们的询问更是"无可奉告"，只是叫着："你不给钱。"一旁的少林僧人说，这德国小男孩是前一段时间被他母亲送到寺里来的，然后他母亲就走了，七岁的他跟着僧人们学点武术、汉语什么的。

我们边走边议论，这位德国母亲很放心地把孩子送到这里就走了，使孩子完全置身于陌生环境中，换了咱们能做到这一步么？孩子手上的"价目表"倒很有意味，余秋雨认为是跟"我们"学的，是寺院周围的商业环境的造就，"这是两种文化境界的递送、撞击。肯定和提升一种人生态度是以营造境界来完成的"。

营造境界就是架构人生，嵩阳书院真正的境界营造只能属于宋代，并且只能和大学者程颐、程颢、司马光、范仲淹所代表的人生架构有关，今日的学者余秋雨也只能作为一个游览者踱入其中，当他遍寻前后只有失望于真正意义上的书院荡然不存，也只能在心中感知那些曾经在这里展现的"孤独深厚的灵魂"。联想到当今的文化学者在大城市走来走去，余秋雨认为是文化、山水一种悲哀的失调。仰观峻极、俯临山溪，他谈起"书院境界"的再度营造："这里是学者的地方，没有骚扰，自己和自然相对，在这种相对中寻找文化的真谛、生命的本源。文化运作场所如杂志社可在城市，而许多作者在某个社科院、某个研究室，那么多的纠纷……"他摇摇头，"深厚的系统的学问完全可以在这里做，最初的创造场所应该是宁静的，否则就可惜了那些饱学之士和这些山水，我非常希望给有些研究院、大学者以山水，或者倒过来说，让山水拥抱这些高贵的灵魂"。

离开书院，余秋雨还在品咂那两棵汉柏，称那树上比雕塑还美的纹理"是生命挣扎的结果，而不是外来因素强加于它的"。他说，很想在自己的一本书的封面印上这带有归结性的图像——老树。

暮色中，瞥见世界建筑史上的奇迹、北魏建造的嵩岳寺塔，我向余秋雨讲述了一个与这现存最早砖塔有关的故事：有位世界知名的西方学者在塔下徘徊瞻望两个小时后，恋恋不舍地离去，忽然看到塔近处农舍门前坐着一老婆婆，发出由衷的赞叹："她是多么幸福呵，一生都看着这座塔！"而那老妪对这番话却茫然视之……

次日余秋雨在越秀酒家演讲的题目，是在嵩阳书院的青石路上确定的，"就讲'我选择的文化态度'这个题吧，我认为文化态度的选择比文化观念的选择更为重要"。

"郑州越秀学术讲座"第十二次给了余秋雨，可说是规模空前、规格空前，百多位河南文化界人士济济一堂，我国首任驻美国大使柴泽民和未来学家秦麟征先生也兴致勃勃地在听讲席上就座，三联书店《读书》杂志主编沈昌文担当着长者风度的主持人。

余秋雨娓娓而谈两小时，重要的不是他没用讲稿，而是那种精神的传递，在碰撞中或许能触动我们些什么。虽然我们并不需求在河南的余秋雨整体到位转换，虽然有人清楚地意识到要警惕"余秋雨陷阱"——因为他将"文化散文"这玩意儿的标尺抬升到了相当的高度，会使一切拙劣的模仿者和优秀的效尤者功败垂成，但他的崇敬者和审视者都以很大的热忱欢迎他，因为他告诉我们："尽力去追赶人类历史的整体坐标，以这个坐标看待分析各种文化现象，这哪怕是种愿望也是可贵的。"他那以焦渴性的使命感去寻找这块大地上的文化秘密的努力，透射出强大的感染力。而带着高层文化感受进行实地考察不正是一种方法论么？一个"高贵而苦恼的灵魂"在诉说"用诚实的理性态度对待各个文化现象"，在寻找能"划分文化人格等级"的感应群体和对话的可能性。他用舒缓的语言摇撼着我们、刺痛着我们，令我们与他一同为"高层文化人格的大量耗损和低层文化的超常活跃"而忧虑。这就是余秋雨，是那个以《道士塔》《西湖梦》《抱愧山西》《十万进士》……而令人重新审视中国文化的余秋雨，辞去院长的上海戏剧学院教授余秋雨。

或许是深感"中原文化的课题是巨大的"，余教授说，对河南他抱着纵横万里所未有的虔诚朝拜态度。

这话让河南人在兴奋的同时又颇不满足。那部洋洋二十三万字风行海内外的《文化苦旅》中，仅给了河南的开封不足千字的分量，怎不让中原老乡以讨债的口吻发问，解释性的回答是："对中原文化内涵的考察我还没有完整地进行。"

哦，教授，但愿你别在哪一天再写出个《抱愧中原》来……

和余秋雨谈《文化苦旅》是在登封回郑州的路途上。他知道在那部正式出版的十六万册外有数以倍计的盗版书，并说已存有数种盗版产品，似乎没谈到要打什么官司的事儿。说到这部书在台湾连续十一版的出版，他还是挺得意，告诉我说，台湾有人要研究共产党怎么培养出了余秋雨这样的人。

我给他讲述了一个笑话，说是某地几位农村老大爷在看电视中的迪斯科舞,看着看着一老汉颇为投入地感叹道:"别晃啦,再晃把尿都晃浑啦,还晃咧!"余秋雨颤动着身躯大笑起来:"哈——把尿晃浑!"说这是他在河南印象最深的一件事。是为那异军突起的想象力,还是为那黄土地生长出的奇诡幽默?

临近郑州,雨丝飘落车窗。我说:"秋雨来了。"他道:"是的,我来了。"有人问这名字谁给起的,答是老祖母,"生我的时候确实下着秋雨。这名字完全是自然现象的简单再现"。

在少林寺山门前漫谈时,涉及某先生一部"说禅"的书,我认为那先生并不懂禅,余秋雨道:"他不懂禅而要说禅,这就是禅。"这似乎否定我观点的话使得一女子抚掌而快,我们说:"小姐,你高兴错了。这番话前后剥离出两个层面,后一个层面已抛弃了那先生是否懂禅的问题,而在于不懂禅却说禅的'禅意',这也是禅。"

1994.12.

又见吴祖光

夏季某日,上午,郑州火车站,接吴祖光先生。

南来的列车又晚点了。

耳边飘过站台工作人员的牢骚,心里嘀咕道:这老头儿怎么这样"不顺"?写出过名剧《风雪夜归人》的自己却成了"夏日晚点者"。

望见吴先生时他已立于站台一侧。大凡中等身材的人便可遮挡住他,熙攘的人群过后方闪现出他来。

平和的微笑,率真的目光,看不出七十七岁的老人有旅途的困倦,握手之际透着沉稳的力度。出站时他执意要自己背那十来斤重的旅行包,不容年轻人代劳。

冒风险首发"毛词"

车行郑汴公路,窗外晃过官渡古战场。吴先生兴致颇浓,说他虽出生于常州,祖籍却是河南开封,少年时常见父亲这样写来着。我们为有这样一位老乡而高兴:"吴老,您这是回乡去哟。知道是哪条街么？""那可不知道。原先没细问，后来也就问不成了。"

限于时间，吴先生到郑州一个半小时后便赶赴开封，去与河南大学的师生会面座谈。越秀酒家和三联书店《读书》杂志创办的"郑州越秀学术讲座"，吴先生是应邀而来的第五位"名人"，而他又与河南缘分匪浅。"文化大革命"浩劫后期的1976年，他陪被迫害致残的妻子新凤霞到洛阳求医，心中留下了一份浓浓的乡情。

话题转向当年在"国统区"重庆吴先生第一个编发毛泽东词作《沁园春·雪》，虽说我们也曾在报章上零星读到过，而听着当事人的叙说却是意味悠长。望着车窗外景物变幻，吴先生娓娓道来。

那是抗战胜利后，国共和谈，毛泽东亲赴重庆。"双十协定"签署后没两天，在《新民晚报》主编"西方夜谭"副刊的吴祖光得到一份《沁园春·雪》的手抄件，当下便产生了将其公之于众的念头，但这份手抄件缺少两句，于是吴先生多方收集，以三份各不完整的抄件相互参照整理出了毛泽东的词作。

当时的重庆，要公开发表毛泽东的词是要冒风险的，知情的朋友纷纷劝阻吴祖光，因为大家都知道所谓的"国共和谈"是怎么一回事儿。对于冒风险吴祖光有思想准备且无所顾忌，而对来自共产党方面的意见他却是要听的，更何况找他谈话的是良师益友夏衍。夏衍告诉这位周恩来所称道"不比党内作家做的工作少""有神童之称"的剧作家，毛泽东本人不想让人知道他在写旧体诗词，这首词又是在重庆期间应柳亚子先生索求墨迹而书写的，属于"私人酬赠"；日前柳亚子曾要求《新华日报》刊登毛泽东的词与他的和词也被婉言谢绝。夏衍的话使吴祖光暂时放下了发表毛泽东词作的想法。

不承想一夜之间事情发生了变化，第二天的《新华日报》单独发表了柳亚子对毛泽东《沁园春·雪》的和词，大约是为了对这位老朋友"照顾情绪"。而吴祖光却看出"门道"来了，《新华日报》虽然没有发表毛泽东的原词，但刊登柳亚子对他的和词不就从侧面告诉人们，词作有唱才能有和么。于是吴祖光在当天的《新民晚报》上率先独家发表了毛泽东的《沁园春·雪》，见报时吴祖光冠以《毛词》标题并撰写了百十字的小序评价毛泽东词作的磅礴之气。

"毛词"一发，"国统区"为之哗然，掀起了一股"毛词热"，和词如云，评说纷纷，当局大为恼火，向首发"毛词"的《新民晚报》大兴问罪之师。当时的《新民晚报》老板颇为老练，对下属工作鼓励有加，出了"娄子"自己先去顶着。经过一番周旋甚至破费请客"托人解释"，化解了首发"毛词"一事，吴祖光躲过了一场风险。

作为多年有观念倾向的"左翼文人"，吴祖光毕竟难以见容当局，第二年便因戏"惹祸"，被迫出走香港。到了中华人民共和国成立的当天，他义无反顾地抛开在香港的一切赶赴北京。共产党人也在惦念着这位老朋友，几天后在北京饭店招待专家和文艺界知名人士时，周恩来问夏衍："吴祖光回来了吗？"⋯⋯

在河南大学，吴祖光两个半小时的"文学艺术创作漫谈"不时被热烈的掌声打断。出门时问他："累了吧？"老先生眉毛一扬道："没什么感觉。坐着说话还会累着？"对归途中顺道游览的提议欣然应允。

龙亭下看雨燕翻飞笑谈前朝兴亡事，潘、杨二湖边观清流浊水默然沉思。而于包公祠中吴先生看得尤为仔细，包公像前肃然生敬意，看到龙、虎、狗三口铡刀他提出："在这儿给我照个相。"——这是此次在河南他唯一主动要求留影。

深情崇拜新凤霞

从郑州到开封，从大学生到文化界人士，见到吴祖光时都问候著名评剧艺术家新凤霞。每当提起这位同甘苦共患难四十多年的伴侣，吴先生眉眼之间表情就格外生动："新凤霞，我也挺崇拜她的，我的崇拜是和别人不一样的。"

当一个七十七岁的长者谈到自己的老妻时是以激动的口吻，而且以跳跃性的语言叙述四十年的时间跨度，那场景的确令人羡慕和敬佩。

虽说"月下老人"是令人崇敬的老舍先生，其实老人家当年也就是当面把新凤霞和吴祖光相互介绍结识，只是名副其实的"介绍人"。正如饰演的刘巧儿那样，新凤霞一旦认准了吴祖光这个人，便拿定主意"这一回我可要自己找婆家"。接着就是风雨历程四十载——被周恩来称为"是很理想的一对"夫妻，1957年随着"大右派吴祖光"发配北大荒便屡经磨难。先是面对要"划清界限"离婚的威逼新凤霞执意不从，并声称："王宝钏等薛平贵十八年，我等他二十年！"之后的遭遇可想而知，直至"文化大革命"当中再次蒙难，新凤霞以残疾之身离开舞台。

提起新凤霞被迫害致残吴祖光就咬牙切齿，表现出决不宽恕的态度。吴先生以嫉恶如仇、直言无忌被妻子称道"是个男子汉"，新凤霞则在轮椅上以偏瘫之身笔耕不辍深受丈夫爱怜。

"这一点我没法不佩服她。这个妻子确实给我增光增彩，我有这么个妻子感到骄傲。"

"郑州越秀学术讲座"要求"名人"向"听众"赠送自己的新作，可到吴先生这儿出现了例外——他的戏剧作品集、戏剧评论集以及散文、"闲文"集都是"孤本"成了郑州越秀三联书店的藏品,分赠大家的则是新凤霞的新作《我与吴祖光》,千里迢迢从北京背来几十本。

说起这本《我与吴祖光》,吴先生露出歉意,因为有一段时间了他都没读过,"昨天她对我发火:'你不看像话吗?'"在来郑州的列车上他抓紧时间"补过",一经阅读便被妻子的记叙感动了:"新凤霞是个特殊人物,极其特殊,经受了常人所受不了的罪。"

三岁被卖不知自己家庭出身姓甚名谁的新凤霞,和吴祖光结婚时是个"半文盲",在后台靠偷看账房先生写"水牌"认了几个字,婚后最激动的事情之一是有了自己的书桌和书架。1957年之前她写的两篇短文《过年》《姑妈》被编辑串门时拿走刊登在《人民日报》的副刊,以纯朴的文笔和真情实感受到文坛宿将叶圣陶和周扬的称赞。吴祖光对那两篇短文的贡献是"改了错别字和标点符号。比如'胳膊'她不会写,就画了个胳膊的形状"。

十四年前新凤霞出版了第一本书,是她在左半个身子偏瘫的情况下写成的,从此一发不可收,以其不停顿的勤奋令吴祖光感慨:"来的前一天我给她要出版的一本书写跋,我翻了翻柜子,把她出的书都找出,算算账看我这个妻子一共写了多少。一算不要紧,我都吓一跳,加上今年要出的两本整整二十本了,有的作家一生也写不了这么多哟。"

新凤霞早年曾拜大画家齐白石为师,写作之余还时常挥洒丹青。"可是有一点,她的字写得不好,画的画都需要我来题字,我的意见她要是不听,我就不写字。"对此吴先生很是得意。也正是在艺术的切磋中,产生了"吴祖光·新凤霞书画展",从美国的旧金山展到台湾,展到北京,展到了新加坡……

"我这是厚着脸皮在吹老婆呀。不过这新凤霞记忆特别好,我称她是我们家的活电脑,对事情发生的年月,对朋友的电话号码她随口就说得上来……"吴先生意犹未尽,而大家正听得入迷,催他往下说。

洒脱笑谈"国贸案"

"写作难出名,一个官司就出了名",对一年多来沸沸扬扬的"国贸案",吴先生不以为然道:"我打了一场莫名其妙的官司。"

想当初两位女孩子在北京"国贸"被非法搜身遭受屈辱,吴先生看到报道后拍案而起仗义执言,"我实在不能容忍这种事情,就写了那篇《高档次的事业应当有高水平的服务》"。孰料,两位女孩子的官司赢了,吴先生却成了被告,"国贸"指责他的文章损害了其名誉。吴先生反诘对方律师:"你找错了告状对象。"吴先生的文章是对新闻报道有感而发,而新闻报道的确有其事,吴先生只有感到不解和可笑了。

"不过作为写剧本的,什么生活都要经历一下,坐在被告席上也是一种生活。我很愿意做一个光荣的被告。""名人官司"真是惹人注目,舆论纷纷波及海外,也真令吴先生无可奈何:"我这一生总是被动,老是受人同情。人家老问:'你那官司怎么样了?'本来一件普通民事案,却变成了一件'大案'。"

"越秀学术讲座"的第二天上午,我陪同吴先生游览郑州黄河风景区。他一路上都是兴致勃勃的,徜徉碑林谈书说艺,踏沙岸边指点河山,健步登高令人咋舌。我们也就不好提出"扫兴"的问题了。

下午吴先生休息起身，品茶闲聊之际我们又拾起话头，这件事毕竟是大家都在关注着。

吴祖光乐呵呵地说："一年多来不断有人提这件事，还怕我生气。真的，可气说不上，说可笑还可以。有人替我不满意，我说他这是捧我，谁也别有气。"

问他反诉索赔的事，吴先生轻松地道："我对记者说要索赔一百万，只是吓唬吓唬他们。反诉时没提这个索赔，反诉状上也没提到，我总要给人家留点面子哟。"

"那么，您目前的态度是什么？"

"这事儿我主动不了，反正丢人现眼的不是我。"

前一阵子有朋友请吴先生在饭店吃饭，座间有两位"国贸"的女士，她们告诉吴先生："这场官司我们都站在您这边。"

前一段时间有关领导登门看望了吴先生，问候他的生活和创作情况……

1994.8.

从农民到作家

记青年作家原非

"原始反终，故知死生之说"。——《易·系辞上》

一

几家电影厂和电视台就一部小说的改编权展开角逐。

1986年10月下旬的一天，一位中年女士赶到郑州市文联。她，陆小雅，峨眉电影制片厂导演，曾因执导《红衣少女》而捧得国内权威性电影奖金鸡奖。女导演行色匆匆，无心顾及美妙的中原秋色，她此时兴趣的焦点集中在刚从文学期刊《十月》读到的一部中篇小说上。这小说的题目让人说出来都不免有种深沉感——《老树》，作者的署名又颇诱人去思索其含义——"原非"。读小说时，女导演就被那沉重得使人想哭又想叫的情感氛围所打动，仿佛那一行行铅印的文字跳成了一组组生动的镜头。她从《十月》编辑部打听到那位原非就在郑州，于是就乘车赴郑，她要面商将小说改编成电影。

对陆小雅的到来，郑州市文联和原非当然是欢迎的。你改编就是了，我们还有什么意见不成？

如同生活中的许多事情那样，这里出现了"但是"，事情就不那么简单了。陆小雅尚未离郑，一个长途电话从北京电影制片厂挂到了郑州市文联，那儿的一位知名导演也看中了《老树》，邀原非进京改编电影文学本。遵从古朴民风的中原人自然很崇信"先来后到"的信条了，于是一位文联老领导出面说明原委，婉转而幽默地谢绝："你的好意我们很感动，可我们总不能一个闺女许两个婆家呀。"

北京方面可不是一两句话就能打发的。接着，长途电话又从北京挂来，再接着，北影的一位文学编辑出现在郑州市文联，声言无论如何要将原非带走。

也不知北影用了什么高招，陆小雅终于作出让步。不过，"你们郑州还有什么作品可以推荐给我？"——有着慧眼的女导演又被中篇小说《明天七爷回家》吸引住了。作者还是原非。于是，女导演南下编拍《明天七爷回家》，原非北上改编《老树》。

你尽可以"一个闺女不许俩婆家"，可你挡不住"一家有女百家求"呀。到了1987年，因为一个原非，更确切说是因了一个《老树》，郑州市文联就难得安生，先是河南电影制片厂，接着是太原、鞍山、天津电视台连续上门"求亲"，要将《老树》拍为影视，至今余波未息。

二

我把上面这些事儿讲给朋友们，一些不知原非为何人的朋友问我：原非什么样？我给他们说起另一个故事。

有个人向郑州一家高级宾馆门前走来，门口那位悠然而装束齐整的"负责"小伙子对此人的出现感到特别别扭——你不坐小轿车也就算了，可你看你吧，搭眼一瞅不用说整个儿是位"农民老大"，先不说你那矮矮的个头、黑黑的脸，只看你身上那件发黄的旧军衣吧，放这儿协调吗？！就这家伙还不紧不慢地要迈进去了，连个招呼也不打，这儿可不是农贸市场。油然生出职责感的小伙子一步横到"旧军装"面前："你干什么？"

"我在这儿开会。"

"你开哪个会？住几号房间？"

"旧军装"正要接着回答，突然感到不对劲儿，他戒备地闭上嘴，这才发现单单他受到如此盘查，一下子拗开了："你管我开哪个会！你管我住哪个房间！"

俩人争执不下，末了还是"旧军装"摸出会章，上面写着小伙子没听说过的名字——"原非"。这回小伙子瞪眼了，看着那个忿忿的家伙进门去了。

无独有偶。当天下午小伙子的同伴另一位小伙子和原非几乎重演了上午那一幕。如果说上午原非是"撞"上的话，那么下午他就带些"挑战"的意味了——你不是要专门盘查我这个"土包子"么，那我就偏要和你搅缠搅缠——道理也很简单，原非只是看不得有人对"农民老大""另眼看待"。

这事儿，出在1986年初的一天，女导演陆小雅来郑州前不久。

三

"原非，原名孙志中，河南巩县人，1945 年 9 月生。困难时期念完初中一年级，便去务农，当过生产队长、会计、乡种子站保管员。在《十月》发表了处女作中篇小说《曹书记买马》，现在郑州市文联创研室从事专业写作，作品有中篇《雾气消散的日子》《掉裤子韩宝儿》《老树》等。"

——这是某家杂志登载的"作者简介"。不到一百五十个字的平铺直叙就是原非吗？是，又不是。这太缺乏感情色彩了。有谁知道，这段文字中曾有句"当农民当得快要老死"的话，大概是出于简练文字的缘故被删去了。

而这句绝非响亮的"当农民当得快要老死"的话，放在谁心上不沉甸甸的？也就原非能说出如此这般的话语来。再看看他四十多万字的作品，哪一篇不让你心里沉甸甸的，不当农民当得快要"老死"，能写出那样的作品吗？

原非常深自感慨："正因为我是个农民，所以就想把农民想说的话用艺术形式表现出来。我总觉得农民活得太不公平了。"在他加入中国作协时，也写过类似的话。

让我们把目光投向巩县那个穷贫的山村，那儿有个原非。不，那时他不叫原非，他是初中肄业生孙志中，那个世代务农的孙家的后代，那个一辈子只认识自己的名字而希望儿子能学会算账不被人欺骗的农民之子，那个各种庄稼活拿得起放得下的孙志中。

六十年代初的经济困难使原非辍学务农，但他没有满足于为父亲把工分算清楚。他那颗敏感的爱思索的心灵常被新的诱惑撩拨得不那么安分。因为别人随口一句话他就要写通讯报道，可那时他还不知何为通讯报道；又因别人随口一句话，接连十天孙志中劳作之余便坐在秫秸捆上，在旧作业本的背面写出一个"五幕剧"。十九岁的他揣着五角钱有生第一次上了县城，找文化馆批准"排演"他的剧作，他也是才听说有个"管文化"的文化馆。

若不是在县文化馆遇到了他写作上的第一位启蒙老师陈庚煦——就是这位启蒙老师在以后的日子里经常给他学习材料，有机会就"抓"他帮忙编写小唱词什么的——或许他还要在文学的门外徘徊一阵子，也可能就此罢手了。在此之前他为了有碗饭吃跟一位民间医生背了一年的《医宗金鉴》，大学其岐黄之道呢。若不是这次，很可能是乡间多了一位"野医"孙志中，文坛上则少了个作家原非。

稚嫩的文学萌芽还未见添枝加叶，混沌的写作意识似乎被清醒的饥饿意识湮灭。贫瘠的土地很少长粮食，生活却为一个作家的崭露积淀着养料。七十年代初的孙志中大概对此想都不敢想，他就要远走新疆了，那儿是他想象中有碗饭吃的地方，那儿或许要比这里一角七分钱一个"工"（在中国公社化期间的农村，实行的是工分制，根据年龄、性别、体能、技术等设置一个人一个劳动日的分值，一般十分为一个"工"，青壮年有可能一个劳动日计一个"工"）强些。那年头对于此类浪迹天涯之人，有个意味颇深的称谓——"盲流"，盲流者，"盲目流动人口"也。

囊中羞涩没关系，"盲流"的拿手好戏就是"趁"火车，土一脸尘一脸或许更有人施给些饭，一身干活的体力就是随处可安的本钱。如果说和别的"盲流"有什么不同的话，那就是孙志中的旧帆布包中有几本书，至今还记得书名的有《李杜诗选》《鲁迅选集》《红楼梦》《高老头》等。可说老实话，这些书他一路上也没去读，没时间也没情绪读。生活的挤压使肚皮的需求跃居第一位，这似乎也能印证出经济是基础来。

陕西的土地是黄黄的,像一声沉重的叹息落在他的心底,引起他的共鸣。"盲流"孙志中将这里作为西行的一个落脚点和出发点,想在此为不可知的前途筹措点儿粮钱。伐木、挖山皮、修路,他和一个本家兄弟把全身能量释放出来。可是别忘了,"盲流"若是被查着就要到农场白干仨月,有人就抓住这点挤对你,拼命压低工钱。丈量土方对曾是会计的孙志中是拿手的活儿,可他的这种本事使他眼睁睁看着那耐火材料厂的会计将他们的土方少算三分之二,近一个月没日没夜的血汗几乎算白流了。那是一种怎样清醒的痛苦,较之在混沌中受人欺骗不知要痛灼多少倍。可面对那双奸诈的眼睛,他也只能咬掉牙咽肚里,不然就不是白干一个月了。今天的作家原非提起农民孙志中这段经历依然不能平静:"我一辈子也忘不了那副嘴脸。"正是那副以及和那副类似的一些嘴脸,使得原非有种"农民活得太艰难了,太不公平了"的感慨。

新疆多黄沙而少黄金,流浪数月的农民孙志中又回到他生长的巩县山村,旧帆布包里的书没有读,生活这部大部头的无字书他却越发读深读透了,对社会、人生、自然的感悟也越来越多。今天的作家原非面对都市如流的车灯,仍然想望着高原、沙漠、大海,他说这是"人生之中不能不去看看的三种事物"。说话之间,近处一华丽的彩色喷泉旁正奏着狂热的迪斯科舞曲。

四

打从古代那位先哲说出"桃李不言,下自成蹊"后,数千年间借用者多矣,这其中大致可划分为二种:一是自己说自己"不言"者,二是别人说其"不言"者。前者大多是掺点儿假的桃李,后者一般是真桃李。原非属于后者。先不说初识报刊编辑时那仅客气一两句就不再接着套近乎,更别谈他像某些人那样进一步大讲在何时何地何刊发过什么什么大作了,单说他那被称为处女作而一跃登上1981年第六期《十月》的《曹书记买马》吧。在独自一人搞乡种子站全部内务时挤空写出的稿子,费了如许心血,却不知往哪里投,若不是那位陈老师鼓励他只管投出去,若不是编辑"识货"于自流稿中,当年的河南文学奖岂不少了个《曹书记买马》。

　　了解原非和与原非打过交道的人对他有个共同的评价——朴实。朴实自有其可爱之处。处女作变成了铅字,总感到编辑的"知遇之恩"无以为报,于是投书说要带些小米进京拜望。原非几部作品的责任编辑张守仁谈起此事,连连感叹:"你看,这就是原非,他就没想到给我送别的,只想到送小米——这就是他的朴实之处。"原非有所不知,有人情愿送上他当时想象不到的东西而企求自己的大名飘出油墨的芳香呢。

　　话又说回来,朴实的农民遍地都是,成为作家的寥寥无几。朴实的农民孙志中之所以能成为作家原非,有一个重要的因素就是他具有多种农民素质中不乏的智慧。原非的脑子可说是时刻在打转转。稍加留意就可发现,若是三人以上的场合,你难得听到他的声音。他自己解释说,他若说话就听不清别人说什么了。其实,他是在留神倾听,在心中思索品味他人的话,以别人的智慧充实其思想、艺术观念。几场笔会下来,朋友们便送给他一个善意而恰如其分的绰号——"哑巴蚊子"。

五

　　我在寻找原非，原非迎面走来，一副变色镜衬出几分文气，可体的夹克衫露些许潇洒，再配一双黑亮的皮鞋。我对一位朋友"原非在对衣服的挑选上绝对不土，只要他高兴打扮"的话算是信服了。

　　进门坐定，我开门见山说明受杂志社约稿的来由："咱俩约个时间聊聊。"不顾他"我真没啥可写，等我感到差不多了，一定请你为我写一篇"的推托之辞，接着把话钉死："明天，你说啥时间你得空。"原非勉强答应："那就下午吧。不过你会失望的。"

　　我如约而至。原非拿出一袋酱油瓜子和一大串葡萄来，看来他为我们的"正式会见"是做了准备的。

　　谈别的可以，他就是不谈自己，那就聊吧。一通海聊，聊相互认识的人，聊别人的作品，聊他本人的作品，越聊越热乎。"哑巴蚊子"若打开话匣子，你就会看到一个袒胸露襟、滔滔不绝的原非。聊至兴浓处，原非摆出一副豁出去的架势："好，我今天就算卖给了你。"和盘托出自己的人生轨迹，时不时还会说一句："这事儿你写稿子可能用得着。"嘿，原非到底是原非。

　　原非几部作品的责任编辑张守仁对他的创作说过这样一段话："他的作品带着泥土的气息。他和农民没有生活距离，不像别的作家写农民那样，他不存在什么体验生活的问题。他发表在《十月》上的三部作品，呈现出农民现实生活历程的三个点：《曹书记买马》中他们是在时代变化前的困惑心情，在《雾气消散的日子》中就是对生活富裕的追求，《老树》是在得到基本温饱后对精神生活的需求了。"确是这样，原非虽说不上是高产作家，但他是一步一个台阶地迈进。我俩交谈时曾有这样的对话——

我：你有没有意识到，你每一部作品较前一部都有明显的艺术技巧成熟和思想观念深化的嬗变，是在迈向一个更高的层次？

他：我只管思考，有所得便写。我不准备回头检点脚印，走过去就走过去了。

我：你的作品系列中有个逐渐强烈的基调，就是对人性和人的平等的呼唤。如果说这在《曹书记买马》《雾气消散的日子》和《掉裤子韩宝儿》中还有种朦胧的感觉的话，那么在《明天七爷回家》和《老树》中就可看出你是以清醒的意识在呼唤，这种呼唤成为作品中的主旋律了。

他：是这样。就好比《明天七爷回家》，整篇就是写了云香的一个觉醒的过程。随着物质生活的增长，一个人的自我意识就产生了。这个觉醒虽然是迟缓的，毕竟是觉醒了。

我：尽管你和很多人都认为《明天七爷回家》较《老树》深刻，我还是认为在各方面后者较前者成功。你在《中篇小说选刊》的作者自述中谈到有件发生在十几年前的实事，我看你仅仅将那件事作为创作的契机，写出了一个在现代广阔复杂的文化背景下的"老树"群体，而这个群体的人物较你其他作品层次丰富、性格饱满。虽然是写老年人的婚恋，却呈现出现代农村不同年龄、层次的人的心态和生态。

他：我自己还是比较偏爱《明天七爷回家》，这咱们尽可各有所好。我在《老树》中着力写的是老少两代人，写了老年人的寂寞和对人性的眷恋，还有那一对小儿女玩结婚游戏确是两小无猜，是一种人之初对大人生的演习，充满了天性，可到了大人生反而受到各种约束。这在我那篇《不是创作谈》的自述中也说了。你看这一段："总以为我们祖传的伦理道德常和治安法规有着通同协作的功用，其目的只是为了维持一种便于驾驭的社会秩序。这种秩序的确无疑是以牺牲人的独立性为代价的。这不免使人活得委屈、惶怯。尽管委屈、惶怯，人们还是认可了这种秩序，久而久之，且将这秩序潜移默化为基本意识，且将自身变成捍卫这秩序的基本力量。"

我：读你的作品，似有叙述多于描写的感觉。

他：是的。不过叙述有事件叙述和情绪叙述之分。我追求的是情绪叙述。写作总是"杀猪杀屁股，一个人一个杀法"。作家所要表现的必须是自己的思想，而不是其他任何人的思想。我在总体构思时先设计出作品的氛围，艺术手法用哪种合适就用哪种。你刚才对我作品中许多人物没有生活原型很感兴趣，可他们这些人在农村中不是随处都能见到么！

我：那就是在众多人物中作类型化的提炼了。这只能归结到你广博而深厚的生活基础上去了。

他：我认为不应拘泥于生活性格，而要塑造出文化性格来。这种文化性格拥有更高的认识价值，形象更能使人思考。性格只要确定，人到啥时说啥话就很容易解决，但要传达出作者的情绪则相当困难。我不凑故事，要论凑故事，村里的老头们说得美着咧。

我：你写作时列不列提纲？我看（指指他书桌前，那儿贴着一张他正创作的小说人物表）你也就是这张人物表和一沓稿纸了。

他：我过去列过提纲，可写着写着就"跑"了，后来干脆不要，我在心里构思，有张人物表就能写，这样更自如些。

我：你平时读哪些书？

他：主要有三种：古典的、外国的和我国三四十年代的作品。

我：你对现代派作品是不是感兴趣？

他：感兴趣，有的读着还很有味儿。

六

　　原非似乎缺少一种"作家意识",他总说写作太累人。他似乎不去计较过多的名利。问他《老树》改编成电影剧本后的情况,他回答:"没怎么问过。拍不拍是人家的事儿,我急也没用。"他安于淡泊,出头露面的事儿也很难看到他。他在他的屋子里慢慢写他的小说,写作之余所好者读书和听朋友们聊天。谁若是坐等原非的稿子保管会难受之极,写顺了他一天也就出千多字,这还保不准第二天看看不满意撕去重写。他对作家这一行当自有其看法:"其实写小说和其他职业没啥区别,都是各干各的活。你看写小说的人中间,还不都是些种地的、烧锅炉的、卖菜织布的、教书的。我只管写我的,等没啥可写了,那就还回去种咱的地,我家里还有几亩地咧。"

　　问他"原非"何意,他笑笑:"那是一时兴至,并无什么意思。"再追问,他依然未作深说。不过我倒想起《易经》有句话:"原始反终,故知死生之说。"

　　原者,考究、推其根源也;非,大概有否定或重新认识的意味吧。这是我推想的。

1987.10.

杨丽萍意象

舞台上，她是一个精灵，一个艺术的精灵。她那如梦如幻的舞姿令人神痴意迷，不知自身为何物。当美到了极致，语言文字便贫乏得味若淡水，你不可能用美去形容美，只有无奈地说："美极了！"

河南人民会堂，"杨丽萍舞蹈晚会"的横幅悬挂了三天，从2月16日到18日。

有位作家说："你要挑剔杨丽萍的舞蹈很难，那样连自己都会感到是'有意找碴儿'。"

媒体借她的成名之作，就以"雀之灵"代称杨丽萍。

走出车门的杨丽萍临风玉立，很民族的一身便装，款款而行，文静地听别人说话，微笑时两眼略眯出朦胧的美来。如果定要找一个词说出这第一印象，大概只有用"清丽"二字了。

接风宴会杨丽萍入座已过午时，不一会儿便听走廊上有人叫快点上菜，原来是两点钟要走台，我们敏感地问："杨丽萍也去走台?""对。""还挺认真咧。"竟然不像有些"大腕",走台的是"替身"。

老板想拍张杨丽萍在酒店的照片,说是要悬之壁端以为留念。我们出了个主意他却踌躇起来,担心舞蹈家是否会给面子。其实老板的顾虑多余了,杨丽萍欣然与他碰杯并优雅地伸手请其坐下"一起吃"。说起演出后的夜宵,杨丽萍表示:"有碗面条就行。只是很晚了,要麻烦的。"

晚会主办方先是为杨丽萍安排了一个套间,但杨丽萍说什么也不住,说她一个人用不着那么大的房子,有一间就行,只是要安静。只得为她调换了房间。

玄妙多姿、变幻幽邃的《月光》,婉转婀娜、缠绵悱恻的《两棵树》,刚柔相济、开合大度的《火》,顾盼情动、臻于化境的《雀之灵》。绿得纯净、黄得温情、红得热烈、白得淡雅。

杨丽萍的舞蹈呈示着人与自然的和谐融洽,从形体到色调到音乐都贯穿着强烈的生命意识。

说她的表演"柔若无骨",只能是缺乏思考的信口开河;说"翩若惊鸿,婉若游龙",这话古老得透出股让人用滥的俗气。好容易找到苏东坡先生的两句诗,叫"端庄杂流丽,刚健含婀娜",觉着还多少沾点边儿。

其实,对于杨丽萍的舞蹈所应当抛开的正是语言的线性思维,伸出你感性的多头触觉,去直接地、投入地感受那独具的艺术张力,甚至不是你去感受她,而是她抓住你把你掷入一种迷幻的境界。与她的表演同步你完成了你的感受,过后你总以为你感受到了什么,而这个感受却是那样恍惚不可确认，于是你慨叹："美得说不出来！"

我坐在杨丽萍对面，听她讲述一个颇有意味的故事——有个小偷夜里到一座寺庙，但什么也没有偷着，很是失望地离去了，途中遇到庙里的和尚，小偷说："你那庙里什么都没有。"和尚道："我的东西你是偷不去的。"小偷忙问是什么东西，和尚告诉他："我只有一片月光。"小偷于是茫然。——杨丽萍问："你说小偷怎么能理解'只有一片月光'呢？"我道："你是在说禅，而'直指人心'的禅恰好和真正的艺术有相通之处。"

演出无疑是成功的。刚刚谢幕便有观众蜂拥至后台争相请杨丽萍签名，人群如堵阻滞了接见演员的领导们。

享受着杨丽萍的舞蹈之美，许多观众猜测她的个头要在一米七以上。在第二天杨丽萍接受记者集体采访时，有人提出了这个话题，杨丽萍坦然道："我的身高是一米六五，体重九十六市斤。观众感觉我个子高，那大概是'舞台效应'。"她趁势轻转话题说："一个人进入创作状态，是对细胞的全方位调动，需要把意念收回来，排除杂念。我跳舞也是这样，让自己进入一个状态，感到全身透明起来，好像肢体延伸了。"

杨丽萍的话语透射着天赋聪慧，既陈述了对审美创造的理解，又巧妙地避开某些涉及个人生活的话头，使之难以展开。

杨丽萍曾公开声明《雀之灵》等舞蹈受著作权法保护，谈到这桩事儿她解释说："我创作出《雀之灵》后，就出现了到处有人表演《雀之灵》，形成一种作品泛滥。有的演员急功近利，学一个舞就去表演，而不是创作自己的作品形成自己的风格，那将会影响他们的艺术进步,我是为他们着急。其实那个声明也只是个'声明',而不是要找谁打官司。现在文化人打官司已经够多的了,我不准备在这方面再制造新闻。"

在郑州的三天,除了走台、演出,杨丽萍大多数时间都在她"只是要安静"的房间里,罩着件她说是带点神秘感的黑色网眼衫,胸前挂着两件饰物,一件是串古色古香的木珠,一件是古老的铲形铜币。

我说:"虽然没有到过你的家乡,但印象中那是一块富有艺术灵性的土地,有位诗人称那里为'边疆桃源',是不是空气中都有股甜味儿?"

杨丽萍现出她带着朦胧美的微笑:"你说得夸张了,不过空气是满清新的。西双版纳非常贴近大自然,我的舞蹈也都是和大自然息息相关的,因此能和观众沟通。我没有进过专门的学校,其实也不是苦练的人,应当说是和天赋、环境有关吧。"

说自己"不是苦练的人"的杨丽萍,走台时却偏有股子认真劲儿。她拿着个话筒反复调度着灯光、音乐,场上一遍遍飘送着她那轻柔的嗓音:"……灯光师傅,请您……""音响师傅,麻烦您再……"这时候你再有脾气的人也会耐着性子。可你说这第一天走了半天台吧,第二天又照样"折腾"了半天,还要提前一小时做演出准备,别人也只好陪她吃盒饭。

杨丽萍说:"我到这个社会上并不是生活、享受来了,而是要尽责任。"

首场演出时出了段小插曲,那是在杨丽萍表演的《月光》上场时,硕大的满月映衬出她玄秘中蕴含着灵动的舞蹈造型,可这时场上响起的则是另一个舞蹈的音乐,报幕员急呼"错了"!音乐再起还是不对,音响师也急了。已经"入境"的杨丽萍又返回侧幕,拿起话筒说:

"音响师傅,刚才是《两棵树》的音乐,请您把带子倒一倒。哦,再倒一下带子。哎!对了对了,您太伟大了!"她喜不自禁的情绪感染得满场观众笑将起来。

事后谈起这件事,她说:"河南的观众挺好的,在那种情况下没人起哄。"

只是有一种情况咱们的舞蹈家小觑了中原乡亲。当初安排节目时她担心都是舞蹈河南观众能否接受得了,于是邀请几位声乐、器乐演员"协调"一下,没想到河南的主办者要求的是一场纯舞蹈晚会,使她颇为惊讶。她谈到纯舞蹈晚会多是沙龙型的演出,没想到河南会提出这样的要求。但重交情不轻诺的杨丽萍还是请朋友们一起来了,因为她事先与他们说过了的。

我告诉她,有观众说宁肯增加票钱也愿看杨丽萍的个人舞蹈晚会。她沉吟道:"这还真值得考虑呢。"

杨丽萍在交谈中时而"手之舞之",且多是那《雀之灵》的手型。我说我注意到这一情形,问她是有意识的还是下意识的,她满心喜悦道:"很可能是下意识的呢。"因为我的"发现",她在合影时特意做出那个手型。

对她的舞蹈艺术,杨丽萍常用的词是"意象"和"品位"。英美现代主义文学的元老庞德有言:"所谓'意象',即在瞬间显现的理性和感情的复合体。"杨丽萍说:"我每一个作品的创作都动用了全部的生活积累。我认为我的舞蹈应有广阔的覆盖面,让观众从各方面感到满足,它是雅俗共赏的。"

舞台上光滑的地板赤脚起舞还没什么要紧,而对穿着舞鞋又有高速旋转动作的《雀之灵》来说，就有可能出点什么事儿。上场前杨丽萍就手抓起一瓶矿泉水，拧了几拧没拧下盖子来，她干脆用牙咬掉瓶盖将水倒在地上，沾湿鞋子以防滑。她说她看过，那地板是用油拖的。

拍生活照时，摄影师提出来个天真顽皮的表情，她委婉地表示异议："我的形象还是比较神秘的。"

媒体在报道她的舞蹈时，都用"形体语言"一词，而她则说"肢体语言"。我提到这一问题，她说二者"应该是一样的吧？"我认为两个词的差别很微妙，微妙到"肢体"就准确那么一点点，于是她说："你喜欢哪个就用哪个吧。"

杨丽萍赶回北京去了，她得出席中央电视台20日的颁奖晚会。

1993年的春节晚会上她和陆亚表演了《两棵树》。在30万张观众选票中，有十万余张推举《两棵树》为春节晚会"最佳节目"。

于是有媒体说，春节晚会得票最多的是一个抽象的舞蹈，说明群众欣赏水平的提高云云。

这"欣赏水平"要是一年之内就平地起楼台似的提高了，那还真是奇迹了呢！其实关键在于人们从这个"意象性的舞蹈"中，有的发现了爱的真谛，有的看到了海峡两岸的亲情，有的……最重要一条是，大家都从中看到了"美"。

从颁奖晚会的现场电视直播又见到了杨丽萍，她文文静静地坐在那里接受主持人杨澜的采访——

杨澜：我在采访你之前牛群告诫我说："你看杨丽萍在台上不说话吧，在台下话更少。"……这个《两棵树》那么优美像梦幻一样的境界，你最初的创作灵感是从哪儿来的呢？

杨丽萍：民间传说是两个恋人生前不能相爱，那么他们死了之后同时长出两棵树，然后纠缠到一起，形成了连理枝。

1993.3.

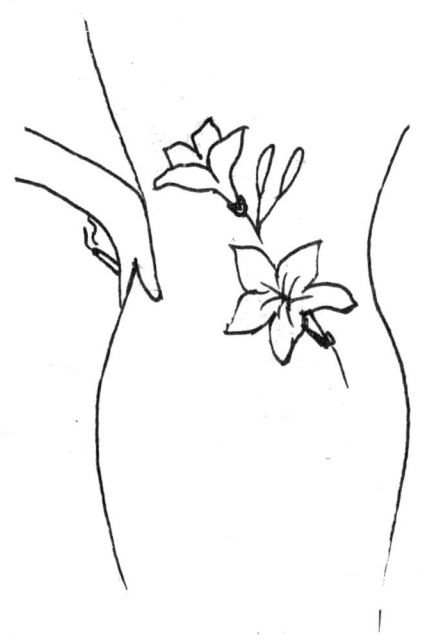

她在琢磨"坏女人"

小记赵娟娟

汽车"外壳"上贴着"《别廷芳传奇》摄制组"在西峡县城招摇过市，红绿大字引得行人注目、指指点点。突然，一根拖把棍在车身晃动时倾倒，砸向饰演女土匪麻五疯婆的赵娟娟，在鼻梁上狠狠蹭了一下，"女土匪"眼中溢出泪水，手中还紧抓着我送她"观摩"的几本杂志。

下车时我对赵娟娟说："刚才被'土匪暗器'伤了吧？"她笑道："还好，没挂彩儿。"

紧接着又出现个戏剧性场面。这是在西峡猎枪厂，导演组的意图是让大伙儿到这个前身是"宛西土皇帝"别廷芳造枪厂的地方感觉一下，厂里职工们感兴趣的却是这一帮演员。有位女工一眼认出赵娟娟就是电视剧《杨三姐告状》中那个邪恶的大嫂，扭头对同伴道："真想上去勒住脖子捶她一顿。"赵娟娟闻听一笑："我可不敢单独上街了，真让人'勒住脖子捶一顿'，我找谁说理去。"我道："真是那样更说明这个人物演成了。"其实这种事儿已不是第一次，《杨三姐告状》播映时，中央戏剧学院对面饭馆的老板就对去吃饭的她说："娟儿，你怎么演这么个角色，你说我是不是应该拿菜刀把你赶出去……"

"这两年我就没演过好人",聊天时赵娟娟一一道来:"《座山雕世家》里的一枝花,那是个电视剧,把座山雕一家几辈人都演出来了,一枝花比蝴蝶迷早,蝴蝶迷是'我'徒弟;还有《太阳不是男人》,我演厂长夫人,一个喜欢溜墙根、嘀嘀咕咕、专给厂长出馊主意的女人;今年还排了个话剧,是意大利著名剧作家皮蓝德娄的代表作《六个寻找作者的剧中人》,我扮演女主角一个妓女。你看,尽是坏女人。这回更狠,演个土匪婆,不过这个角色挺有吸引力,她性格独特而鲜明,我也挺有创作欲望。"

赵娟娟谈到,这种"坏女人"反倒挺有琢磨头,"坏"也只是她们性格的一个侧面,其内心层次是多样而鲜明的。比如她们"坏"的过程,她们对人性和人的生活的态度,"可咱们的好多戏刻画人物脸谱化,只要是土匪就没好人、没感情、不是人,其实不是那码子事儿。无论什么形象都要有个性,没有个性的角色就是演一百个也对演员对观众没什么好处。演员要知道角色'在干什么'和'想干什么',你心里没东西还在那里假模假式的——观众就恨这个"。

聊天中赵娟娟突然提出:"我能不能抽支烟?"我赶忙道歉说没想到敬女士烟请原谅。她道:"我没瘾,朋友们在一起侃得高兴了就想抽一支。"她说,抽烟是从1986年拍《八女投江》时学会的,在其中扮演抗联女战士黄桂秋,那是个"好人",角色需要抽烟,导演给了个东北大烟袋要她学,把普通的香烟揉碎了装里边,一次能装进一支半香烟,"抽得直恶心,吃不下饭,导演说一定要学会。学会了也好,那是在零下四十摄氏度拍戏呀,在野地里有那么一点火光就让人觉得暖和得多。那水不是一般的凉,脚伸下去感到一根根钢针往里扎,把演员都给冻哭了。你真应该跟我们剧组多跑几天,看看我们过的是什么日子"。

说起这次扮演的麻五疯婆，赵娟娟兴致颇高，边叙述场景边比画着动作，似乎进入了角色体验。从接到剧本她就琢磨上了，从人物的动作语言到内心世界都能提出自己的见解，并提出一些被导演组接受的意见，使其更具个性化。

赵娟娟，山东泰安人，母亲是当地很有名的豫剧演员，因而从小就很有看戏的方便，人居山东却颇喜豫剧。1976年考入山东艺术学院表演系，1979年到山东省话剧院开始了艺术生涯，在30多部影视中扮演过角色，走了大半个中国。1991年至1993年在中央戏剧学院导演系学习，至于将来干不干导演还不一定，现在依然对表演很执着。1991年曾在山东省青年演员会演中获一等奖，演的是《骆驼祥子》中的虎妞，至今仍认为话剧是表演艺术的顶峰，想每年都能演一场话剧。

赵娟娟感慨道："当演员就是拿自己的一生做赌注。谁都想碰上一个好剧本，好导演，有的人也许一辈子都难如愿，可你一旦走上这条道，不干演员还能干什么？！作为一个演员，你就坦坦然然地做人，搞虚头巴脑的东西你还怎么进入艺术创造。不是个善良、诚实的人，你就别演戏。"

1993.11.

附记：

这是一个极可能成为著名演员而没有成为著名演员的人，她倒在了即将辉煌的那个台阶上。

供职《河南画报》期间，摄影爱好者的我唯一一次拍摄的"封面人物"就是她，刊登在1994年2月号的杂志上。后来有朋友告诉我说："你写的那个赵娟娟去世了。"这才回想起来，杂志出版后有一段时间，接到了赵娟娟的一个电话，说是办理调动还是什么的想要两本杂志，邮寄过去后又接听了一个感谢的电话，直到天人永隔便彻底"失联"了。

然后的然后，见到网络上的一段文字："赵娟娟，话剧演员，《生死场》女主角，1999年因鼻喉癌去世，享年三十六岁。"再然后，看到名导演田沁鑫谈话剧《生死场》的一篇文章，其中说道："赵娟娟，一个身材高挑，眼睛长得大而生动的女演员，原山东省话的台柱子，毕业于中央戏剧学院导演干部班，她演王婆。北京首轮演出结束，赵娟娟的免疫力突然严重下降，然后，听到噩耗，一星期不到的时间，她去世了。""赵娟娟，让我看到了一个演员为了成就自己而燃烧生命的过程！这出戏，娟娟得到了文化部进京干部指标，落实了户口，获得文化部颁发的优秀表演奖，她的职业由剧院场记转成演艺中心演员，这些，她生前都知道，也聊以自慰。后来的导演生涯中，我尽力肯定着演员的优点。忏悔，是人生的掴掌，感恩，是生命的恩泽！""伴随我的'欢乐'被死神无情地拍打到了颤巍巍的生死线上。我的第一部国家级剧院的作品，由演员赵娟娟的突然离世，受到强烈的震荡，真是'生死一场《生死场》，冥阳两隔春之祭'！"

在探班《别廷芳传奇》剧组时，有幸结识到大导演严寄洲、著名演员里坡，还有一个记不起名字的"名特务"。过了两天，里坡先生说，你不要做一般的报道，建议跟赵娟娟聊聊。交谈了两个多小时后我对赵娟娟说，虽然是做文字的但我喜欢摄影，照得不专业是个"发烧友"，能否给她拍照，赵娟娟欣然道："你尽管照呗。"

到了第三天正式开拍，说是有一句台词一个镜头的小土匪问我愿充当一下不，人生"体验派"的我自然乐意，换服装时一个穿黄呢大衣的副导演不乐意了，理由是"哪有这么英俊的土匪"。当时气得我哭笑不得。反倒是里坡先生和那位"名特务"安慰我，说以后有机会还让我"出镜"。

当不成"小土匪"的我只好回归观众，这时突然听到严老爷子发火了，原来有女演员旗袍靠脖子的纽扣没扣，演员辩解说这是作准备阶段，而严先生的道理是只要进场有无镜头都得"入戏"，老爷子厉声道："不要小看这一个扣子，知道不知道？全扣着的是良家妇女，一两个不扣的是风尘女子，就是妓女！你的角色是全扣！"发过脾气严导扭脸看到赵娟娟，称许地点点头后又瞪了别人一眼。而我高兴的是既看到了大导演的风范又增添了知识，而后还在某些场所引用过老爷子的说道。

补白

荷

错过了
江南女的采莲船
便开在宋代的诗中
开出含露的诗句——
留得鲜荷听雨声

从剑门到雁门
听江南的雨
　　听江北的雨
　　　　听中原的雨

千年后的画家，借来
周敦颐写《爱莲说》的余墨
泼洒成此刻的你
依然在听

1986.11. 应王继伟先生之邀为冯盼允先生国画而作

《画里话外·刘钊邮品设计》序言

端庄杂流丽　刚健含婀娜
对刘钊邮票邮品艺术设计的一种阅读

将三十年的艺术功力隐然沉淀着，把半生精神阅读和生活历练凝然积聚着，用从学院教养系统性和艺术实践创作性所获取的国画、油画和装帧设计的造诣叠然层累着，以二十年出版人的职业性素养操练的慧心睿眼整然调和着，这一切都指向一个文化创造的喷发点——邮票和邮品艺术设计。

刘钊近七年来的文化建树就是这样一个总体形态。

阅读品味刘钊的邮票、邮品设计，你当然可以得到与其他邮票设计大家所共有的"纳须弥于芥子""方寸之地气象万千"的感受，同时更能咀嚼出"刘钊的"特有滋味——厚重的中原文化所涵养的浑然之气，揽八方风雨注于一点的大方之态，正如孟子所谓"不揣其小，而齐其末，方寸之木，可使高于岑楼"的文化承载。这方水土所产生的饱满多重的文化艺术元素很能带入所有的艺术创造实践，广泛涉猎和多方游历则拓展提升了刘钊的文化视野，使其在俯察品类之盛的怀抱中有机地兼容着现代文化和本土文化，让人从他这些放手拾取细致经营的邮票、邮品设计中，体味到"端庄杂流丽,刚健含婀娜"纯净而强烈的格调来。

以很中国的文化理念"方寸"而言,既指那一枚枚一部部物化的票品,更在本体意义上指那颗创造出如许票品的心灵。刘钊的超越之处恰在于每一个票品的艺术设计过程都以新的创作态度"用心"去做,便使得他的票品设计含蕴着精神的灵动,透射着生命的活泛。

若果对刘钊的票品创作进行整体性扫描,以这篇短文来说未免有饶舌之嫌,且从中撷拾其新近作品一二,以示窥豹之意——

就拿为前不久在洛阳举办的"中国2009世界集邮展览"所创作的邮票小型张《千姿牡丹》来说,如许尺度匠心独运,对多重文化元素融会整合,大有天机云锦妙手舒卷之逸气。刘钊在设计时首次运用《和谐》为主图设计,书画相契合颇显中国传统书画结构美之神韵,用其圆融而有和谐、和谐必现圆融之意会,以齿孔所构成的虚拟边框,既呈现出单元艺术完整性,又生发出和谐氛围无规矩不成方圆之意念。副票选用著名艺术设计家常沙娜所绘工笔牡丹,堪称慧眼所具,勃然生机之国色天香跃然欲出自不待言,可贵的是工笔牡丹具有中国文化属性和世界多民族广泛的易于接受性,可说将在中国牡丹城洛阳所举办的世界邮展这个意象彰显得淋漓尽致。点睛之笔在于邮票小型张主题词和"2009"所因形就势采用的异型齿孔,为整个作品的典雅雍容给予灵性通达之提升,至此可说是整个结构形态充溢着个性鲜明的生命活力。

如果说《千姿牡丹》是以中国性融入世界性,那么为中华全国集邮联合会所设计的大型邮册《花开五洲》,则是以世界性视野进行的一次邮品艺术设计。世界五大洲24个国家和地区发行的牡丹邮票版票和小型张,个个风貌独具,家家活色生香,能称得上共同元素的也就只是"牡丹"。邮册的设计难就难在如何将这些荆山之玉、灵蛇之珠进行文化艺术的整体打造，或者说是将丰富的"饺子馅"给予恰如其分的"五味调和"，做出一个大家都喜欢的"饺子"来，这里倒真的用上刘钊常说的"文化眼界、艺术把握"来了。先看其"饺子皮"邮册的封面，大面积的生命蓝色中，一轮牡丹盛开的地球鲜艳夺目，等分围以象征五大洲的色条，纯洁的和平鸽衔着五片叶子的橄榄枝飞临，给地球、给人类生存繁衍的五洲带来吉祥。内页以大地般的淡黄配以抽象的牡丹花团图案为底，托举出各国和地区五彩斑斓的邮票。总之，经由刘钊的手，展示给我们一个牡丹的世界。

文已至此，夫复何言。对于从眼睛里面到心怀的这些邮票、邮品艺术设计来说，文字的啰唣难免挂漏之讥。诸君上眼，若"口之于味有同嗜焉"，幸也；如另有心得高见，幸甚也。

2009.7.

又记：

前文述罢，倏焉二载。已然步入设计艺术创作勃发期的刘钊，每于时间流转中显现空间定格的"精彩亮相"——其一为2009年底的《马连良舞台艺术》特种邮票两枚，其二为2012年中的《南京大学建校110周年》纪念邮票在一众竞标设计者间出乎其类拔乎其萃而中鹄夺袍。

面对刘钊这两次打造的"国家名片"，我却进入了一种惊艳无语的状态，在为至交友朋高兴骄傲之余，仅有"大美不足言表"的感慨。这两种邮票所展示的都为大文化的内容，非大情怀大手笔所能驾驭，它们与刘钊的因缘际会，孰所幸欤？

拿到《马连良舞台艺术》票品，我道："机会仅偏爱有准备的头脑。"看见《南京大学建校110周年》票样，我说："大师在严格的规矩中施展才华。"这两句话都不是我的，是我学来的，是我当时脱口"学说"出来的。至此仍要送钊兄一言，是篇署名马连良的文章标题，"挂席应教集众功"。

要知道这两种刘钊创作的票品有多好，看邮票；想知道这两种票品为什么好，看刘钊的设计随笔和设计说明。毋庸在下置喙。所得意自诩的是，我上篇文章的言说都到位。

"一阵风，留下了千古绝唱"——马连良在《借东风》中这样唱道。

壬辰仲春谨记

《画里话外·刘钊邮品设计（二）》代序

灵台方寸相　斜月三星晖

"刘钊邮票设计艺术展"策展人语

猴年之猴有灵性，与人同属灵长类，标志性文化符号叫孙悟空。那大圣修炼证果之地人称"灵台方寸山，斜月三星洞"，有先贤点赞曰："一部《西游》，此是宗旨。灵台方寸，心也……斜月像一钩，三星像三点，也是心。"

这个展览也使我"抓耳挠腮，喜不自胜"，点赞为"皆是'走心'之作"——刘钊近五十年的技艺修炼，也就是萃取了一颗文化之心，使之在十多年的邮票邮品艺术创造中，迸散意蕴精醇的视觉感染。

转益多师，遍索艺珠，呵冻写生，挥汗造型，昼品千画，夜习百经——诸如此类生长为一个艺术家的基本功夫，刘钊都一一操练过了，之所以翘楚其间，也正是以心性贯穿于这个过程，将所有文化素养和生命阅历聚合于灵台方寸，而呈示自家面相。

心性所注，方能"察乎天文以观时变，察乎人文以化成天下"，方能将多元的人类文化以个性体悟的中国文化语言进行圆融表述，方能纳须弥于芥子使方寸之间气象万千。

邮票邮品设计这种独特文化艺术形态，更能显现"大匠于严格规矩中施展才华"之相状。这个展览所飘逸的中华文化气息和涵蕴的世界人文情怀，即是对"相由心生，即心造境"的印证。

中华文化气息＋世界人文情怀，衍生出那十几种刘钊创作的外国邮票邮品，它们投射出的也就不是单纯的艺术构建话题，更昭示着一种文化现象——人类是共生的、文化是相融的，将中外文化元素予以精到的艺术整合，为和谐世界的国家行为提供一份张力。

邮票邮品艺术创作给了刘钊一个晖映的空间，刘钊给了邮票邮品艺术创作一种灵性的语言。

"学仙不必在远，只在此心"——文化艺术的创作精品，也只在此心。

丙申仲春刘书志（舒之）谨记于九方斋南窗下
2016.4.

又记:现场观展能会意，伏案观书可会心。姿态不同，心性相通，均以自家的审美眼光打量、以自家的审美触觉知味，美的灵动在刘钊的笔下，美的感知在观者心中。在展场、在书面，有美丽的邂逅，有心性的契合。

《云游天外·云平书法新加坡展作品集》序言

云在青天水在瓶
对书法家云平的状态触摸

那天,二两杜康老酒催发得老云双颊灿然,话语较饮前的随性更为随性。"老云",乃侪辈对云平的日常称谓,三分尊重七分亲切。

一句"不再喝了",我止斟道:"好!留下的我回去自己喝。有位仁兄说,独酌小饮是种境界。"

"境界,难得!"云平轻挥手道,"人,干啥事儿难得有境界。这境界里,含有两种品质——生活品质和精神品质,这两种品质积累着积累着,或许境界就出来了。"闲言一句,将他勾入"境"了。

说起这次赴新加坡举办书法展览和准备出版的作品集,拟名《游于艺》,语出孔夫子,问我如何。答曰:"孔老师的话当然好了,'游于艺'是他老先生一种高妙境界。而你,也就是在书艺中游来游去的哈。话说回来,'游于艺'作为你的境界构造,不可为外人道也,当书名就拉倒吧。"

"那你说?""咱玩个大的中不中?老云。取名《云游天外》,既合你的姓氏,又对应你这个人和你艺术的调性——以柔和淡定洒脱不羁处世,而内蕴雷电敦厚丰富。咱年轻时读过一首名诗,叫《穿裤子的云》,李太白也写过'云想衣裳花想容',就当说你的吧。有境界还有品质,如何?"

时光真的是如流水或流云。二十多年前,目睹了他写两刀纸选一件作品参展的情形,我写下关于云平书法的短文,其中用了些如"游于艺"般被若干人说过的话,称当时的青年书法家云平"讨千家米煮自家饭""熔铸百家自成一体",说其如何临池不辍而废纸三千,如何入古出新而追求自我。

于今思来,那都是言说一个书法艺术种子的"大白话",是一个崭露头角的书家所"必需的"构成元素或基本修养。

观当下之老云,那短文有一层意思说到位了,即积健为雄、从容渐进的云平"入境了",让人感触到大家气象。

现在的他,在我称之"入境"二十多年后,已将其境界架构完成且拓展开来。这不是简单的指由作品参展被评到评他人作品的中国书法家协会评审委员,也不仅指其在书法领域的种种头衔,那也算尺度之一种吧。更是指一个将书法和人生互渗圆融,将整个书法艺术史参悟通透而羽化脱出,将楷书书法以"云平现代性"营造出卓尔不群、和而不同的场效应;也更是指作品被世界著名的英国大英博物馆收藏近两年而鲜为人知的内敛气度。

当代书家作品被大英博物馆收藏,不说是绝无仅有,也称得上凤毛麟角。我是在一年后偶尔风闻,当面询问,他才说有这回事儿,写的是老子《道德经》选章,"人家有六百多万件藏品,人家看中的是老子,喜爱的是《道德经》,老子的名气全世界都知道。三千年只有一个老子,云平算个啥?"顿时把我说住了,转念一想,不对劲儿了,立马反驳:"嗨!你胡扯。'老子'有载体,这个'老子'的载体是'云平'。"老云不接话,续水杯中道:"喝茶,喝茶。"

纵观云平的书法世界，几让人怀疑前贤那"既知平正，务追险绝；既能险绝，复归平正"的书学格言。多年交往，每每观其挥毫，似乎从未见他"险绝"过，唯见其以"平正"示人。他的作品，一眼看去任谁都难有"惊艳"之感，两眼看入方似有所感，细加品味才能触摸到其内蕴气象大千，拙巧难辨一体浑然，古法新意交互融然，笔墨字法似古不古，结构章法出新非新，清代两位大书家相互驳难的"哪一笔是古人""哪一笔是自己"在他这里反倒不成其问题。

作为中原书法的一个中兴人物，他用自己的整个身心去体味古人书法情怀和书写性之关系，鼓吹推动和积极实践用现代形式感将笔法、字法、章法、墨法包罗一统，以行书之笔速进行楷书的书写，心性运笔使书写方式化作笔墨意趣，完成了技法层面的形式感向艺术感染力的转化，作品中透射着灵动自然的新鲜活力。其实践提升的认知和认知带动的实践所达到的维度，许多人穷其毕生难窥堂奥。

当水酿成了酒泡出了茶，你说是水是酒还是茶？这好比云平书法对整体中华书法之面向。说其书如浑金璞玉却分明有空谷幽兰之气息，说其书似空谷幽兰则呈示出璞玉不雕之面目，轩庭观瞻有张力扑面，静室晤对令心胸空灵。人称"静水流深"，大约仿佛对位。

咬破书法艺术的茧，飞出书法文化的蝶——在这个更宽广的境界中云平起码踏入了一只脚。

云平书论，洋洋十数万言，我最喜欢的有一句，其曰："书法艺术的最高层面是写。"直有香象渡河截断众流之意味，令人油然想起李翱"谈禅"的两句诗："我来问道无余说，云在青天水在瓶。"

辛卯仲秋谨撰于九方斋南窗下
2011.10.

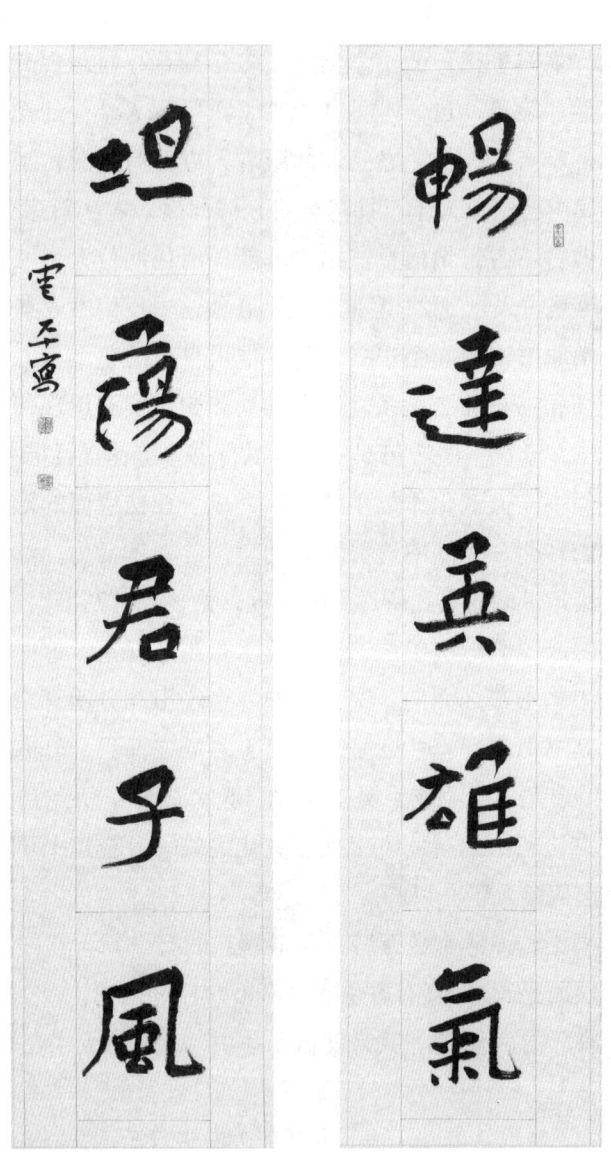

云平书法

字外说吴行

一个人两次病危将死未死之际，友朋撰写悼词草就未就之时，这人又活了过来，亲见亲诵悼自己之词后，又过了这十多年，看那活泼唰唰的劲儿还要一路活下去。这是何等奇妙的人生境遇？吴行就活动在这境遇之中。

活过来的吴行舍弃字"砚之"，更号"复生子"。如果一件当代书法作品的落款是"复生"或"复生子"或"复生吴行"，几可断定出自他的笔下。

复生吴行——吴行复生，亦即死去活来。吴行活了三十多年后，复生子又活了十二三年，两相叠加四十四岁，由大腹便便化作精瘦翩翩面皱有纹笑牙常龇。如此，依然被称作青年书法家。四十四岁的复生子用半个月光景写了一篇楷书作品，中了个中国书法最高奖"兰亭奖"头奖，在诸多头衔上又被加缀了个"书法状元"。

写一笔好字不难，绍兴师爷都有一笔好字；写一笔有书卷气的好字比较难，电脑前时代读书人中有的就能写得出来；若写一笔有生命力的好字恐怕就大难了，起码要以整体生命体悟为基本元素，就像苏东坡所说："学出生死法，得向死地走一遭，抵三十年修行。"

　　对吴行书法，若再说"遍习诸帖，融汇百家，四体皆备"就嫌笼而统之了，那应是书家基点。纵观他这十年的创作，我以为其精神内核就是"大有静气"，此内核多有毕生难求者。有个际遇能"抵三十年修行"，没人不乐意。若前提是"得向死地走一遭"，十之九五就会不愿意了——孰知能否走得回来？想当年吴行也不情愿走那么一遭，生是走了那么个来回，"回来"之后便把自己的过去包括过去的书法成就搁置了，可谓不虚此行。

　　这里，放胆为东坡老师改改词儿：学出生死法，大难，且不成；参出生死法，大难，偶有成——以"参"易"学"，可乎？

　　艺术所贵者境界，最贵者当为生命的境界。与好书佳帖并重，吴行喜酒嗜茶，不时呼朋唤友美酒好茶以待，谈笑间时见旷放甚而袒腹一醉，倘使其酒后狂涂却往往遭拒，每临池则凝神静虑旁若无人，尤喜黎明更深时挥毫走笔。书画之道，"往往醉后"确乎是种境界，不饮有酒兴，无茶能清心，当是更为真醇之境，常人难企及，吴行能做到。

　　考量一位艺术家，无外生活阅历和文化背景。十年矿区生涯，在那生命力活泼旺盛且命若琴弦的煤矿工人中，吴行得到了什么？千唐志斋中对那一方方内蕴生死的墓志铭反复摩挲，吴行悟出了什么？死地回生，"淡出书坛"十年不曾参展，断碑残碣为伴，敦煌写经相俦，过眼千卷古字画，坐拥四壁老图书，友朋各界谈茶谈酒谈金钱，驱车四方观景观人观造像，吴行积淀着什么？

　　前辈老师说："书，如也，如其学，如其才，如其志，总之曰如其人而已。"

　　诚如中国书法家协会主席张海先生言，那兰亭夺魁的作品是在被认定唐代已臻完备的楷书创作中独辟蹊径，显示了创新意识和艺术功力。这条路的起始应是河南西部的千唐志斋，一个个无名有名书家写出镌出的那几千方墓志铭每一方都是书写者和被书写者两个生命的内敛和张扬，不求中奖，无需发表，没有程式，只有尊重和探求生命和生命的积淀。面对冷峻的青石铁画，谁能看到石软铁热？吴行是一个。

曾与吴行共赏黄檗禅话："终日不离一切事，不被诸境惑，名自在人；念念不见一切相，安然端坐，任运不拘，名解脱。"读他《获奖感言》"一半喜欢一半忧……论其忧，平静的秩序被打乱，名利浮躁开始经身。获奖如一把双刃剑，突然拿起它有点不知所措"，倒生出几分杞忧，咋有点儿不自在的味道了？

喝一声——少扯淡，快干活，重温黄檗！

2007.2.

梦里一扁舟轻去多少愁年々岁々荡悠々祇见梦影不见休来去谁知我忠义至不厚今朋々多少事唯有镜芯知我忧汉风小姪女国庆放假於家中小试作词雏平仄不计然也幸不凡書志冗音出未能合書之以勵之甲申中秋過後共樊元茗翰坊晴煜六復生

吴行书法

《孔令广书法作品选集》序言

面朝大海　春暖花开

孔令广书法生态探奥

　　岁次甲午，于中华文化概念上说来是孔令广的"本命年"。仲夏之季，他再次由新加坡起飞，回到"八方风雨会中州"的中国河南。

　　随他穿越南北的，是这二年所创作的百十件书法作品，"交作业"式的让一众同道品评。

　　这是个很有意味的动态之举——他人生和书法艺术的成长期属于中国的中原，其成熟期则顽强地"移植"在了新加坡的园囿之中；而呈示在南洋的艺术风貌，也须返归中原接受审视。在中新文化系统大背景下考量这一个体现象，还真是一朵奇葩哪。

　　依"大中原"的概念说，千百年来以此为基点人口迁徙的路径大致为闯关东、走西口、下南洋,丝丝缕缕,绵绵延延,翻山越岭,跨海渡洋,人流携载着文脉,文脉伴随着人流,或聚为族群落地生根,或融入当地化而合之,自然生命和精神文化的生存状态蔚然可观,或可称作"华语文化衍射现象"。

新世纪初"下南洋"的人群中,行动着一个孔令广,一位卓然有成的青年书法家。狮城海畔,四顾苍茫,人生转折,前路迢迢。一个时期的困窘转圜后,他脱去中原书法家的"长衫",穿起新加坡书法教师的"西服",一株黄河水滋养的书法艺术之树,植入热带雨林的土壤,生枝散叶,开花结果。

是一种因缘际会或人生宿命,以书法作为自己的"文化母语",孔令广在与自我对话的内审中构建基本的表述体系,与外部对话使新加坡乃至东南亚地区认知了他。二十多载书法梦,赢得"南洋第一小楷"名。"植物"的生长性和"土壤"的适宜性兼具,成就了中国书法家协会会员的新加坡书法家孔令广。

上世纪八十年代中国大陆掀起的"书法热"或曰"书法潮",自有其历史与现实文化纠结聚合的必然因素,堪称"兴废继绝"式的一种文化复兴活动,而中原地区则是一大"热点"。就在那样一个时代的坐标系中,老中青三代书家共同托举起沉雄劲健的"中原书风"。置身其中的有位年轻人叫孔令广。

五千年的文化积淀,让每个有形无形的存留都饱含深邃的内蕴;地域风情的开阔坦荡,使得民风厚道中不失聪慧;以隽永刚健的北碑风貌所传承的基本书法品性——为进入书法艺术庭堂的一代中原新人提供了丰饶的"营养基"。

出自田野的质朴自然与中原戏曲实践的活力灵动,是孔令广结缘书艺的天然因子,文化艺术环境的熏染调适也奠定了其书法稳健的起势。入手扎基功夫便是秀丽纵逸的《曹全碑》和方峻茂密的《张迁碑》，这种选择应当是个体性情、文化氛围、访学师承三者互动使然，浸润之而体悟，百临之而近道，于偶然的必然中确立了孔令广的基本书法风格。乃至遍临汉代碑刻而提升，旁涉诸种书体而逸出，其完成了与中国传统书法文化有机的带入交融，汲取体悟到了其中精神层面的艺术意韵。数年磨砺，一个青年书家崭露头角。

毕竟书法艺术最是讲究个体性情浑洒的造型文化，孔令广在其书艺的成长期直承汉魏、深入晋唐，也只能说其书法根基的扎实。所以避免堕入书奴、书匠之境地，应当说归功其勤于向学苦修和灵慧悟道融会贯通之根器。

更有新加坡的阳光、海浪和鸟语花香，触动着氤氲着孔令广书法的精神内核，使之得以自由融解释放。花园之都新加坡和中国的中原，具有着难以割舍的文化脉络，孔令广的"文化母语"于此也就顺畅地觅到知音；而多元文化汇聚的狮城以数代文化人群垦殖的艺术苑林，为其拓展出同中有异的文化视野更宜于反观自身，书艺臻于成熟的创作阶段。以著名书法家而任中国书法家协会主席的张海先生，为这个时期孔令广所作题写"涉笔成趣"，其寓意亦应如此，老师对门生的欣慰之情也就跃然笔端了。

品味孔令广如今的书法作品，其隶书于淋漓的气势中含蕴汉代内蓄的开阔；其楷书已在数年中跨越了刻意求工转入内在的性灵抒发，二王钟赵沉淀在笔墨当中而隐形；其章草于法度中有着率性的丰富层次；其行书开张的架构不离凝重的内敛。

这种孔令广式的书法形态，自然关联着其几十年来的阅历和学养。

中原戏曲文化韵味醇美酣畅的高亢质朴，给予了他语言表述平中带奇的特性，也使其养成了韵律和节奏的审美情怀，进而时常吟诗、填词、作联，这使之诉诸笔墨便有着音韵的律动和节奏的灵性，更强化了其个体性情的书写特征；对于诸如《道德经》《金刚经》《心经》等生命哲学以数十上百计的书写，必然滋润其心性而生发出切实的体悟形于笔墨；南洋多元文化中的现代构成，无疑影响到了他谋篇布局结构形态。

借用那个"腹有诗书气自华"的句子，孔令广独有的文化积淀与生命阅历，是他人无法取代的，中年的成熟催动着书法艺术的成熟。而这个成熟，是中华文化和新加坡文化浑然交融的书法呈现，只能是属于孔令广的书法生态。

于是，文化层面的中国内陆"原乡人"和新加坡"新移民"，交会互动着托举起孔令广的书法艺术。纵观新加坡以至于东南亚地区，就中国传统书法的底蕴和造诣，孔令广翘楚其间使得同辈书家难以望其项背；而其书法艺术中的现代架构，对中国内地中青年书法家很是有着启迪意义。个中缘由，你懂的。

那天的友朋聚会中，孔夫人乔杰于爱怜的无奈中说："他是经常一大早起来，一写就是一天，连饭都想不起来吃。这可如何是好呢？"我打趣道："不吃说明他不饿。随他的便，你就让他写去。中原是他的地，新加坡是他的天，天高地阔，能走多远就走多远。"

甲午季秋谨撰于九方斋雨窗下

2014.10.

《胡秋萍书法艺术》序言

素笺翰墨寄浮生

对书法家胡秋萍有限的文化学考察

"绘画、雕刻、文学都要求艰苦的学习阶段和孤独奋斗的勇气;很多女人都尝试过这些,但都即刻放弃了,除非她们有积极的创作欲望在后面驱使。"这是那位著名的法国女人西蒙·波娃在她那部著名的《第二性——女人》中的一段话,我以为可以将胡秋萍的书法艺术实践作为典型个案对之进行印证——三十年来,从对毛笔字油然而生的兴趣到有相当艺术影响的书法家,以至于弹赞皆享毁誉有加(亦可佐证其影响力所在),胡秋萍确乎经历了艰苦的学习阶段并逐渐具有了孤独奋斗的勇气。迄今为止,其创作欲望日见强劲且有着很大的驱动力——她在四年前作有七言律诗道:"月冷星寒思绪凝,清辉漫洒断蝉鸣。云笺素手烹茶意,铁砚柔毫恋墨情。书为人生听万籁,境由心造对孤灯。尘缘扫尽三生昧,秋水无言已是冰。"善哉!子曰:"知之者不如好之者,好之者不如乐之者。"此之谓也。

但是,在我们这个浮躁的、信息数量远大于质量的、文化形态多元的此时此地,要写一篇关于女性书法家胡秋萍的文章,其"风险系数"是相当高的。何出此言?其因有三：

一是胡秋萍的生活道路刚发生了一次大的转折，由职业女性、"业余"书法家变为职业书法家。这个转折对其有着人生定位的意味，可以说在一个相当长的生命阶段她要走着书法艺术的"不归之路"。当然，这条道路也是她心甘情愿去走的。在整个社会大的转型期将自己"逼上"一条狭窄的艺术人生之路，恐怕是要"一条道走到黑"的了，前途却是难测未卜的。

二是胡秋萍的书法艺术风格正处在一个嬗变的过程当中，进行着某些个评论者所谓"迷失"的"新变"。与她的人生道路一样，这个艺术上大的转折也是前途未卜的，但又是她鼓足勇气以清醒的自我意识和书法史意识去进行的。这是风险系数很大的一着，或许就会使"半世英名"毁于一"变"。若果如此，这篇文章就面临着"皮之不存，毛将焉附"的下场。

三是数年来关于胡秋萍的书法，名家之述备焉，藐予小子尚敢置喙，是得抖擞精神壮起鼠胆来上这个台盘的。

总括上述三点而言，现在的胡秋萍处于人生道路和艺术道路交叉渗透相互重叠的进行过程，前面的变数相当大而不可知，所以，这篇文章注定不可能是有着框定性结论的,连阶段性的都不是。于是，我将最初所拟标题《在路上的朝圣者》以胡秋萍的词句"素笺翰墨寄浮生"来代替了，前者虽说更接近她的现在状态但嫌悲壮且透露着残酷了些。那么，既然知道了前路迢迢要经历些残酷就不妨以淡定处之，写出过那个词句的胡秋萍对此应当是认同的。

同其他文化艺术门类一样,书法界也有个"六十年代生人"现象，即上世纪六十年代出生的书法家群体的存在状态。

若对半个多世纪以来的书法家断代的话,我以为是"四世同堂"——第一代是如今七十岁以上的人物,一般有着较为深厚的国学根底,毛笔曾经是其日常书写工具,然后衍生到了书法艺术的层面,临帖功底扎实,故蔚然成家后其面目之间仍可找出明显的古人眉眼来,甚至"笔笔有来历",稍逊一层的多有落入窠臼终老不出者,因人生自然规律,这一代已逐渐式微。第二代是已过"知天命"的年龄了,是当代中国书法的"中兴之旅",其构成来源很是丰富,生活道路多有艰难坎坷甚至血泪斑斑者,艺术轨迹或有前辈书法家熏染传承更多的是自我修炼而成,文化功力多数有家学渊源又基本自学自悟而各擅胜场,是一个多姿多彩个性特征彰显的群体,对于书法史的意义更在于因其存在保证了薪火相传。第三代便是"六十年代生人"这四十岁上下的一伙了,稍后详述。目前三十岁以下的人当中出现的书法家就是第四代了,由于文化多元性时代的到来,商品时代、读图时代和数字化时代的斑斓炫目,这个年龄段的人们浸淫其中其乐陶陶,即使有学习书法者大多也是在"综合文化素养"的旗帜下属玩票的性质,不是说没有而其间若产生出真正意义上的书法家的话实属凤头之毛也。

"六十年代生人"书法群体所含蓄的文化意蕴颇耐人寻味,不妨先看看他们置身其间的人文背景。有句概述"六十年代生人"的话:"生在困难时期,长在动乱时期,学在改革开放时期。"切实传神。这代人生临天灾加人祸带来的经济困难,上学发蒙恰逢"无产阶级文化大革命"造成的一派文化荒原,特殊境遇所给予的生理饥饿感和精神饥渴感使得这代人普遍有个好胃口且对文字印刷品有着独特的崇敬，其中有"理想追求"者于劫后余灰间胡乱找到些断章残篇便"像饥饿的人扑在面包上"，大享"雪夜闭门读禁书"之"趣"，待到上世纪七十年代后期文化禁区打开了一条门缝时便趋之若鹜。将会载入中国文化史册的诸如夜以继日挥笔不停的"手抄本热"、一角一分攒钱闻听新书到货便直奔新华书店买着什么算什么的"读名著热"、披星戴月排着两公里长队为购一本《英语九百句》的"学外语热"……赫突其中的主力阵容就是这些"六十年代生人"，文化素养基本可说是"装了一肚子杂碎"，故而这代人中有所成就者多为文化人，像什么社会学家啦、作家啦、画家啦、书法家啦、摄影家啦，等等，因这些多靠自我修炼而课堂授受关系不是太大。书法家胡秋萍便是从这片"林子"里"飞"出来的。

"六十年代生人"书法家群体呈现的基本特征应该是——从事书法的起始点是偶然的因缘际会，没有谁导引其必定要走上这条路，虽说"生在困难时期"，但不担负谋生的责任，不像上代书法家那样对艺术的认知是由触及皮肉进而触及灵魂的，这代书法家的精神恐慌要远大于生存恐慌，是在解决文化饥渴的多重选择时"撞"上了"这一个"书法，然后便是长辈的嘉许名师的指点，其先期的书法存在方式自在的因素大于自觉的因素；学养缺少坚实的根基和专门的系统，是种碎片综合状态，只是某个碎片大一些，故少有学者型书法家，对于形成大师级书法家有缺失的因素，这是在求学求知的过程中"底墒"不良使然，就看某些个体成长过程中"追肥"如何了，或能"失之东隅，收之桑榆"；在艺术风格成型期又遇到了社会转轨文化多元，利在眼界大开广采博纳姊妹艺术之营养元素形成新的艺术观念，弊在一不留神就会"找不到北"甚至生吞活剥现代艺术后现代艺术的理念有学步邯郸之虞；艺术修养和生活阅历使之思维活跃少有桎梏，敏于把握新的艺术科学资讯富于创新精神，或许能成为书法艺术"与时俱进"之所寄——胡秋萍即是翘楚于这个群体的一位，个体特征在于她是女性。

对于女人来说，书法是什么？
是精神的寄托？是审美的追求？是某种情感的宣泄？是寻找实现自我价值的一种方式？是要把一种文化发扬光大？
似乎是，又似乎不是。
我们相信，生活中起码有和书法同等重要同等美好的东西。
但是，我们选择了书法，并且以这种方式和你对话。
所以，你在观看时请忘掉性别的差异。而且，我们也无意在这里与谁竞争什么。
对于我们，书法就是书法，它只是人生历程中一个偶然的际遇。

上述文字，是 1997 年 1 月应胡秋萍之邀，我为"河南女书家十人展"撰写的"代前言"，四年前的旧话重提并引用这个"代前言"自有用意。撰文的参照其实就是胡秋萍，其中"在观看时请忘掉性别的差异"所针对的，是在有关女性书法的话语或文字中，一些男人女人每每或明或暗地会流露着诸如"作为女人写出这样的作品真不容易""你难以想象这些作品是出自女书家之手"的意味来。我的天！这些男人女人是咋回事儿？前者不用你来说，女性在进行书法艺术创造过程中自然是以"女性书法意识"为旨归的，历史上的女书家少是历史造成的,你不必为走入历史的女性诉说委屈,拿出点儿历史唯物主义的态度来好不好?当今女性更有是否选择书法作为自己事业追求的自由,没必要计算书坛上的性别比例;后者似乎有点酸葡萄心理,女性的书法作品应该是什么样的尺度,看到"巾帼不让须眉"的作品就"难以想象"是何等心态?女人"不容易",男人就容易吗?书法艺术每一个层面的提升无论男人女人谁个不是以废纸三千为铺垫的?依我之见,两者是"麻秆打狼——两害怕"的状态。

其实,无论男书法家女书法家,作品"好"自然就好,说不好也不中;作品"不好"自然不好,说好也不行。一部书法艺术史绝对是不认男女的,也绝对呈现的是金字塔结构,载入其中的起码也得是个"众星"捧出来的"小月亮"。所以,对于胡秋萍书法的考察,应当有着书法艺术史的立场(当然对所有的现在的书家均应如此),或许会十一言中。

话说回来,若有人真的当场叫板:"请你老人家说说,对胡秋萍的书法艺术不以女性书法评判又以什么来评判?"我也就真的会当场瞠目结舌。说起胡秋萍的书法,还真得涉及其性别。作为女性,其生存状态和创作心态还当真有其特性在那里,你不承认你肯定有毛病。我要说的是,对其书法创作轨迹和创作状态,尽可以用"女性社会学"和"女性文化学"去进行考察,而对其书法艺术创作的结果——作品的完成式,则应当放在书法艺术文化的大背景下去观照了;将来的书法史大概只会承认女性书法家胡秋萍的"好的"艺术作品,没有留下"好的"书法作品的女性书法家胡秋萍可能只是书坛上的过客。若非如此,恐怕会失之"性别歧视"或者"性别崇拜"的吧?

以时序论，胡秋萍是位"跨世纪"的书法家，已经是新千年新世纪的 2001 年了，她才走向不惑之年。

使胡秋萍享誉书坛的是所谓"王铎书风"，诸方家对此早有定评，诸如"个人气质禀赋"说、"时代审美需求"说等，包括尖锐批评她的文章也称"虽然不脱王铎面貌，但那种大气和厚实足以让我们这些须眉汗颜。……她在不断地加强着线条的耐看性，创作的根基一直在大气中溢出难得的雅韵而且在把握章法上比王铎更具一种静穆的闲徐意态……这种'内蕴神采，外曜锋芒'的创作气象，合乎中国书法的审美本质，是许多人想追求而又力难能及的境界"。是呀，以"宗法王铎"而定位于较高的艺术层面已经是非常之难了，胡秋萍文曰："每天，一盏孤灯，一池陈墨，一杆羊毫，几本残帖，一地废纸，黑与白的流动、交织，简化了我本该是多彩的青春，消耗着我永不复返的青春岁月。"如此，"王铎路线"延伸下去，正如批评者言，"逐渐走上较高的层次只是时间问题"。

迄今为止，胡秋萍何以选择了王铎的深层意蕴尚无人开掘，以当代书法家之众、女书法家之多，何以独"这一个"胡秋萍链接了"这一个"王铎，恐怕仅以个人气质禀赋和时代审美需求看待则流于泛泛之言了吧。胡氏自己也只说由王铎"找到了艺术的契机"，而"探索一种最适合表达自己情感的书法语言"，是"与地域文化，地理环境，人文现状，个人阅历、际遇等综合因素影响有关"。但，是怎样的契机？为何最适合表达自己的情感？那些综合因素是咋着影响的？笔者力所不逮，存此话题待大家破解吧。我以为，对此类话题的破解应是具有较深文化意义的。

到了世纪之交，胡秋萍"背叛"王铎，"背叛"了自己，"迷失"到"应该用新的美学思想观念来观照书法，让它在线条的表现上，更轻松、自然、更接近生命的自然状态"。这本集子所呈示的即是她的"迷失"状态，毋庸我来多言，大家自可去瞧瞧。我所知道的，是她为了这个"迷失"进行了长时间的准备。她曾慨言："古人给我们留下的路太少了，几乎没有。"在此理念逐渐形成过程中，她也时时彷徨踌躇，有时觉得简直不会写字了，有时又觉得在宣纸上无所不能，"那些曾经带给我激动、愉悦、充实、惬意的笔墨，时时使我感到疲惫和厌倦。我分明感到自己总在向着一个牢笼深处走，从两汉、魏晋到清末、民初，层层俊杰逼使我们每一个后来者失去自己"。于是痛下决心，不当机械的书法家，要做有灵性的书法家了，声称"在艺术探索中，即便是失败，也带有几许悲壮，其过程本身便是一种价值和收获"，要拿出"一个女性的自信"，去"张扬和爆发""心灵诗意的符号"。如此而已，为自己寻找一个精神的家园，"但有素笺翰墨寄浮生"也。

　　胡秋萍雅嗜古典诗词，说是"书法艺术最终所呈现的极为抽象的生命符号，与古典诗词所凝聚的人文精神珠联璧合"，而有专家却说："她在诗词作品中穿透出来并且昂扬生长着的，却又是常常流露出艺术与生活、理想与现实之间的困惑与无奈。"不过我倒是很喜欢她的一首自由体诗——"一朵洁白的雪花／在茫茫中寻觅／无论风儿把我吹向哪里／凝聚着的我呀／只融进我认准的土地。"

　　佛云："不可说，不可说，一说就是错。"

辛巳初冬于九方斋南窗下
2011.11.

一脉太行常自写

从李明山水画得来的感悟

胸藏丘壑造化参

不是太行人的李明走入了太行山，太行雄奇峭拔的自然形态以沉重的历史沧桑感震撼了年轻画家的心灵，敬畏与向往之情油然而生，实现了一次"法古人"和"法自然（太行）"的战略性转进。五年之间他入辉县、闯林州、登济源，横看成岭侧成峰，崖崖壑壑了于胸，造化万千的太行山成为他崇敬的师长、倾心的益友。此时的李明，不再是那个跟随父亲在故宫参观历代名画兴趣初生的六龄稚童，也不是那个负笈汴梁陶醉于宋元明清山水大家画作的翩翩学子，而是一个踏遍名山、转学诸师、审美趣味和思想观念趋向成形的李明了。

李明选择了太行山区为创作基地，那也是太行山成了李氏审美情趣的对应物，是他艺术情感得以畅意宣泄的渠道，是他的画笔最大可能驰骋发挥的美学符号。太行山让李明发现了，于是就有了那一批似是而非的画里太行。这宣纸上令人产生审美愉悦的太行山只能是李明的太行。

李明称他要赋予山水画一种生命力，于是力图去寻找那些具有历史的厚重感和沧桑感的东西，同时也不放弃表现自然美的东西。太行山满足了他这种愿望。当然，李明还画过巫山，那只是他发现巫山有北方山水的味道，而他画笔下的巫山又多与沉郁顿挫诗风著称的杜甫的意境相关联；他也曾以伏牛山作为创作基地，但伏牛的浑厚似乎未能使其尽兴。从求学时对全景式构图的北宋山水画的酷爱，到作品中的审美对象定位，可以看出李明的创作态度取向。李明发现了太行山饱经沧桑与辉煌的人格化形象，吻合了他以纯粹东方情思力现水墨世界浑然太一之境的追求。太行——李明，完成了一次双向选择。

诗情画意兴浓处

宋元以降，山水大兴，画家蜂拥，"山水为上"隆其地位，"寄情山水"成为口实。局外于画界的我，久为"投身山水"还是"躲身山水"的命题所困惑。抛开这牵扯历史上画家们生态心态的命题，从画的本体上看，列祖列宗确乎留下了丰厚的精神文化遗产，以致挤压得后辈儿孙难有辗转余地，笔毫一动便蘸上了"遗传基因"，于是要付出较祖先们成倍的代价在困惑中求索，在求索中困惑。

西画东来，一新眼目，碰撞着渗透着搅和进来了，那种挡不住的诱惑于"学院派"尤甚，传统的逆反心理找到新的容器，国画新生代的基因变得不那么纯正了，新的品种躁动腹中。

李明山水画，将其家学渊源和学院授受及自身所悟以平和的状态相融会，"中餐"为主佐以"西餐"，放开肚皮"吃饭"立定脚跟作画。他不曾有过踢锅捣灶的想法,而进行着"讨百家米煮成自家饭"的创作实验,以传统功力融会现代技法,传统意蕴中时见现代架构,依然为了强化其人与自然相调和的东方美学观念。

　　李明入手取法"四王",上溯宋元,把祖宗八代的家底翻腾出个根根梢梢,了然于心,既操练了传统技法,又陶铸了大山大水的中原大气,稳扎稳打地进行了中国山水画创作的"精神"和"物质"准备,再将西画的构成、透视、色彩等打入自己的包裹,便"有恃无恐"地登场了,偶然际会又顺理成章地撞进了太行山的怀抱,真正是一拍即合。相看两不厌,唯有太行山,他流连其间,目光所及无处不是画无处不是诗,精气神与山水相贯通。

　　"四王"是"复古派",这顶帽子后人摁在他们头上不知有几多年,基本理由是一味摹古,食古不化。忽然之间,开放了,人们能用自己的脑子想事儿了,有人就在重新审视"四王"时看出了他们的"险恶"用心,原来他们并非食古不化而是食古求化,在摹古的表象下隐藏着"欺师灭祖"的"杀机",故在遭受诸多攻讦之后仍为卓然大家。列于"四王"徒子徒孙辈的李明,颇得乃祖神髓,初入门墙诚惶诚恐,只恨不与"四王"同时,但愿"四王"之手生于己身,一旦得其机抒成其羽翼便"甩开勘探",不愧"四王"薪传。

　　有的画家身上艺术观和人生观是统一的。李明即是其一。他奉行不继承无发展不借鉴无突破原则,在师古人、师现代、师自然间螺旋式渐进,自称是不过激的中庸之道。他以自己的头发作比,既不泥于平头寸发,又不放纵到长发披肩,保持着齐耳中长发,始终在自己认定的尺度上使其达到极致,而不走到两端。发乎?画乎?寸心自知,其味一理。

陋室案头墨正酣

李明的画令我静观作山林之想,它不再险恶,不再神秘,我可以亲近它可以啸傲其间更可以结庐而居坐禅流水。一个个宋元明清先辈画家进入李明的调色盘之际便被搅拌混合,走上宣纸时只剩下模糊淡远的身影甚至一个意味,这里呈示着"我有太行常自写"的一个李明。

看李明作画都令人感到愉悦。且不说宏幅巨制,就是在画斗方扇面时他也提笔在手审视着画案上铺就的宣纸,似乎那上面正显现出高崖深壑、山亭清溪、红果绿树,良久方缓缓吸气,援笔濡墨挥洒开来,画到一个段落挺起上身,手中笔锋作待发状,向右微侧脑袋,眯起眼睛聚焦于画面,再画下去,画下去……

胸中有个太行,画里方有神韵。李明的"中庸之道"在他画画的过程中和画里得以充分显现。你在这里看不到汹涌澎湃的激情冲荡,也见不着委顿跌落的萧索低迷,他将在太行山中得到的灵感悟出的神韵以"恒温状态"积淀心田带至画案前倾注于纸端,传统手法和现代构成意识和人生阅历融聚万毫,营造出李氏"不古不今"的太行浩气。

李明的画给人以愉悦,也就实现了审美价值。而李明却是带着沉重的使命感在艰苦的创作中寻找乐趣的。他有过整天粒米滴水未进的体验,事后面对着一幅幅写生稿却满足地说:"我发现肚皮越饿头脑越清醒越有灵感。"第八届全国美展的获奖作品《太行浩气》是夜阑人静在局促的卧室中创作的。为了审度这宏幅巨构的整体效果,他时不时爬上椅子张挂,爬上画案从居室另一端让头伸出中间书柜之上张望,对这一夜的爬上爬下跳来跳去自嘲道:"就像是个耍把戏的。"

李明自述道："面对太行，我体验到一种前所未有的充实，不但是因为有五代荆浩、北宋郭熙的恩泽与庇护，使我不再茫然与孤独，更是因为我的艺术之根逐渐生发于太行的土壤，吮吸到新的生机与活力，于是胸中的豪情转化为笔墨的变化，升华为满纸烟霞，把自然净化、纯化，成为永恒。"联系他的作品来看，这也就是李明的人生态度。

友朋堆里的李明，大多处在不急不躁的状态，谈笑间有时眉飞色舞而不见狂野之形，偶尔一次出人意料的豪饮也是李明式的"温情"。再看他的《太行浩气》，八尺大纸层峦叠嶂巍巍峨峨，颇有宋人全景式大山大水遗响，现代构成意味以浓郁的装饰感潺潺流泻，作者以西画的观察方法和组合方式凸现出区别于古人的大整体结构，笔墨取法古人而不拘泥到笔笔有来历，气势宏大之结构统领着笔锋流转，用视觉冲击力强大的结构继以韵味醇厚的笔墨组合成引人入画图的梯次诱惑，幽静而非冷峻的平淡温和情调令人有可接近性，也可看出作者对太行所持绝非躲避红尘的投入态度。正如李明所言："不是很古，也不是很现代。"

李明有题画款曰："癸酉大雪，余偷闲家中，作画于莺鸣轩案头，一气仿成古人诗意画佳作两幅，忙悬其于素壁自赏，不胜欣喜，谓多年于砚田笔耕不辍，实不易也。时逢雨窗有晦，突觉腰肌刺痛不能忍，随仰面于地，大汗如洗，始觉生命之可贵也。文武之道，一张一弛，不可偏废，切记！余以沉静之心书此语于腰痛可忍时。"书法二王，不愠不火，而其所道正所谓"如人饮水，冷暖自知"也。

我在与朋友交谈中多次谈及："东方艺术精神的实质应当是禅宗精神。"李明是赞同者之一。有李明文章曰："当孤独的我……渐渐将体能耗尽而终于置身绝顶之上时，但见磐石峥嵘，赤岩如血，大野群峰，一派空寂。我突然寻找到一种安慰，一种精神上的解脱，仿佛能够读懂太行的苍茫，听懂太行的诉说，触摸到太行温柔的情愫，融入到太行深沉的呼吸里……我觉得，我的心已经走遍了千里太行。"我以为，这就是禅悟。不知李明以为然否？

　　他的一则款语道："自愧笔墨荒率不能及古人万一也。"我却不以为然，李明自应是李明，面对古人何愧之有？

1998.2.

品茗读画七贤居

精致的玻璃杯底，微微摆动着一簇绿嫩绿嫩的芽尖，有生命地竖在那里，难得古人想到了"雀舌"二字来比拟。茶人说，一市斤这样的茶有三万个芽头呢。名字也好听——"雪芽"或"绿雪芽"，很有韵味，这韵味琢磨起来就飘忽了。说是来自唐代诗人卢仝诗中"天子须尝阳羡茶，百草不敢先开花"的那个"阳羡"，倒还实在些。

推开古色古香的木窗，未来大道现实喧闹的车流人流闯到眼前耳中，斜瞥一眼是稠滞的金水河，急忙拉严窗扇回到坐榻。一窗之隔，情致大异，置换心境。且拈起茶杯，啜一口泛绿透明的茶水，让舌尖到舌根感受着"甘余小苦"绵软的润帖，让眼前物口中味转为心胸的抚慰。

先秦式样茶桌上一个绿端砚面盆般大，洗练的刀法刻成翻卷荷叶，手感细腻如润。脚旁水流汨汨而淌，绕百米长厅回环不息，锦鲤彩鲫三三五五往返相嬉，卵石铺底清可数。长廊两厢，琳琳琅琅古今名人字画真迹，瞟过一眼便见到几个在书本里读过的名字。浮生半日躲身此处，让堵满的思绪空灵一番，也是种人生情趣。

灯光透过竹丝编制的罩子静静地弥散着，一袭蓝印花衣裳的女孩往杯中又注入南湾的泉水，那杯底的一簇绿嫩袅袅飘起又袅袅降落。端杯起身，唤朋邀伴逐流前行，让视觉去饕餮一把。

一幅清人山水小品，杨柳扶风水潺潺，款内言说有"山中底事如秦晋，刚被渔郎说到今"句，与置身意境颇有相通处。移步流水弯转处，木质透雕影壁上方悬有"银河榭"一帧，魏笔行书，字字径尺，落款"天游化人"，哦，这不就是康有为他老人家么，不知主人何处得来，挂在这里真真的珠联璧合。走来走去，若行山阴道上，目不暇给。忽见两件对联并挂，书者一为曾国藩一是左宗棠，曾联"飞觞洒翰偏得意，读易论书亦未疏"，左联"清慎勤居官要法，经史子学古全功"，笔力皆有霸悍之气，呵呵，两位儒将从书法到内容显露的正是字如其人。

有木条连缀棚架水流上，六扇樟木透雕屏风隔出另方天地，踱入其中有二十米见方，端砚一桌图书满架，两边有门各为一间，八仙桌红木椅便于聚友朋而话平生，书画也单纯，齐白石和沙曼翁对门而踞。落座小憩，一袭蓝印花又款款前来倾注甘泉。

复过条木连缀之棚架续行，见两米长短大红宫笺书擘窠大字联，"春暖观鱼跃　秋高听鹿鸣"，款曰"瓶庐翁同龢"，不由人胸中一荡，想那两代帝师参赞中枢的翁老先生，把康有为推荐给了光绪皇帝，轰轰烈烈又昙花一现的戊戌变法前奏响起；离京还乡远避险恶横生的官场，求田问舍屋名"瓶庐"，有守口如瓶之意，是告诉他人抑或惕醒自己？果如联语，那瓶庐之中定有好茶。至此，将杯中茶汤一饮而尽。

茶楼名为"七贤居"，是追慕竹林七贤？主人笑而不言，推开香樟门两扇，铜质门扣响如环佩，豁然开处别见洞天，竹影摇窗一丛丛，兰草比立数盆盆，壁间画框几铺满，都是先贤书画扇面，半绕一溜"美人靠"，直如到江南。见一厚实的会议桌占地二十多平米摆在室内，问道："也就这一个'现代化'了？"主人答："商务间。""倒是与时俱进呢，这里的商务谈判硝烟味道应该淡一些吧。""茶谈，茶谈。"

　　承蒙相邀入画廊一观，大幅书画百多件用一道厚重的玻璃幕墙拒人一米，能见主人的偏爱。当弘一、吴昌硕、董其昌、于右任、傅抱石、刘墉、黄慎、林风眠、黄胄、潘天寿……一个个排着队跳入眼帘，让人双唇微启而失语，全然顾不得"李叔同大师，西泠印社第一任社长，草书大师，山水大家，中西融为一体，刘罗锅子……"之类的介绍。有同伴慨叹："唉，这里的文化让我折服了耶！"

　　落座换茶，这次是极品冻顶乌龙，从茶船摆放到香汤沐浴，到关公点兵周仓巡城，直到闻香品茗，整套的茶艺表演做下来，一圈人只是静看静听。拈杯啜饮之际忽听一声娇叱："呀！嗓子眼里是那么那么的——舒服！"

　　茶人小冯姑娘道："花茶如青春少女，绿茶似青年男子，青茶像中年男人，普洱好比古稀老者。一种茶有一种茶的境界和韵味。"有人接话："看你们这里的字画那得各种茶都来上一杯或者几杯。""是的，是的。"相顾莞尔。

　　行文至此，看到书柜中有一茶盒，上书"敬亭绿雪"，是好友安徽探故乡时携来相馈，茶喝完了盒不舍得丢去，每每看到便记起李太白"相看两不厌，惟有敬亭山"的诗句。想来品茶和品茶的场景也是如此，品佳茗读名画而"相看两不厌"，当入佳境。谁要是真到了"茶禅一味"的层面，便是如来佛祖也只能说"不可思议"了吧。

2007.7

刘书志印　李刚田篆刻

书志恨书　许雄志篆刻

汉风　张传维（鼓石）篆刻

舒之　唐毅篆刻

生命的意象

由《九生》对王小慧摄影的探访

那天,这部大型画册刚刚出版,捧在手里一沉,看在眼里一震。忙忙翻阅之际,听到中州古籍出版社张燕萍先生的话语:"说,你的第一感觉。"我脱口道:"震撼!""再说。""这,才是真正的摄影。"

没有了发问,我却自说自话:"只有女人才能拍出这样的作品,只有王小慧这样的女人才能拍出这样的作品。"

有过一些对摄影的阅读经验,在王小慧的《九生》面前,在真正的摄影层面,完成了一次对摄影本体的因缘际会。在这里,一切关于影像学的话题处于失语状态,甚而摄影的"文字思维"或"影像思维",等等,都没有了讨论的价值。

在这里,我感知的只是以摄影形态所呈示的人类生命意象,一种以深挚的母性对生命本质的叩击,一种在摄影文化平台上实现的灵性皈依,一种对包括自身在内的人的宗教般大悲悯情怀。

对于摄影,可约略归类为三:记录的、表现的、意象的。王小慧的摄影,是意象的,更是世界性人类生命意象的。

考量一位摄影家及她(他)的作品,其学术背景和人生际遇是重要的元素,这两种元素的堆积状态,托举起这位摄影家的"层次"。有意识的学养积累、生命过程中独有的历练,在揿动快门时得以下意识地聚变,这种面对摄影客体的瞬间心理反射机制,结果形态必然渗透显著的个性特征。

多种生命元素的复合交融,使得王小慧式的生命意象摄影趋向完美——数度完成形态的生命体验,大半个中国和半个世界的"行走",建筑、美术、文学、影视所构建的艺术素养或者说底蕴,在学术意义上实现的中西文化精神的水乳交融,一百五十年来一代代摄影大师们所建树的一个个里程碑——当这一切融聚于这位美丽女性一身,并得以瞬间迸发,你说,产生出的会是什么?

于是,一种既是东方的又是西方的,既不是东方的又不是西方的,而是世界人类性的生命意象产生了。或许,这就是造物对摄影的王小慧的特别眷顾。

当《150年大师摄影作品集》的全世界六十位摄影家中有位王小慧,就是个很有意味的表征了。

有艺术史学者称:"王小慧的摄影创作几乎涉及摄影史的全部问题。"谓余不信,请拿出世界摄影史——比照来者。

2005.3.

托付了的黄土地

摄影家于德水所思所为的不完全记录

于德水当《河南画报》的副主编快两年了，这两年没有主编，所以这一阵子画报上他的署名后边就还有个括号，里面是"执行"二字。由著名摄影家而出任画报的领导似乎是顺理成章的事儿，于是乎"于执行副主编"的手下就有了"十几个人来七八条'枪'"。现如今虽说是进入了什么"读图时代"，可带着"画报"俩字的杂志在市场上就是火不起来，就像那青春已逝的过气美女。殊不知，这年头可读的图是太多了，市场的宠儿是流动着还带有声音的图像，再就是大平光的时尚俊男靓女图像。可既然顶着这官帽，就得操心画报的发展弟兄们的"口粮"，于是德水的头发日见稀少、小脸日益憔悴，大多是让这份杂志给折腾的，他还不是那种不负责任的人。

心里急躁了他也会向人要根烟抽抽，看着干燥罐中长长短短的镜头他总是怀恋痛痛快快按快门的岁月，还时不时向朋友们谈起他难忘的一次摄影经历——那应该是1994年的陕西省阳陵，他在一节货车车厢顶上忘情地按动快门。偶然回首，见摄影家侯登科大惊失色地向他摆着手，张着嘴无声地叫喊，他莫名其妙地爬下车厢。好一阵子侯登科才心有余悸地指着电气化铁路的高压线，说亲眼看到过一个扒车的人在距电线一米处被"吸"了上去，掉下来的是一截焦炭。万幸，那节车厢上面的高压线当时没通电，于德水就还能继续他的《西部麦客》拍摄。

在追逐"麦客"前后，于德水还进行着他的《民工潮》和《当年知青还乡来》的拍摄。那位被他吓过一大跳的侯登科先生评说这些照片是"由摄影创作向专题摄影的蜕变"。那时的于德水四十岁出头，搞摄影十六七年，已是称"家"的人物了。他的摄影作品集那时出版了，取名《中原土》，收进三十来张单幅照片，是他迄今唯一一部作品集。在那前后，他还得了一些这样那样的摄影奖。

而到了二十世纪就要结束时，于德水以颇为沉郁的短文《眼睛花了的一代》，来为与自己同质性很强的一代摄影家归结。在划分了"一路殷红""追求'艺术'""反思寻根""贴近现实"几个阶段后，他有这样的话："落尽缤纷。当'摄影'该让摄影'自己'一下的时候，天知道这博大精深的社会文化还潜伏着什么玄机！""摄影'家'……有点儿可怜。"

天知道！这是当初那个抱定相机而义无反顾、负笈京都为大师们的作品和理论所感奋的于德水么？是那个临巨流而慷慨用镜头呼喊"大河万岁"、负重囊暴走新疆西藏感悟生命底蕴的于德水么？是那个啃干馍坐闷罐车、饮冷水踏黄土比民工还民工的于德水么？是那个以相机而芭蕾而交响乐而摇滚、聚友朋畅饮豪歌的于德水么？

是！又不是！一切都沉淀了醇化了，清醒的沉郁远胜过盲目的颓废和自诩，这是由摄影史观的角度和摄影本体的层面对自我的认知。都到了这份儿上了，如若不是"欲说还休，却道天凉好个秋"，那也就不是于德水了。唯有不变的,是对脚下这方黄土地深挚的情愫。

上个世纪五十年代出生而在七八十年代扛起相机的国内摄影家们,"半路出家"占有绝对数值,于德水同样经历了从谋生的一技之长到个人事业的追求、到使命在心责任在肩、到对摄影本体的认知回归的历程,在一个大大的弧线上走出热情躁动——迷惘沉思——复归平正的轨迹来。曾学美术而在新时期首次高招中不"过关"的文化考试牵制了他优良的专业成绩,转入摄影后总以"先天不足"这根鞭子抽打自己,阅读了大量社会文化学著作,有着"摄影圈中少有的爱读书思考的人"的口碑。

朦胧的意念转换为明晰的观念要以最有生命力的时间去换取,对于这一代摄影家的个体生命来说诸种元素因缘际会来得太晚了,他们和他们的下一代摄影家几乎同时接触到世界级摄影大师的作品和理论,略可自慰的是由皮肉到心头的无可替代的阅历。由此我们可以触摸到于德水落笔《眼睛花了的一代》时心灵的颤动。

从豫东黄泛区开始的摄影生涯如今在黄河两岸拓展延伸,这个有着极端特殊性的河流是于德水的摄影主体,蕴含在他的整体创作中,其间他跑过西藏、新疆和沿海,那是想给黄河两岸存在的人寻找一种参照对比,为这个最关注的主体寻找一种背景。

的确不能像拍摄《民工潮》那样的以充足的时间跟随着民工们来回迁徙,那样一同在飘雪的站台上发抖,那样一同挤闷罐车啃干馍喝凉水,那样一同分享回家的温馨和离家的惆怅。那样大规模的拍摄行动对现在的于德水简直就是想也不敢想的奢侈。他承认这几年是思考多于行动。

丰厚的生活阅历和摄影实践为思考积淀了原料，社会文化学经典为思考提供了理论支撑。费孝通的《乡土中国》使他明晰了中国农民背负的因袭性重担，汤因比的《人类与大地母亲》让他对人类文化发展与自然的关系加深了认知；在腾格尔和喜多郎辽阔而凄怆的歌声中回味生命的体验，他甚至会潸然落泪；于布勒松和萨尔加多的作品中进行心智的对接契合。于德水前所未有地透彻了摄影、透彻了自己，固执地将摄影生命托付给黄河和黄河两岸的土地，"生命的根与脚下这片土地结合得太深、太深。它已是我们这个族群生存的图腾"。

思考中摄影的行动在进行，于德水用脚步丈量着黄河两岸，在他的意识中，这是个生存条件比世界上其他大河流都要恶劣的地方，在她的冲积平原上生息繁衍的人们无可选择地接受她的哺育并向她索取，对人们日益扩张的索取行为她以断流等方式给以相应的报复，她摔打着她的孩子逼他们学会生存。这块土地上的人注定轻松洒脱不起来。他用镜头记录发生在这黄土地上的人与人、人与社会、人与自然的关系，纪实摄影那"可怕的"真实性和贴近性足以托举起摄影家的人文和历史观念。

会意布勒松经典的视觉语言和萨尔加多深重的人与社会的现实关系，于德水追求着作品视觉语言的张力和思想容量，密切关注着大河两岸传统文化现象和现实人群在社会变革最明显时代的面貌，面对那些极具地域人文特征的现象消逝和被取代，他都在理念形态选取超越的角度和复合的层面去叩问去观照。

于德水清醒而痛苦地意识到，他置身其中的这个摄影族群在真正摄影史上的价值是无足轻重的。上一代摄影家是工具论的身体力行者，历史将刻下他们为社会功利目的的实践行为；后一代则是以自由的状态从人类文化的层次直接进入到了摄影本体，将会成为开创中国摄影史最新篇章的一代。中间的他这一代，该摊上的都摊上了，甚至经受了人类社会最鄙弃的东西，活得真累也真实，但割舍不下手中的相机，就从对自己的生命负责角度也放不下，况且手中也只有这台相机，这是个摄影殉道者的族群。

这一时期于德水在缓慢地完成着他豫西台地的拍摄计划，那里是黄土高原和华北平原的接合部，是中国的中部和西部的分水岭——地貌特征如此，人的生态如此，人的心态也如此，他要去参透急剧的社会变化对那河边纯粹土地上人们的意味和撞击。过一段时间他就会在朋友们的视野中消失几天，然后又晃动在办公楼里尽着于执行副主编的责任。这个摄影选题还没有照片"亮相"于世，他甚至不去考虑如何发表。笔者以挑战的口气问他："你想过没有，十年后或者再多几年吧，你跑不动了，怎么办？"他在停顿后深沉地道："我真的没想过。毕竟，现在还能跑，就去该拍什么拍什么。当一个活生生的'对象'所呈示的所有形象表现和自己的整个思想发生契合时，在那物我一体的刹那，我能意识到多少年期盼的时刻出现了！真到跑不动的时候，那就再说呗。"

2001.5.

附录：于德水自述

年龄：48 岁

职务：《河南画报》副主编

何时步入摄影行列的

1978 年，由爱好美术转为爱好摄影。

何时明确自己创作方向的

80 年代后期，逐渐认识到，摄影不仅仅是宣传工具，它具有的"真实、表现"特质，是传达作者思想和生活感受的语言载体。从此，我就决定终身拍摄自己深深热爱着的故乡——黄河泛区。

经历过几个创作平台

我的感觉是一个一个的阶段。经历大致分为：为时事政策唱赞歌的"图解"阶段；追求"美"的形式的艺术阶段；寻求"真实"的记录阶段；目前的阶段为：力图有一种文化自觉意识的摄影。

代表作如果有的话，应该是：《同心歌》(1981 年)、《六月》(1982 年)、《大河万岁》(1984 年)、《民工潮》(1991 年、1992 年)、《回乡》(1995 年)、《中原土》(1994 年)。

当前创作的新想法

在自己认定的路上走下去。

2001.7.

目击的状态与瞬间的击中

《目击——陈更生新闻摄影作品选》解读

文章标题逐渐明确的过程中,就有了将陈更生这只"麻雀"从摄影主体到这个主体所观照客体"解剖"开来的用意。有缘与更生同事多年,了解和看到这部摄影作品选中大多图片的拍摄过程,且是某些作品最初的编辑,又充当了这部书的执行主编,我当然对其有偏爱。超越这个有限的时空设置或基于这个设置,反观这位仅以一个省(河南)为活动区域的摄影记者的成就轨迹,对即将或已经面对"读图时代"的作者与读者当有一定的普遍启迪意义。

有位名画家和资深报人曾说:"搞摄影就搞新闻摄影。新闻摄影能将摄影的所有特点和摄影者的才能发挥到极致。"这话我很是赞同。如若不信,请读"大河报系列丛书"中取名《目击》的陈更生新闻摄影作品选。一个成功摄影记者在普遍意义新闻记者的素质如线索的捕捉、新闻价值的判断、时效的追逐、表述的能力外,具有决定意义的是其必须是现场目击者,而临场效应的张力取决于特定时空中摄影者的精神、体能状态和构图、角度、光影的瞬间抓取,一切的性格阅历和日常有意识的综合文化积淀、摄影技术操练于快门开合之间得以潜意识地释放。而新闻摄影的纪实性、直观性、审美效应和史料价值也正体现出摄影的基本特性。

现代报业对新闻摄影的重视除技术性进步和市场竞争的考虑外，最起码是意识到了新闻摄影能够将两维空间的报纸化为感觉上的三维空间，强化其视觉冲击力度。在新生代报纸快速反应机制和群体现代新闻理念中，陈更生个体敬业精神和综合素质的迸发物化为这部《目击》。

现在可以断论，近年国内的摄影记者中，《大河报》的陈更生是个成功者。获奖若是"成功"的一个参照系的话，这部纳百多幅作品的《目击》中，《幼女坠洞遇险获救》《挟持28名幼儿的歹徒被当场击毙》《张金柱伏法》三年连获国家级大奖足资佐证。

有意味的是，陈氏三拿大奖的作品两次归于"突发新闻类"。在第一时间赶到现场拍摄的《幼女坠洞遇险获救》中的主打作品是民警将救出的幼女托起递给医生的瞬间，周围的群众在鼓掌欢笑。图片中部民警—幼女—医生由低到高所构成的黑白灰大色块层次对比，建立起构图学上的视觉冲击中心，而周围人群的形态、表情和场景则组成了有意味的环境氛围。诚如大师布勒松所说："生活中发生的每一个事件里，都有一个决定性瞬间，这个瞬间来临时，环境中的元素会排列成最具意义的几何形态，而这个形态也最能显示这桩事件的完整面貌。有时候，这种形态瞬间即逝。因此，当进行的事件中，所有的元素都是平衡状态时，摄影家必须抓住这一瞬间。"这幅照片正是事件的"决定性瞬间"，具有丰厚的新闻含量与摄影语言。

还有那《挟持28名幼儿的歹徒被当场击毙》，当腰缠爆炸物的歹徒被警方击毙后，民警们将孩子一一抱离正在清除爆炸物的现场。陈更生是击毙歹徒后第一个冲进现场的记者，他以良好的理解力、敏捷的反应能力和到位的预感在恰当的时间、恰当的地点、在事情结束之前精确地按下快门，抓取到与事实相关的"关键时刻"——用在《目击》封面上那一手抱起一个孩子山峙渊渟般的民警。借用全国新闻摄影赛的评委们的评语，这幅图片作为突发新闻，"足以说明这一事件，从画面构图来说，该幅作品是故事流程中最鲜明的一幅，它不但告诉了抢救人质的结果，而且也勾勒出在救出人质后民警那种平和、自然的心态，它通过画面人物的自身形象完整地表现了现场的气氛，使读者更能对事件本身进行更深层次的思考"。再细审阅那略有倾斜的警帽、女孩紧贴民警脸庞的额头、抓在手里的枪和裹着纱布的手指、画外伸进来的手臂，其滋味耐品耐嚼。

在对这部摄影作品选的整体考察时，我以为最不能忽略的是作者生命历程的人文背景，这在作者简介里仅有"当过乡村教师"一句透露，若展开来看这个黄河滩区成长的青年秉承了更多的对于苦难和人生挫折的承受能力和抗争性，其文化精神支柱是强烈的平民意识和生命意识。所以，在他的摄影活动中对社会大众所遭受的磨难以及他们的劳作、期望和喜悦都给予了充分的关注，以至于镜头所向每每有主观感情的投射。当笔者阅读诸如《推着丈夫去教学》《把生命传递给'97》《熊猫与人》《黄河凌汛袭击台前》《军民抗洪魔》《太行师魂》……时，更着意感受和把握的是作者的精神状态，并顺势去琢磨这时作者的站位和姿势、镜头的选用等。《目击》中所选绝大部分作品无论新闻价值的把握、摄影理念的彰显，还是摄影手段和技术对客体的观照，其精神基调都有着同向性。

必须指出的是，陈更生饱满的平民意识和生命意识拓展了其作品的张力，同时也局限了其摄影思维的宽带，使其作品的内在精神上不可避免地存在国内摄影界感性大于知性的通病。其作品选中《牛，真的要来了！》那一组三幅关于股市的经济类摄影就露了一怯，且不论其拍摄如骡马大会般场面的随意性和股民盲目傻笑的肤浅性，单就其"虚哄"的标题就值一驳。幸亏这样的作品在这部书中就此一份，收入的目的也就是凑个"品种丰富"，与其主流文化精神无关。

  一个有着良好素质而严格意义上的摄影爱好者如何在三数年间成为名记者，其中因缘际会和甘苦酸辛，如人饮水冷暖自知，不足为外人道也。笔者在为陈更生新闻摄影展览撰写的前言中慨言："少秉壮志，孤灯苦读，灯烟墨面；长成离乡，投身新闻，偶得机缘，涉足摄影，三伏三九，孜孜以求"；"'大河'初创，毅然加盟，三年奋然，三获国奖，作品盈千，名传遐迩"；"从乡村代课教师到名记者，《大河报》得一骁将，陈更生得一舞台。"诸位同道还是各自从这部作品集中去品味吧。

2000.1.

送你一份大峡谷

零时夜半已过，膨胀到顶点的焦灼感驱使着我在不大的范围无意识地踱来踱去，虽然周边有比这大十倍、二十倍的场地。是谁给了我无形的框定？

在无望中等待一个希望，一次次掏出手机看电量显示，一次次那小小的符号告诉我有足够的能源，更不用怀疑手机是否自动关闭。索性不再往腰包里装了，握着它，拇指很自然地贴在接听键上。

窗外，是灯光稀疏的夜；室内，是电脑前忙着出版2000年4月27日《大河报》的编辑们。我在等，等那部远在雅鲁藏布大峡谷的海事卫星电话的消息，我只有等，所有能摸得着的各种电话都无法"上星"。直到凌晨3时，我的手机无声无息，更不曾显现以"+000"为标志的那股电波，它从雪域高原升起经印度洋卫星到太平洋卫星再落入中原这番周转只需短短的两秒，此时却滞留在了不可知的地方。

我在等人，等两个叫杨锐和王建立的人。这时的我已不是为了大峡谷采访后方编辑的职责，最后的截稿时间跨越多时了；这时的他们对于我来说也不是报社的特派记者，而是两位离家远行的兄弟。

在那里，随时随地什么事儿都会发生……

1998 年的夏天，这个地球疯了，在中国的长江、嫩江、松花江，暴发了本世纪最大的洪水。那时我用 19 天的时间在长江边上跑了一圈，经历了它的第六、七、八次洪峰。回来后，和伙伴们一道捐出了 500 元奖金给希望工程，把奖励的一个地球仪和一本厚厚的大书留给了自己，书的名字叫作《神奇的雅鲁藏布江大峡谷》，我在扉页上写的是女儿的名字。

在杨锐和王建立去大峡谷的那四个月，这本书就被我装在一个手提纸袋里拎过来拎过去的。

报社为他俩壮行的那天是 2000 年的 3 月 19 日，是个星期天。先是开会，那个会把人开得都特清纯，有大老爷们儿还没说上两句就哽咽着抹起了眼泪，弄得杨锐和建立笑得挺不自然，几位女士搂着他俩的肩膀扯着嗓子唱起了《青藏高原》；然后是喝酒，那酒喝得真叫畅快，酒壶转着转着就得添酒，酒杯碰得叮叮当当谁都是仰脖一干，杨锐和一位长者说着喝着喝着说着就抱在了一起，两双眼落下了四行泪，后来杨锐谈道："我也记不起来说了些什么，反正想哭的时候就哭了。"

建立那由同事而情侣结了婚后还是同事的妻子那天也来了，可就是不进会议室，独自坐在隔壁。她的说道是："我才不去那种场合当'道具'呢。"

登车西行，两个人都不让亲属去火车站送，杨锐告诉我是不忍看母亲的眼泪，可参加过援藏医疗队的他妈执意要去，只得说定送到车站广场就回，绝对不进候车室。道别后他转身便走决不回望，盯着他背影的是两只泪眼。

然后，按照事先的约定，我的手机每天都开着，他俩不论有没有稿子往回传每天都要和我联系一次。通话当中我们常说的两句是——"哥哥，你辛苦，晚上不能出去玩。""弟弟，恁俩更辛苦，这时候还得写稿。"有天晚上快半夜时他们告知稿子发过来了，正说着旁边伸过来一只手，我用眼光询问，那位女编辑轻声道："让我跟他们说两句。"这下子手机在编辑室传了一遍，女孩子们多是温柔地道珍重，小伙子们则是豪爽地调侃。

到了4月27日下午，手机显示屏上终于出现了那个"+000"，我顿时有种要虚脱的感觉，张口就问："咋回事儿？喔，没有这样吓人的吧？"结果谁也搞不清楚联系不上是咋回事儿，只能说也不知是印度洋还是太平洋上空的哪颗通信卫星打瞌睡了吧？当天夜里在编发的稿件后面我只得加上了一段"编辑告白"，其中写道"这篇稿件编辑在记者发出20个小时后方收到……在号称'地球第三极'的青藏高原，在神秘莫测的大峡谷，科学考察和新闻采访的强度和难度由这篇稿件的传输过程可见一斑"。

后来，他俩随着河南省地勘局区域地质调查队在大峡谷地区又度过了三个月。这三个月中，4月26日夜里到27日凌晨的情况又出现过两次，除了发生地点不同时间有所延续外，可以说是全盘原版。

7月份，他们在一年只有三个月能出入国内唯一不通公路的县墨脱县的最偏远的一个叫多嘎的小山村，遭遇了"支巴弄巴林莽蔽天难插足,深沟疾流搭桥无日徒劳返"的数天折腾。其间有件让我想起来心里就不是滋味的事情,有位读者在报上看到他们到了多嘎找到报社,说他在那里工作过几年,妻子就是多嘎的,村里七八户人家都是亲戚,回到内地来十多年了彼此音讯皆无,你们的记者有卫星电话,请转告说我们还活着呢,给村里任何人说一声都行。可是,此后与他们俩联系上时已经离开了那个多嘎。

到了8月初,他俩回来了,每个人体重都减去了十多斤,面部皮肤深褐。大家又在一起很畅快地喝了一顿酒,走在路上遇见知情的人听到的问候多是:"啊,大峡谷的勇士回来了。"

后来,刊登着他们用卫星电话发回稿件的报纸装成了合订本,用数码相机拍摄的图片刻了两个资料光盘,胶卷扩印了一堆照片。

再后来,他们俩的体重又恢复了,蜕过皮的面孔还是四个月前的模样,正常地生活和工作着。

王建立定做了十来个镜框,挑了些自己在大峡谷拍的照片挂在家里的墙上。偶或翻看着那些照片时还喃喃道:"一到成都,我就觉得是从天堂回到了人间。你看吧,我一定要再去大峡谷。"

2000.9.

附录:大峡谷日记

……看到昆仑山口的牌子了,我跑了起来,并招呼队员们在一起合影,作为本报第一张照片发回去。队员们十分合作,表情都特自然。照完后我仔细看了一下牌子，上面写道"昆仑山口·海拔4767米"，这时我才意识到这是在高原缺氧地区，在这里不能剧烈运动，顿时我感到心跳加速，呼吸不畅。其实我认为，到过高原的人都应知道，有时人们对高原反应的宣传吹得过大，很多人在青藏路上可能并没有太强烈的反应，只是由于别人的宣传对心理产生了一定的恐惧感，这种恐惧感一直围绕在心里，时刻影响着人的精神面貌，这叫"心理高原反应"，我就是受害者之一，这些东西是我到拉萨后才总结出来的。

王建立　2000.4.6. 西藏那曲

……回到宾馆，杨锐在写稿件，我看着电视心却飘到了家里，不知继红怎么样了，新家的装修全都靠她一个小女子，虽然她很能干，但不知她会不会埋怨我这个远在千里之外的老公走得不是时候。这一路每走到风景秀丽的地方我总会想到她，有时坐在车上还幻想到我俩在藏北的高原上一起放牧，真可笑，已经30岁的人了，我却经常做一些幼稚的梦，难道真是人老心不老吗？

王建立　2000.4.8. 西藏拉萨

……大峡谷地区近两年内有多少记者都号称冒险进来，回去写本破书，无非吹嘘自己多能干、这环境多危险，找个出版社印本书。但结果呢？读者看了嗤之以鼻，书卖不出去，一点意义也没有。……

王建立　2000.4.26. 帕龙藏布一个牧场的帐篷

……下午7点半，落在最后的我终于到了山顶的扎曲村，杨锐在我们住宿地方旁边的一个小山包上冲着我叫："三儿，快过来看，我发现了一个大秘密！"我赶忙打开摄影包跑到他身旁，我的眼界开阔起来，一个大转弯正对着我们俩，这个大转弯和许多有关大峡谷书的封面几乎一样，我拿着相机选了许多角度拍了起来。杨锐对我说，你发现没有，这个转弯并没有处在雅鲁藏布江的范围，它只是雅的一条支流上的转弯，但很多书上用的都是这张照片。……杨锐说："我觉得很多人可能都搞错了，这个绝对不应该是雅鲁藏布大转弯，中科院又为什么把一个大石碑立在这里，上面写着九八年穿越峡谷的单位和名称。"我俩又跑下山坡找地图，翻了半天也没找到。同行的工头巴嗲说，明天他将带我们去看真正的大峡谷转弯处。

　　……这时我的脑子里突然间闪过继红的面孔，昨天我没给她打电话，不知现在她是否在想着我。杨锐正在传稿，传完后给书志打了个电话，他俩说完正事后书志指名让我接，一拿话筒就听见他冲我大叫："弟弟呀，你咋恁不长记性，昨天是啥日子？你让继红在家不停地打听你的消息，问我给你联系过没有。"昨天？昨天是4月26日，我跟继红结婚三周年纪念日。我太糊涂了，因为工作上的困惑，我昨天确实没睡好，但却怎么也没有想到结婚纪念日上来，真是该死！书志接着给我出了个主意，让我给继红打电话时就说昨天电话打不通，我照着他说的方法给老婆回了电话，我明显感觉到了她的不高兴。放下电话后我十分紧张，很奇怪，自从我出来后一想到老婆或接老婆电话时就有一种紧张感，我分不清是对老婆紧张，还是对自己紧张，整个晚上我都没有睡好，陷入深深的沉思状态。

　　王建立　2000.4.27．雅鲁藏布大峡谷大拐弯顶端之扎曲

　　……我和巴嗲、杨锐一起寻找最佳拍摄点，他们把我领到了每位摄影师都驻足之地，我拍了几张觉得不是很满意，就自己找了个位置……整个大峡谷的英姿展现在我眼前，这个拍摄点也是我自己"创造"的。

　　拍完照片回到驻地，我有一种喝酒的冲动，马上动员旺堆西柔去买酒买肉，并安排他们晚上搞个篝火晚会，热闹一下。不一会儿，

旺堆抱了一大桶青稞酒来了,对我说,只要晚上能打开发电机,一个村的人都会来。当时我正在看一本关于大峡谷的书,其中一张照片上有四个美丽的藏族少女,旺堆说她们全都是这村的,其中最漂亮的一位叫白玛玉珠,前几天脚被刀砍伤了,正在家养病,就住在我们上面五十米处,我拉着旺堆就走。

　　白玛比照片上好看得多,红润的脸蛋大大的眼睛,小姑娘很爱笑,但见到生人有点害羞。她的脚上裹了很大一团纱布,黄色的血渍不断渗出,我断定里面有炎症,赶紧帮她拆开纱布,一个碗口大的伤已经化脓了。这种伤口在城市里肯定要缝上十几针,白玛却一点感觉都没有。旺堆说,在这里生病也没办法,离外面太远了,一般都是扛过去。我替白玛敷上消炎膏,把身上所有的青霉素都给了她,并一再嘱咐她按时吃药,带着一丝担忧回到驻地。

　　……轰轰响的发电机声传遍了这个小村庄,二十岁以下的年轻人基本都来了,欢声笑语十分热闹。巴嗲生起了篝火,他们和村里人很熟,相互之间开着玩笑。在这里,小伙子看上喜欢的人,上去抱住就行,对方如果有意不会躲闪,要是不高兴你的身上就要多一口唾沫。

　　……边唱边舞。扎曲很偏僻,但村里人唱的却是流行的《心太软》《忘情水》之类的通俗歌曲。看来,随着大峡谷的开发,这里的神秘也很快会消失了。

　　王建立　2000.4.28.　雅鲁藏布大峡谷大拐弯顶端之扎曲

　　……过一处浮桥时我滑了一下,两只脚都悬到了桥边。当时我脑子里确实没多想,爬起来就走。过了桥我看着桥下70米处的江水有点发傻,这要是掉下去岂不是要在印度找尸体了?说真的,平常在内地爬到高处站到险处时我还有点腿软,可这次进峡谷却是一点对危险的感觉也没有。当初来时我跟老婆开玩笑说，要么让我死在大峡谷，要么让我载誉而归，这话难道要成真吗？……

……等看到排龙桥时是晚上七点，我兴奋起来了，一路小跑来到川藏公路上。经历了几天无人区生活，我对公路有种亲切感。

……杨锐我俩跟民工们结了账，并提出一起吃顿饭。到了乡里唯一的小食堂后，点了几样菜（也就那么多），一帮人开始畅饮。……巴嗲说："咱们这十个人进山后一直很团结，大家结下了深厚的友谊，我们干了好几年的民工也没见过你俩这么好的人，刚才我们都回家准备了哈达，请你们收下。"八位民工站了起来，从怀里掏出了洁白的哈达。我知道，不是每个客人都能得到当地人的哈达的。我俩赶快站起来，接下这珍贵的礼物。……

王建立　2000.4.29.西藏波密

也就是在这两个小时局势急转直下。……通知说5月1日易贡上游滑坡地段将采取人工泄洪，泄洪过程中可能出现无法控制的洪水，这将对易贡藏布及帕龙藏布下游甚至雅鲁藏布大峡谷扎曲以下江段造成灾害，具体情况无法预料。……听完这些，我们每个人都呆呆地站着，看着整装待发的大队人马说不出话来。……

现在离大峡谷仅一步之差，却有可能永远与它失之交臂，这使我万分痛苦。……如果5月1日开始泄洪，之前我们还有近5天的时间，而从排龙到扎曲往返就需4天。我们毅然决定自己上路奔扎曲。……在排龙下面两公里处的跨江（拉月曲）吊桥旁，与张振海副队长握手道别时，我心中闪过一阵不安——我们的计划是不是太冒险了？我无法回答我自己……

杨锐　2000.4.26. 雅鲁藏布大峡谷大拐弯顶端之扎曲

　　在等待进山的日子里,坐在(帕龙藏布)江边玩味云朵的变幻几乎成了我每日的功课,无奈和焦急的心绪伴随那些云在心里消长。好在科考队在波密的工作仍在继续……有时极度的体力透支也能成为一种消遣。

　　……远处,一个藏族"波姆"(藏语漂亮少女之意)在一声声招呼着晚归的家人,她的嗓音穿透沉沉的暮色传来,像雪山上淌下的小溪一般清澈,我听得渐渐入神,几乎忘记了自己身在何处。

　　　　　　　　　　杨锐　2000.5.21. 西藏波密

　　……走向墨脱的路再次给我上了新的一课,在这里,路的概念大多时候就是一根树干、一条水沟甚至向导脚下无言的指示。

　　　　　　　　　　杨锐　2000.6.10. 西藏波密

　　……当我转过一个山弯,蓦然看见山脚雅鲁藏布江畔的加热萨村,泪水竟顺着脸颊悄然流下。

　　等不及扎营,便用卫星电话拨通了编辑部,这次采访活动的后方指挥刘书志关切地问:"兄弟,感觉如何?"我说:"感觉快死了。""那就把快死的感觉写出来。"我被他气乐了:"这不是把你的快乐建立在我的痛苦之上吗?"他正言道:"不是把我的快乐建立在你的痛苦之上,读者的阅读期盼才是你的快乐。"我释然了。

　　……

　　忘了是哪个伟人说的:痛苦对于生命来说是一种财富,而回忆便是由痛苦向财富转变的催化剂。

　　或许我应该为我生命中的这些财富而回忆?

　　12日13时15分　我站在攀往随拉山口半山腰的一块岩石上,雨滴坚硬如铁随风袭来,一股寒气从心窝漫向全身。数百米外蜿蜒的冰舌下，同伴王建立正在为他遗失的背囊焦急奔忙，雨雾中看不到他的身影，孤独的感觉涌上心头。

其实，孤独的感觉在我进藏之初就时常出现，因为离开了亲爱的同事和亲密的朋友。但它从未像今天这样强烈，我这一时期形影不离的兄弟超出了我的视野。刹那间，我问自己：这难道就是你的选择吗？

身旁裸露的山崖上，生长着大片高山杜鹃，它们一律向下平俯着身躯，这是无数次雪崩所给予的。它们的枝蔓却顽强地向上伸展着，顶着各色娇艳的花朵。

不知过去了多长时间，终于看见建立顽强的身影出现在冰舌的底端，缓慢地向上攀登。我终于明白：这，正是我的选择，无悔的选择！

12日15时10分 ……下山的路更艰险，一片惊呼，一个民工失足滑下山坡，他翻滚着、挣扎着，用尽了全身力气终于在悬崖边停住。我就在距他失足处数米，瞪着眼看他拼命挣扎的痕迹，看一个生命从生到死、由死回生的轮回。在人与自然的抗争中，谁是真正的胜者？在面对了生死系于一发的场面，生与死的对抗触目惊心，那个用全部生命作最后努力的人成为最后的胜利者。

杨锐　2000.6.14.西藏墨脱

守望都市

一个报纸记者对河南电视台都市频道的关注

我横穿星期天的都市去都市频道。

车窗外晃过一幕幕都市景象：车流、人流熙熙攘攘，在街道的标志线内外朝着各自的取向行动，都市人干什么一般都有目的性；遭遇塞车、看到撞车、眺望着过山车，都市在扩张，都市人的生存空间在萎缩，都市人急匆匆的脚步显示着几分浮躁、几分欲速则不达的无奈，逮着机会就玩把刺激过把瘾；绿地和分隔绿地的铁栏，铁栏上带欧式古风的街灯被连偷带拿损失了三分之一，还有都市特有的灰蒙蒙的天空，都市人创造着、美化着同时又毁坏着，"透绿"意味着有限制地接近……

这些，都在近几天的电视台都市频道上出现过，有的都市人看了，有的都市人没看，而有的农村人看得很有兴味。农村人向往都市，都市人有许多的选择，于是想起那些个电视机遥控器就又爱又怕的"电视人"明知故问："是电视的权力大，还是观众的权力大？"

强手如林搏激流

一年前的昨天,河南电视台都市频道开播。那是个注定要在河南广播电视发展史上留下的一笔——全新的人,全新的机制,全新的事业。

365天过去,都市频道的人均年龄是26岁,三十岁出头在这里可享受被冠以"老"的待遇。

一年前,频道总监王少春扯起喉咙吆喝一声:"上阵了!"麾下集结的是一群血气方刚而稚气未脱的脸蛋儿。

频道决策层和管理层除在省电视台一套节目干过的十来个人之外,聘用的56人中绝大多数是"看电视的出身",有三两个沾过电视采编播边儿的就显得金贵,就有人撵着脚喊老师。

正是这群人,要完成河南电视的一次创新。

"理智型的抒情诗人"可以用来形容都市频道的决策者们,没有理智无法运作这项科技含量高文化综合性强的事业,而没有激情恐怕连白手起家的勇气都鼓不起来。王少春对"上阵"的诠释是:"上阵,意味着我们开始了在一条既有鲜花又有坎坷,既有成功的喜悦也有失败的痛苦的创业道路上跋涉;上阵,意味着命运和责任把我们这群人捆在了一起,手牵着手,肩拥着肩,一起直面人生,一起共享荣辱,同铸辉煌;上阵,意味着我们这个年轻的团队必须在强手如林的高地上搏出一块天地,一块属于自己的天地,一块我们赖以生存、发展的天地;上阵,意味着我们没有了退路,我们只能成功,我们必须成功!"

在我上出租车时司机问去哪里,回答去省电视台后就一路基本无话。都市人大多就是这样,不轻易与陌生人交流,甚至还会产生几分隔膜或戒心。远远看得见电视台的大高楼了，司机问："到大楼停车？""不，到对面的电视台二套。"见他没听懂又补充说："都市频道。"他接口就说："都市频道可好看啦。那天我拉了个电视台的，他说都市频道有危机感，不像俺们捧的是金饭碗。"后来把这事儿说给都市频道的朋友们，他们却不感到有什么惊奇的——"这种事儿，频道的每个人都能给你说出来一堆。"

青春无悔过河卒

有位电视人说过："电视是一项迷人的事业，又是一项毁人的事业。"

曹德兰说，看到王总监的"上阵了"三个字，我立刻就有一种感觉呼之欲出，那是一个过河卒子的感觉。

开播一年来，都市频道这群"过河卒子"最大的感受是又忙又累又充实，大家都迷在其中迷而忘返。刚出大学校门的是这样，舍弃原来优裕的工作条件来捧这泥饭碗的"老"字号的也是这样，没有节假日没有昼和夜，忘了自己的生日爱人的生日孩子的生日，除了节目其他忘了个差不多，推迟了恋爱推迟了婚期推迟了要孩子，除了频道能推的事儿尽量推。

报道部政法组对于累的感受比较多，四个人凌晨两三点结束工作很正常。若是忙一夜没什么精彩新闻,第二天组里就有人阴沉着脸。有个小伙子叫李珞，大学毕业就投奔了这里当政法记者。挺潇洒个人，可别人约他参加个年轻人的聚会他却直躲，故作老成说："那种温馨早就与我无缘。"他觉得，只要能出节目，忙和累也值，若是忙了一夜没什么成果心里就冤得慌。只要有线索扛起机器就跑，他称"宁肯错拍一千，不肯放过一个"。

一个人担负着《乡音剧场》的于泓忙到凌晨4点多刚喘口气，才忽然想起夫人的生日忘记打个电话问候。夫人领着孩子在豫北安阳，电话里常传来抽泣声，这边好言相劝也心酸，放下电话上节目，观众面前依然是那个挥洒自若谈笑风生的于泓。还有个第二天就结婚的于静，编成4条节目已是晚上7点了，才下编播机，大家见了她还以为又推了婚期了呢。

在这个群体中称作"老魏"的魏振央是个代表人物，"老魏"今年33岁，办报纸杂志10年。现在要用摄像机这双眼睛全新地感受一下生活，从拿笔杆到扛摄像机这个转变所经受的心理磨炼就不必说了，就是偶然"偷得浮生半日闲"时那份惶恐不安就可知这人进入了一种什么样的状态。他是把频道的工作当成了生存状态，妻子和孩子却进入了一个苦累和孤独的状态，原来稳定的生活和熟悉的环境都失衡了，跟着他来到举目陌生人潮汹涌的郑州，一年几搬迁"过着游击队一样的租房生活"。找到一个施展才能天地的他"没有精神压力，有的就是工作压力"，半夜三更带着心理的满足一身的疲惫回到家，起床后又去接着找他那份满足。直到有一天，醒来的他看到了妻子留在桌上的信，妻子在信上说来郑州半年多了，生活、工作、孩子各方面的压力她已经支撑不住了，没有人抚慰，没有地方发泄，没有合适的人诉说，她觉得自己非常可怜，孤独无助，信的最后有句话："有时间和我谈谈吗？"这下他可是真醒了："读着妻子的信，我真是不敢相信自己的眼睛，在她最需要关心的时候，我却没有时间。"

老魏黯然了一下调整了一下，该咋还咋。可对我谈起他夫人那封信的人两眼一潮一潮的。

正所谓"男女都一样"。编播部平均每人每月加班时间在65个小时,其主管李波说话与人一样干练:"综合能力提高了,对家庭的愧意就多得多了,也不管了。午饭不知几点吃,晚饭暴食主义。"时瞬英有个不堪忍受她的忽视而想"换个妈妈"的儿子。还有个完成工作量最多的裴莉,面色苍白冷汗直冒还想把新闻编完再说,终于支撑不住倒下,被送进医院。啥病?累的。

生机盎然创新路

在没有边界的电视大战和观众的心目当中,都市频道已经稳占了一席之地,据央视索福瑞媒介研究公司的调查,频道覆盖面从不足10万户到7市有线网的转播数百万人的覆盖拓展,收视率从13.5%到16.1%节节攀升,1998年4月4日最高收视率达到21.1%,现在每晚的黄金时段在郑州地区已经形成了以《都市频道》和《金星剧场》为中心的平均高于10%的集中高收视区,初步拥有了一个较为稳定的收视群体。

都市频道无疑是成功的。它的成功就在于"新""求新"和"创新"。新的频道服务对象定位有明确的指向性,作为河南电视台一套节目的补充和延伸,面向城市居民的都市风格使其更具有现代媒体运作的前沿意识。而支撑这些意识的是一群思想活跃、高文化层次的年轻人,其决策层和管理层则既有相当的电视工作经验又力图追逐现代文化理念和管理机制。河南省广播电视厅和省电视台则予以这支队伍一方"试验田",综合因素奠定了都市频道能够进入良性运作的基础。观念和机制的融合使得电视技术的掌握只是个时间问题了。

正如一位未来学家说的:"电视广播有一个典型的特点:所有的智慧都集中在信息传播的起始点。……不如把它看成智慧分布上的一场变迁——或者,说得更准确一些,就是把部分智慧从传输者那端,转移到接收者这端。"

在都市频道,我接触的每一个人都能对自己的工作进行一番理念性的阐释,从大频道意识的节目第一到安全播出,从盘活存量到营造局部宽松环境,从新闻规则到培育市场,都在为频道的拓展尽心尽力。

频道副总监崔安毅称在新闻立台的指导思想下,就是要建立一支反应灵敏、对策及时的记者队伍,他说:"我们的心比较'野',便携式编辑机等设备的配置都走在了前面,这次长江抗洪就用上了。"发挥电视媒体的优势,与国际接轨的意识在引导着他们,开播不到一个月时推出了《都市快报》栏目,力求达到最强的时效性,在突发事件发生时,以最快的速度采访、编辑,随时播出。1997年11月17日,107国道重大车祸是《都市快报》的第一次操练,为了2分50秒的报道,方方面面围绕着抢时效转动,编辑配音、上片头、更改电脑程序……80分钟使带子进入播出状态。

这不仅是一条新闻的报道,而是整体观念是否到位的问题,是实现新闻直播的前奏和"预备役"。后来在"张金柱案庭审"的报道时,《都市快报》又一次展示它的风采,在几个小时内连续滚动播出,争取到第一时效,赢得了观众。

电视是个各方配合性非常强的事业,都市频道在"一切为了一线"主导意识中还有个"人人都是一线"的大思维,有位记者说:"我们这儿就是都出去了,家里也至少保证有五个人:两个热线值班记者、一个警卫、一个司机、一个看仓库的师傅。用车首先保证采访,采访车都出去了就用领导的。"

团队精神的一致和宽松的人际关系、创造环境是都市频道的一大特色。频道的"包装师"王轩正和我聊着现代构成、流行色彩,我突然提出一个问题:"你的创意和总监的意见极不一致时怎么办?"她一脸的不可思议:"那就商量呗。不过你说这个还没有过,从来没人说是因为这个那个硬压我非听他的不可。"

都市频道有份内部杂志叫《实话实说》,半月一期,王少春号召大家:"为了你,为了我,为了他,为了频道这个家,咱们都得敞开心扉'实话实说'。'实话实说'是一种责任,是每个人对团队的责任;'实话实说'是一个标准,是一个做人处世的标准;'实话实说'是以诚相待,而以诚相待,是团队走向成功的基石。"现在这个《实话实说》出了25期了,上到总监、副总监下到编辑、记者、司机,每个人有什么见解建议或者发个牢骚提个要求,祝个生日谐谑调侃,以至于严厉的指责认真的叫板,都能刊出,真正是畅所欲言百家争鸣,既密切了上下交流又增进了感情了解,相互砥砺相互切磋。

回味与思考

"早晨看看《大河报》,晚上看看'都市频道'"。是老百姓对以这两个媒体为代表的"新生代"最朴实也是最高的褒奖。细回味,"新生代"媒体的迅速崛起昭示着贴近百姓走向市场的方向,标示出内部机制以新闻媒体自身规律运作的蓬勃生机。坚持党性原则和为百姓服务的统一性是"新生代"媒体的出发点,正确的舆论导向和摒弃官场气、庸俗工具论的结合是其活力所在，不断的创新意识为其前进的动力，现代企业管理模式的引入整合其规范。由此，我们可感受到中国传媒的希望所在!

发稿时，都市频道庆祝开播一周年文艺晚会的余音未尽，而它的决策者们已经在思考怎样完成一次创新向持续创新的过渡，完成能人创新向集体创新的过渡。这，正是那些世界级企业用实践所证明的真理。王少春有句话是："没有理性的真切的'批判'，就没有都市频道的明天。"而这，也正是"新生代"媒体中的年轻人和思想年轻者所需要共同思考的。

回望都市频道那不起眼的四层楼，我以他们自己的话表示祝福："等着瞧，都市频道!"

1998.10.

十年风雨起苍黄

作为报人个体生命在《大河报》第一个十年的进行状态及感悟

历史不单是用来回顾的，更是每一位参与者的个体生命以共同实践活动堆积起来的，在它的一个节点，用"作为未来的过去"的观念予以归结，有可能给这历史的车轮以更强劲的生命动力。

《大河报》这十年运作所凸显的一份平面纸媒在中原报业市场成功崛起，是河南日报报业集团整体结构上绽放出的一朵奇葩，成为中国都市报之林中的一棵大树；而每一位完全或阶段亲历这份报纸的新闻制作和产品经营者，都在这十年报史上存留下各自的生命轨迹和心路历程。"大河报人"——这个逐渐叫响的名字为我们共同拥有。

这里，只是一个"大河报人"从十年经历中打捞的历史片段，它属于个人体悟和记忆沉淀。

"一分钟谈话"，我成为"大河报人"

十年前中国报业史上出现了一个新词汇，"省级晚报（都市报"。两三年后,"省级晚报"从人们的意念中淡出,逐渐就以"都市报"相称了;就像刚创刊的《大河文化报》报头还后缀着"晚报"二字,不到两年更名后便就是《大河报》了。从进一步的意义上说,《大河报》是一部中国都市报十年发展的"精华版"和经典个案。

  曾经或许还会有人说,"省级晚报(都市报)"是个模糊概念。而我更愿意认为,它是个实践过程中的"务实概念"。当时中国报业处于"后晚报时代","省级晚报(都市报)"的创办者们清醒地意识到,中国社会和经济发展大势给传媒改革带来什么样的机遇,读者更高的阅读需求提供了哪些传媒市场空间。从某种层面上说,"省级晚报(都市报)"到"都市报"词语变化的两三年间,中国报业完成了从"后晚报时代"到"都市报时代"的转换。抛开语文概念的词语辨析,这个转换更深层的意义在于,它实现了办报理念和报纸运作方式的新变化。

  1995年5月,我从郑州晚报社调到河南画报社的第三年。那天,参加画报界的一个年会回来,便有通知要我赶到单位。于是就有了我所谓的"一分钟谈话":"咱们报社要办一份晚报性质的报纸,你知道吧?""知道一些,不是在招人了么。""考虑到你过去办过晚报,报社的意思是调你去这个新办的报纸。怎么样?好,就这样吧。"

  在我到这份开始筹办的"晚报"报到的第二天,42名新录用的编采人员也报到了。

披头散发抢市场

  这42名编辑记者来自全省的新闻、教育、政法、党政机关等多个行业，在原单位是正式在编人员，为了"喜爱办报，尤其是新创办的一份报纸"，"在一个更大的平台施展一番"，他们舍弃了已经得到或将会得到的待遇，成为河南报业第一批聘用人员，档案从原单位的保险柜转到了人才交流中心，前景如何，堪称未卜。所以，这批创业者都是以一种破釜沉舟的劲头把自己和这份将要新生的报纸捆绑到了一起。当时有句在业内颇为流传的话："河南日报办了份晚报就叫省级晚报，那河南日报的厕所也就叫省级厕所了？办报可不是说啥就是啥咧。"

新闻业务和电脑操作培训紧张有序地进行，7月24日要出版第一期试刊和读者见面。有位记者练打字练得和别人说话时都下意识地在膝盖上"敲"字儿，对领导说："我是不是有点神经呀？"领导们立刻意识到：两个星期了，都太紧张了。第二天晚饭后，号召大家都去的一场舞会在报社工会礼堂举办，第一支曲子响起就有人"开溜"，半个小时不到人跑了八九不离十，到办公室一看——都在电脑前坐着呢。那个时期，大河报两栋一青砖一红砖的二层小楼，每个夜晚到黎明都灯火通明。说是创业的冲动也好，说是原初的激情也罢，一切的一切都是为了这份报纸的诞生，饿了随便吃些什么垫垫，困了找个沙发或在地板上躺下打个盹。

"实战演练"选定了6月底的亚细亚商场，都市的大型商场既是经济活动场所又是社会活动场所。把所有的新闻采编人员"推上阵地"，从清晨到夜晚，用一整天围绕商场不拘题材自由采访，然后不限体裁不论篇数各自写稿。那一天一夜的紧张热闹哟，有的十来个小时就啃了个面包，有的回到报社逮着自来水管子猛灌一通。稿子一篇篇出来了，交流和碰撞开始了，单兵较量、编辑示范、讨论评点，为了一个导语、一处词句、一条标题、一篇结构各抒己见，运用起各种新闻的写作的知识理论小声大嗓地发表见解,直至面红耳赤相执不下,使得早晨过来的保洁大姐以为这里在吵架而惴惴窥探。由此,也开启了大河报大型集团式报道"争吵"之滥觞,那几年的多个大型报道就在各种吵吵嚷嚷中"纷纷出炉"。或许,创业的亢奋让人单纯,那种不顾情面临文不讳中所体现的新闻精神时常让人唤起温馨的回忆。

然后,根据各自的志愿和以往的学习背景及从业经历,对编采人员进行了大致的分工;然后的然后,就是稿子、稿子,还是稿子。

1995年7月24日凌晨,"付印 王继兴"几个字签到了《大河文化报》试刊一号的清样上。前一分钟,继兴两腿开立双手扶案,凝视着头版清样,缓缓地抓起签字笔道:"签吧?""签吧!"几个人同声回应。签过付印的清样平展地静置案头,五个人的目光聚焦在那里,敞开的门前编辑记者们望着这五个人,静静的灯光充溢着静静的房间……

我悄悄存留下那份签版样,给自己一个纪念,我三十五岁的生日就在编发这试刊一号中度过。过了几年,首任总编辑王继兴得知了,指着我说:"真能呀!知道啥主贵。"其实,这另一层对自己年轮的纪念意思他还不知道。

三期试刊后,1995年8月1日,《大河报》正式创刊了。弹指一挥,迄今十年。

都市报在挑战读者的报纸阅读习惯中发展

《大河报》不是含着金汤勺降生的,它植根于现实的粗糙的黄土地上，注定了它一问世就带着与民众与社会生活紧密相连的血脉关系，以浓重的社会责任感为承担，将深沉的人文关怀、社会关怀投注于丰富嬗变的前进的社会。创刊初期，以连续报道引起社会各界对一名烧伤女工的关爱，以调查性报道反映省会医疗急救环节存在的问题而对120急救系统的设置起到推动作用，从郑州首创厕所公司来探讨作为公益事业的厕所的市场化运作，率先报道了客运市场倒客、卖客促使职能部门解决，开创体验式报道栏目"记者打工"向读者传递火车站上水工、市政疏挖工、星夜送货的菜农、殡仪馆炉前工等鲜为人知的"新闻冰点"的状态。

那时，所聚集的精神氛围就是"采缤纷天下事，入寻常百姓家""报成气候人成才"，以不断的创新思维和创造性劳动进行新闻采编和报道方式的改进。

9月，每年一度的教师节来临。怎样体现对老师们的情感和报纸对社会活动的参与，一个有意味的策划出炉——向全省受表彰的150名优秀教师每人赠送一辆自行车。9月6日晚间的河南人民会堂广场，总编辑和记者们在现场研究以《大河报》方式把次日的表彰大会报道出彩，为报道的语言风格、照片景别构图做了预案。第二天，手捧鲜花的优秀教师们行走在人民会堂的台阶上，400多平方米鲜红的幕布包裹了整个门厅的墙面，"老师辛苦了！"每个字近两层楼高，落款当然是《大河报》。有人评说："《大河报》成功地在这里搞了次行为艺术"。

属于新生代的都市报，在降生之初面临着许多必须着实解决的问题，诸如真正把贴近社会、贴近生活、贴近群众的理念形成共同意志，在《大河报》即是"飞入寻常百姓家"的物化实现，而这些须有到位的操作方法的支撑，被实践证明了的是，成功的传媒绝对是要重视以表述方式为主干的技术手段的运用和创新,以挑战读者的报纸阅读习惯,与此相匹配的就是新闻资源的充分发掘。

在《大河报》逐渐为社会认知的过程中,发生了"10·15"幼女坠洞遇险获救事件。

那天新闻热线电话值班记者是周振林,他从事过多年广播电台新闻业务。接到小女孩坠入工地直径不到30厘米的桩基洞的报料,他立马意识到,围绕这个农民工的女儿要有不寻常的事情发生,便通知记者葛柱宇和陈更生前去采访,随即向报社领导通报。

两位记者在第一时间赶到了第一现场。傍晚时分,他俩兴冲冲地回来了,进门就喊:"救上来了。"老总们让陈更生立即冲胶卷,葛柱宇讲述事件经过。为了抢救遇险幼女,武警官兵、公安巡警、市政工程、医疗卫生等紧急出动,最后调用大型挖掘机从8米深的地下救出了小姑娘。陈更生掂来还潮湿的胶卷,大家就着灯光细细观看,挑出要见报的片子去制作;要葛柱宇以救人过程为经线,对几个重要时刻细致刻画,写出环环相扣的稿子。我奉命负责文稿的编辑和一、二版版面的安排。

文稿基本达到总编们的要求,编辑工作量就不是很大了,只是把抢险救人的各个环节都精确到分钟作为几个段落的开头,使报道的结构更为紧凑也给读者以阅读的紧张感。当看到文章最后一段记者的议论时,我对"小老葛"道:"事件本身足以感人,不用你'跳'出来告诉读者吧。"在他露出笑容之际移动鼠标"一刀拿下"那个"尾巴"。看来,当全新的报纸要挑战人们阅读习惯调动阅读兴趣之前,办报人首先要挑战的恐怕是自己的写作习惯或曰定势。

一版上半部一张通栏照片是小姑娘被救出来的瞬间,视觉中心是警察从土坑中托举着女孩递交给医生、医生弯腰相接,色调层次丰富，两双大手在女孩上身相交及相应体态是很有稳定感的三角构图，周围群众在一定距离欢呼鼓掌则渲染出情绪氛围——把这样的照片发充分是要达到很强的视觉冲击效应；二版是个图片版，以直观的图像语言展示出救人过程，照应着一版下半部的文字报道。八个版的报纸用了两个版报道一个事件，其分量是够足的。

签完付印大家才真的感到了饥饿，总编辑一边给家里打电话让送瓶酒来，一边掏出钱派人买来饭菜。解开桌上的食品包装，大家围桌而站吃了顿"庆功饭"。

后来，这个报道获得了河南省年度新闻奖一等奖，照片获得了全国新闻摄影比赛突发新闻类铜奖。

"什么最值钱？人才！"

创办一份报纸，所要依赖的是"三个一"："一个理念，一支队伍，一笔资金"，我阐述为："一群具有先进独到办报理念的报人有效到位地使用创业基金。"老人家关于正确路线确定之后干部是决定因素的教导绝对是真理，无论哪个世纪，"什么最值钱？人才"。

所以，《大河报》创办三周年庆祝活动，是围绕着为陈更生举办新闻摄影展览和理论研讨会进行的，其中意味不言而喻，陈更生到大河报三年就拿了三个全国新闻摄影大奖。在展览前言中，我最后以"大河报得一骁将，陈更生得一舞台"来看待这种人才与报纸关系。

报纸不仅是一个人的事业，更是一群人的事业，办报更多讲究的是群体效应。1997年，以《白色"皇冠"拖着受害者狂逃》获得中国新闻奖二等奖的江华在一篇文章中更是道出了此中三昧。

那是发生在8月份的张金柱酒后肇事逃逸事件。当热线值班记者通知江华去采访时,都没料到是那么一个"惊天大案"。那时在大河报社,一到重大新闻事件的处理就没有了部门之间上下之间的分别,只是一个目标:把新闻做好。江华采访回来了,报社的中枢神经被牵动了,整个事件的报道成为一时工作的重中之重。

有那么一张照片:编辑在处理法院对张金柱的判决的几百字消息,报社的多数领导聚在旁边盯着电脑显示器上的稿件。在整个报道过程中,从发稿节奏的把握、言论的撰写到标题的拟定,都有报社领导的思考在其中。到了法庭审判阶段,从各部门抽出11名记者上阵,采访设备集中使用——这便是大河报对重大报道所屡屡使用的"拉班子"的方法。

报道班子"拉"起来了,不论你来自哪个部门,只对这个报道负责、只听这个报道负责人的指挥,保证了专注一事群策群力。为了这个法庭报道,11个记者、8个录音机、5台照相机,研究讨论了再研究讨论,为了报道的"一举千钧",把能考虑到的事前都考虑周详。

为了使采访尽可能顺畅,周瓒两天奔波一张一张地搜寻来旁听证,费尽口舌说动律师接受独家采访;为了使资料准确完整,胡杨动员在电视台工作的夫人,再三恳请,把我们的录音机接到了电视直播车上。到了最后的判决下来,为了赶时效,一位副总编在从法院回程的车上用手机口述稿件。为什么这个事件的报道《大河报》最有权威性,自不待言。

虽说不单是因为对这个事件的报道,但《大河报》一个月的发行量陡涨数万份与此肯定是大有关联的。

做出好的报道当然会激发出成就感

都市报到来时,有人嗤之"小报";都市报市场占据份额形成优势了,有称之为"新主流媒体"的。这恐怕是传媒理论家们所要研究的课题了。我们所要做的,只是写好稿、编好稿、出好报就是了。不管怎么说吧,单我在《大河报》这十年中,看到和经过的发生了主流影响的报道可说时有出现。

到了1998年2月,《大河报》又推出了与当初《幼女坠洞遇险获救》一脉相承的大型报道《冰河大营救》。

那是正月初六,两位老总召见,"满含深情"地盯着我说:"山西平陆三十四个老乡渡黄河时,船搁浅在冰河之中一昼夜,三门峡陕县的领导和群众冒死营救了他们。咱发了个一千多字的稿子,让人看了掉泪。总感到文章还大有可做之处,想派人过去搞个重头的。你看谁去?"瞧这阵势,我就说:"那我带人上呗。""好!你在车上别闲着,多想想已经做过的报道咋着再做起来。你带谁去?""就让柱宇、化庄去吧。""啊,这种采访还要化妆?"我一愣怔,接着便知道是"听转了",忙说:"是化庄,摄影记者闫化庄。"相视大笑,当即派车走人,去和驻站记者甲蕤会合。

等车开到了三门峡时,几个人热热闹闹的讨论也就有了结果,共同认识到:英雄不是"塑造"出来的,英雄是英雄自身行为展示出来的,事件本来就气壮河山,我们只要做到真实报道事件、完整传递信息就会打动读者,就是要深度发掘有意味的情节细节和有特性的人物行为和语言,以白描的手法展示事件过程。还要先写一两个小稿子,和上一个报道"接茬",引出下面的大报道来。

到陕县已经半下午了,对率先踏破冰河救人的武装部政委和一位副县长初步采访。事件发生在春节前，加之刚刚接触人家还不清楚这几个记者是个啥意思，说了一阵子还是朦朦胧胧的。我提议到河边现场去边看边说，一是有个拉近双方的过程，二是现场能引发出记忆。这一招还真有效，在那苍苍凉凉的黄河滩上，西边河谷吹来的寒风让人浑身哆嗦着，那二人很快就进入了境界，我们了解到了冰河大营救的基本轮廓。

　　第二天一早分头行动，柱宇和甲蕤采访救人的乡亲，要做到一个都不能少；我去了解整个面上的情况，并拓展前一天的采访，对既救人又指挥救人的政委和副县长"挖深挖透"。

　　下午他们回来了。问："采访了几个人？"答："都采访了。""不会吧，我这里三四个人才结束，你们那几十个人就都过了？"听了解释我大为叹服，他们的方式是"一个不少和优化处理相结合"，让大家推举一人介绍事件全过程其他人随时插话补充一遍而过，然后请每个人只拣自己在那几个小时中最有感触的一两件事儿细说，得到了好多生动感人的情景，像有个复员军人三次跳入冰河救人，身上让冰凌碴子割出许多个血口子，最后在齐肩深的冰水中下身突然失去知觉，他心里说："俺那孩儿才钮扣般大呀，俺可不能就这么完了。"叫不出声就拼命举手乱晃，终于有人发现了他。他还自嘲道："你看看，本来是去救人家的，反倒让人救了。"

　　他们很为自己的采访得意："你说吧，三次下冰河救人是英雄吧，遇险时想到自己的孩子是人性吧，这是个有血有肉充满人性的英雄呀。"我连声叫好，拉上几位再到河边现场体味。

　　为了有一两篇小稿接茬预热，也为了从另一个侧面更完整地采访，我们向县里张书记提议，请参加冰河大营救的人探望被救的人。过河去到平陆县的一处山村，有个被救的人站到窑洞顶上一吆喝，被救的人们和他们的家人蜂拥而至，篮子里装的是花生和大枣，笸箩里端的是麻花和柿饼，灶台上是新沏的大碗红糖水，说不完道不尽的感激和亲情。我们不用"采"就"访"到了那冰河沉船上一昼夜的状况，还写出了顺畅衔接前后报道的特写《救命的亲人进村来》。

来去五天的采访后，回到报社已是傍晚，我抱出过年发的啤酒牛肉来，说："谁也别回家，接着干活。也别给家里说咱回来了，就当咱还在三门峡采访。稿子发了你们大睡三天都行。"兄弟们指着鼻子说："你个刘扒皮！""嗨，有我这个提供啤酒牛肉的刘扒皮也不赖。"

一夜一天一万字，三个部分各写其一，然后交换写二稿，然后串到一起改三稿，然后的然后是两个整版"隆重推出"。报纸出版后反响挺热烈，省委组织部、省军区等还发出通知号召向英雄学习，又在省会举办了几场报告会。后来，《河南新闻月评》专号评说《冰河大营救》，其中说道："写得生动感人，壮怀激烈，气势恢宏，催人泪下……是一曲类似三十多年前《为了六十一个阶级兄弟》所报道的英雄赞歌。"作为一名报人，这当然会激发出一些成就感来。

我最大的愿望就是——百年大河！

"人生到处知何似，应似飞鸿踏雪泥"。检点几个身后的足印，有些粗糙更有着平实。十年风雨起苍黄，分明非梦亦非烟。作为一个自诩的"体验派"报人，我以人生最美好的黄金年龄段换取了对都市报编采运作的体悟，这笔巨大的精神财富千金难买，只有身经《大河报》从创办到"世界百强、百万大报"的历练，才会有酸甜苦辣聚心头的充实感。有时与当初一起裹着军大衣在地板上滚过的如今星散各地的弟兄们通电话，几乎都以感恩的心情谈到在《大河报》的新闻操练和生命历程。

一次有位当年的女编辑在述职报告中提到我在《大河报》五周岁庆典上说的"大姑娘变成小媳妇，小伙子成了花白头"，给予接续道："与《大河报》一同成长，不但是大姑娘变成了小媳妇，我还从小媳妇变成了孩儿的娘。"

"与《大河报》一同成长。"多好！这是"大河报人"共同的祈愿。但是，我绝不愿意"和你一起慢慢变老"，尤其是在"后都市报时代"作为一种激励性概念提出来的当今。

无论将来身在何处，我最大的愿望就是——百年大河！

2005.8.

理念孵化的版面形态

《大河报》北京奥运会报道之心得

十六个日夜过去，北京奥运会在满城礼花的举世狂欢中闭幕了。而作为参与了奥运报道编发的都市报人，被这个中国举办的世界体育盛事所激发的心中涟漪，一时难以平息。

回顾间先有一个难解的报人情结：要编发一场比赛的稿件时，我们刚刚甚至数小时前从电视机前离开，已"如朕亲临"般由观看那场比赛直播把多重情感宣泄得淋漓尽致一塌糊涂；要找诸如奖牌类的统计数据时，我们打开电脑进入某门户网站，找到那个即时发布的统计表，跷起兰花指轻点鼠标拷贝下来便可送上版面……

这就是现实，严酷的充满"杀机"的现实，以这次北京奥运会为又一个节点，又一次摆在都市报人的面前：二十四小时滚动播出的电视报道和海量的网络信息"四面合围"，量大时速如穹庐，笼罩四野无漏处。真真让人慨叹，一报版面有限，天下信息无穷。那个如江湖术士般的"咒语"重新在脑海中浮现——都市报的冬天到来了。

真的吗？谁信！？那个制造"冬天说"的人在此之前

还掷地有声要打造他的"百年×报"呢。当一个人慷而慨之又前后不一时,先就让人感觉着一股子邪劲。不说别的,多打几个问号准没错。好在那"冬天说"没过一个冬天就风流云散了,该先生让人偶尔记起的就是第一个"叫喊'狼来了'的孩子"。从积极的角度理解,"狼"的确有之,有人喊两嗓子"狼来了"也不失警醒作用。

当都市报由同质化竞争进入到同质加新兴媒体"异质"化双重竞争时代,只有以奥运精神把媒体特质发挥得"更高、更快、更强"方能站稳生存之地、走出发展之路。愚以为,面对如此双重竞争,都市报应该是种"横站临敌"的状态了。在狭路相逢强敌环伺的竞争中只有大胆"亮剑"方能杀出重围,这把剑的剑刃就两个字——理念!

我们到了将"理念办报"的理念强化再强化的时候了。

这次奥运会《大河报》的版面形态和稿件选择应该是一次有镜鉴意义的探索。

定位明确奠立形态构成

这几年建筑学又引入了一个叫作"形态构成"的新兴学科,将建筑的"要素"和"结构"融而统之进行整体谋划运作,其中包括了各构件的材质、体量与组合方式对其独特的形态审美效应和质量保障有着决定性作用。此说用于一支团队、一个人和构建一张报纸亦然。重要的在于两个清醒的意识:"我"要什么样的形态构成?"我"建立这个形态构成做什么?前者为体,后者为用,体用结合方能有趋向完美的呈现。就像"怪人"菲尔普斯,当时装模特肯定差点儿,而在水立方中就是揽八金于一身配置精密的"游泳机器"。

这次北京奥运会报道,《大河报》也设立了十六个版的奥运专刊。这个设立的优势在于集中版面资源和人力资源以专门的团队来专刊专办,避免了人员调配和版面配置上与其他部门和其他版面内容上的"搅缠",使要品味《大河报》奥运报道的受众一报在手有着"看这里"的阅读指向。

同时,任何优势都必然带来缺陷,一如菲尔普斯。奥运乃"大事",大事新闻价值之大毋庸多言。作为一个重要构件的奥运专刊就要和《大河报》整体建立起有机的关系,如此方形成"《大河报》的"奥运报道形态构成,说白了就是读者每天拿到的是一份奥运专刊在内的《大河报》,这就需要以专刊和"整报"对奥运稿件选择、配置、关联来体现报纸的编辑理念和价值判断。

奥运开幕式是一个重中之重,版面处理倾力而为就是。赛事一开,渠道多多,来稿如泻,虽说报纸每天只有一个截稿时间,但"一百个版都发不完"。这时候要做到的是,稳住阵脚、忙而不乱、大胆取舍、冷静判断,应依读者大部分是看过电视直播、录播或从网络上对赛事有所了解这个基点出发,以清醒的读者意识最大可能挖掘报纸特有的介质效应,实现"《大河报》的"有效传播。

于是,我们确定了"前面重大、综合,专刊赛场。分块治理,明确分工,建立关系,互不重复"的基本思路,绝大多数赛事和与赛事有关的报道放在专刊做,每天在前几个版拿出一到两个"缤纷奥运"版作奥运时政、奥运经济和当天的综述性报道,重中之重上头版。如此既体现一个负责任的报纸对奥运报道的整体感和结构形态的稳定连续性,也连带着对读者进行了相对划分使其"各取所需"。

差异竞争进行深度解读

说到"重中之重"就必然要提出价值判断的问题。我们以往的传统说法是对"新闻价值"的判断,而在传播技术高速发展的今天,这个词儿已难以涵盖具体运用中复杂的思维方式和操作实践了,愚以为应当用"信息价值"的判断来替代前者了,以打破报纸媒体对网络媒体和电视媒体重复传播的"被绑架"状态。

网络信息是海量的,电视信息是画面流动的,而报纸能对前两者占据优势之处是可以通过相对静态的深度解读传播思想和理念。如果没有清醒地意识到这一点,那就沦于简单地"拼"信息量、"拼"时效,把自己的软肋送上去给人打,重复人家的已更新的信息,传递人家的部分信息。

所以,当代报纸的突破点就在于"不要告诉我发生了什么,而要告诉我它意味着什么",去进行新闻事件的背景挖掘和深度解读,以有意味的形式和表述方式差异化竞争。

这次《大河报》对北京奥运会报道设置,一是拿出相当多的版面安排奥运稿件,二是维持常规报道的基本形态,仍以有限的版面服务于尽可能多的受众,编发社会新闻、经济新闻、时事新闻和娱乐新闻。如此的理念支撑在于,奥运是我们生活当中的一个重要事件,但不是生活的全部,是一个重大新闻,但不是所有的新闻。

更突出的一点,《大河报》对奥运报道内容的选择从开始就奠定的一个基本理念是,不让金牌"牵住""套住",将奥运精神中对金牌意识的淡化在办报实践中予以体现,解放思想、甩开手脚以社会关注度和读者欲知度来选择稿件。

当然,金牌是个好东西,但不是唯一的好东西,真正的好东西在于争夺金牌的过程中所体现的奥运精神。正由于此,《大河报》对奥运金牌报道注重"度"的把握,奥运特刊侧重背景报道、人物报道和深度解读,头版和"缤纷奥运"版点到为止以满足读者的部分需求。

当有些报纸在头版排列我国运动员挂金牌时的头像时,《大河报》以明确的意识予以规避这种模式。一者,从大处说北京奥运会是在北京举办的全世界共同参与的体育盛会,虽说表达国家意识和民族意识是题中应有之义,但只刊登本国运动员获金牌头像,对一个开放的走向世界的国度的报纸是不是有点视野嫌那个窄些了呢?二者,从小处说报纸版面形态应有其一定的稳定性和连续性,我国是奥运金牌大国,"金牌头像"刊登一天两天还可,若半个来月四五十个"金牌头像"你是都登啊还是不登啊?如此难免陷入自我画地为牢的两难境地。三者,单从技术层面来说,奥运颁奖是个程式化的行为,有限的领奖台面积对人物活动就嫌狭小,加之头版版面资源紧缺,两三个头像尚可,六七个头像摆到一个版上,顶多也就两寸照片那么大,还都是挂着、拿着、咬着金牌的模样,自家亲戚都不太好辨认,你就不怕读者"审美疲劳"?同时不也束缚了版面创意、创新的手脚了吗?

以后的实践证明,在头版发"金牌头像"的报纸都像中国足球队一样没能"踢"到底。

说到底,一个报纸要立定脚跟,就要以一种大视野的社会文化理念去进行稿件的选择和开掘。起码在采编过程中抽空想一想,同质媒体和"异质"媒体已经有什么?会怎么做?我们还能找到什么?我们还能做什么?"我们的"读者要看的是什么?

精品办报营造视觉冲击

上述两部分归结起来应当是把报纸推进到"精品办报"时代，充分发挥介质特性营造出自己所能达到的视觉冲击效应。

对于"视觉冲击力"或曰"视觉感染力"我们应有广义的理解，即包括报纸的语言文字、图片图表、版面设计首先诉诸的是读者的视觉（听读报的少数受众可忽略不计），我们所要努力的是怎样让报纸的各种构成元素使读者"从眼睛里面到心怀"。

很长时间我们有两种误解，说到信息量就是信息的数量而忽略了信息的强量，说到可读性只看其普适性而不考量其相对性。其实，"题目"二字指出的是眉目传情的神韵，"一图胜千言"意味在于单纯的深刻。这些，恰是当下摆在我们面前的机遇和课题。笔者经常说起，用六个字来基本判断某个稿件能否上版——"好看、饱满、有味"，这是后话，先搁这儿。

在北京奥运会报道中，《大河报》进行了一些探索性实践。当头版规避了"金牌头像"后，主打照片发什么？我们设置的理念是——在众多关注度高的事件中我们选取关注度最高的，在一批精彩图片中我们选取最精彩的，在众多金牌得主中我们选取有厚实背景和故事丰富的，避开获取金牌的结果我们选取获取金牌过程和走下领奖台情感爆发的——以这几项指标综合考量的结果就是，选取了有意味有动感有张力的"决定性瞬间"。

试想当张娟娟以一环之先打破1984年以来韩国选手不败神话，夺取射箭女子个人冠军时，如果以腾挪余地不大的领奖台上以与其他冠军大致相仿佛的体态神情的"金牌头像"刊出将会是如何的视觉感染？还有那箭已去弓已松单剩神情的镜头刊出又会怎样？再来看这个雨丝如帘弓铮铮箭头出画眼神箭尾相呼应的图片，再配上编辑的点睛主题"一环绝杀"，如此版面的"三秒效应"还用多说吗？电视画面的一闪而过绝对代替不了一个精美的瞬间定格对心灵的抓控。一个报纸编辑的悲哀在于，有好图片你挑不出来，有好字眼儿你忘了用，那只能徒留长叹而已而已。

　　报纸的精品意识还在于对"三秒效应"把握到之后，让读者第二眼、第三眼……看什么？《大河报》的尝试就是用不同的能表情达意的字种字号作出精粹的提要进行导读，诱导读者"打开报纸往后看"。说到底，就是如何解决一份报纸"抓人"和"留人"的问题。别忘了，所谓"视觉冲击"或"视觉感染"的指向是"心理冲击"或"心理感染"哦。要想"抓住读者"，你先"抓住自己"；要想"留住读者"，你切忌"自废武功"。

2008.8.

历史文化的新闻观照

为《厚重河南》所作的阶段性跋文

倘若我们对于"新闻"的认知超越不了简单的技术层面，也只能囿于诸如语言、结构及导语写法的一般性纠缠之中。在新闻实践体系中经历过一些年头的体悟后，我逐渐接近明晰地以为，新闻从来就是一种精神文化形态。当新闻的技术指标未能与其精神指标兼容贯通，其文化位格充其量就是"沙盘作业"了吧。新闻技术和新闻文化，二者关系犹如饺子皮与饺子馅，在教科书中已设置了多种多样"饺子皮"的现在，调制出新的内蕴丰富营养高档的"饺子馅"便是至关重要的了。当今时代更为迫切的需要是，有一批在新闻文化学层面的积极探索实践者和理论创新构建者出现。

《大河报·厚重河南》的策划者和执行者在这里为我们提供了一个考量的范式——基于报纸的介质特性，依照新闻的运作规律，把握现在的时空坐标，找到采写的切入视角，运用传媒的报道语言，对厚重的中原文化、历史人文给予报人的解构——"终结"了当下所能找到的数十种关于新闻的定义，建树起新的新闻文体。

这种文体实现的十个月之间，或许应了"名可名，非常名"之说，名其为"准新闻"者有之，称其为"跨文体写作"者有之，专家学者莫衷一是。看来，以这种文体的运作过程，对其学理性归结当以动态伴生趋向完成。可以说，一种新闻文体的奠立，就是社会政治、经济、文化发展到一定阶段各种元素因缘际会所形成的新的新闻文化理念形态。我们不妨将这种文体的策划者、大河报总编辑马国强先生的先期主导理念"存盘"，以呈示其原初意识形态——"打破新闻思维定式，拿出以今天新闻视角为切入点打捞'昨天'中原厚重的历史人文积淀，由此观照当今河南发生之现实的新闻体裁或样式来"。我们所看到的这些稿件，基本是以此理念为原则指向而进行操作的。

从这种文体在作为平面纸媒的《大河报》上出现，到这四五十万字量的累积，人文学界和读者给予普遍热忱的称道。人文学界所厚爱的是其内容与体裁和谐中所投射出勃然的生机，既有新闻语言叙事所带来的轻松阅读愉悦，又有纸媒信息传递方式所提供的新鲜刺激，更有为理论研究而储备的基础资源，集中的赞誉大致为"新闻的眼光，文化的视角，学者的思维"，"新闻创新提升强化了报纸的文化生命力和文化关怀"等；大众读者因阅读口味的转换带来新的满足感、对生存环境和人文环境纵向历史变迁更新更深认知引发的亲近感，便自然产生出"酒席筵上添佳肴"式的感奋，就有了剪报专类收藏和主动为记者提供采访选题的"点菜"行为。

比较而言，新闻学术体系则表现了有克制的赞赏和冷静的打量。有种质疑就这种文体是否"新闻"而提出，依所报道内容大多"不是新近发生的事实"这一衍生论点，指称其"不是新闻"。有位进行了十多篇《厚重河南》采写实践的记者以"闪回"说予以辩驳："我们'闪回'了，那就是新闻。"

所谓"闪回"，乃是编辑记者们在一篇篇《厚重河南》的选题论证、拟定，采访路径、角度的筛选，叙事语言的个性化和新闻性把握，篇章架构的时空设置等构建这种文体复合元素整合的一次次由时代现场到历史现场的过程中对规定性指标归纳的"行话"。

如若对"闪回"作一大致阐述，应当是——找寻一处现实的坐标，把握一个历史的遗存，进入一条时光的隧道，剖析纵深多层的叠压，观照几处历史的现场，打捞一种文化的精神，以时代与历史、精神与场景、新闻与文化的多重链接进行循环往复的信息整合传递，营造出时空交叉转换的氛围，呈示"一切历史都是当代史"和"作为过去的未来"的精神理念。

故而，在传媒形态多元的厚报时代执着于"新近发生的事实"这诸多新闻定义的一个，以此进行"标准件框定"，未免有胶柱鼓瑟画地为牢之嫌。当然，我们并无意"推翻"这个新闻的定义，我们认同它是关于新闻的一个定义，但不是唯一的定义，只是也只能是诸多新闻定义中的一个，否则我们的各种新闻学教科书也就没有留存那么些个新闻定义的必要了。比如，在世界范围内随时空转换所出现的一批批"解密性新闻"，我们何以认可其是新闻呢？那可不是"新近发生的事实"哟；再比如，重大考古发现的新闻报道，其"新闻由头"也只是"新近发生"的某个考古活动，而要报道得通透，大量内容当是对考古所发现的那个"古"的叙述，于是许多内容也就不是"新近发生的事实"了。

我们是否能够建立这样一个新的认知——受众欲知而未知的事实，或曰过去鲜为人知而"尘封"日久的东西，被传媒进行了"现在的"信息传递，那"当然也是"新闻。

那么，我们对于《厚重河南》这种新的新闻文体的考察可以有几个观照方位，即其写作者获取信息的方式、采撷信息的状态、整合信息的手段、传递信息的形态、承运信息的载体等。

当《厚重河南》的采编者进行了现实景观、历史人物、物件遗存等切入角度的阶段性尝试后，我们依据传媒介质特性和报纸信息传递特点果断地将其切入角度定位到"现实景观"上来。

这是个立足于整体把握缜密思维和新闻报道可操作性基础上的定位。若以历史人物为切入点，中原的历史名人如夜空繁星，但他们毕竟留给我们的只是远远的背影，史料中的文字难以提供血肉丰满的人物形象，依小说家言定然与新闻报道原则相悖，更何况任何历史人物都与现代读者有着较大的间离效应，难以产生新闻学上所谓的接近性；若以物件遗存为切入点，号称文物大省的河南此类遗存当如恒河沙数，但单一的物件遗存其物理空间的占量就难以担待多重丰富历史信息的承载功能，而附着其上的人性信息又难以捕捉，稍不留神便会着了考据学的道道，因其切口小角度低，既可能限制了新闻纸上这种文体宏大叙事功能的拓展，又会使得毕竟不是专家学者的记者们困于枯燥的语境。

而现实景观因其实体存在对于记者和读者具有很强的可触可感性，同时又兼带了物件遗存和历史人物的多重复合信息，空间的一米和时间的千年数千年汇聚一"点"，这里可思接千载遥想当年，这里可自将磨洗辨认前朝，这里的石柱当年曾将军系马，这里的清泉当年曾美人出浴，这里的果园当年曾高僧悟禅，这里的楼舍当年曾书生论道，这里的街衢当年曾金戈耀日，这里的田野当年曾剑气如虹，这里的城头当年曾变换王旗，这里的石案当年曾文传百代……俱往矣，古人不见今时月，今月曾经照古人，数风流人物，还看今朝。

这个定位为记者采写所营造的就不是一个切入点而是一个切入面了。当时代的现实和历史的现实同时呈现在面前,你怎能不抚摸着历史遗存时代更迭的文化层而进行仰观宇宙俯察品类在时空交叉转换中的观照;当现代化建设和传统文化精神的承载物在不远的距离比立于你的视野,你又怎能不去探寻二者间的内在关联。

于是,《厚重河南》记者们携带采访器材来到蕴含有丰厚历史文化信息的现实景观前,通过现场踏勘对已有的史料证实或者证伪,走访专家记录考古发掘或科学研究的现在成就,收集充实或填补史所不载的"新鲜"信息,更探访与此现实景观相关联人们的现实生存状态、思维方式和行为方式,随之以新闻语言体系进行由今观古出古入新的报道写作;报社编辑以每日一次的截稿时间督促稿件安排版面,依照发稿程序编排付印。当读者从报纸发行员或自家报箱得到当天的报纸后,由《厚重河南》所报道的那个现实景观感知到在离自己不远的一处地方过去发生了什么事情,现在正在发生什么事情,过去和现在发生的事情是如何一脉相承地流转递进的;而那个现实景观周边的人们则会谈论着报纸是如何报道了"他们"的,他们的兴奋点在于报道的内容中有些是他们做过和正在做的,有些在他们身边发生过的事情他们自己也是由阅读报纸才得知的,在熟悉的陌生中找到新鲜的感觉。

在《厚重河南》这种文体或报道模式出现两个多月后,中文版的《美联社新闻报道手册》出版,其中"关键是不论写什么,要在那一天使自己成为这方面的专家"使编辑记者们的心底共鸣油然而生,对"万能的无知者"心存多时的抗拒感似乎找到了宣泄的通道。而保持清醒的仍是自己的职业定位,报人就是报人,即使像《厚重河南》这般的创新文体,所秉持的依然是新闻的观照、新闻的"打捞"。

"报道终究是报道。它总是涉及提出问题、收集信息以及解读事件"。

《厚重河南》这种新的新闻文体的实践过程仍在延续,现有的关于新闻的定义还没有能完全"框定"它的,其术尚可议,其论仍可辩。最后的结论留待将来的新闻史家去归结也未尝不可。在当下,对其议论争辩的展开当在新闻文化学的层面运转,或许能有新的同趋向新闻理念的产生。总之,"终结"是为了开启,"解构"能归于整合。古先哲所谓"神莫大于化道",大概指的就是这种行为方式。

2003.9.

都市报：纵深拓展与横向突围

元月初在成都的"首届中国都市报发展高峰论坛"期间，腾讯网有一个对笔者的访谈，视频和文字记录都放在了网络之上。那个标题让我不觉粲然——《大河报刘书志：报媒有望成内容提供商》——呵呵，真个一网络视角网络立场，此言也就是在那个"访谈语境"近两千字中的一句话而已。

那个标题倒是挺有意味的。一个报人，在"媒体融合时代都市报的发展与创新"话语体系中，仍不妨与网络媒体交流对谈，话说都市报和网络媒体的关系，人家还把你说的发表出来，还真是印证了"媒体融合时代"呢。视角不同介质不同思维立场不同不影响"相与谋"，话说开了挑明了，还是个视角不同介质不同思维立场不同。

既然如此，对于都市报的创新以及与数字媒体的融合可以用三句话来概括：纵深拓展、横向突围、并存互动。

纵深拓展：对介质特性的极致发挥

让数据说话：

《大河报》从1999年开始委托权威市场研究机构，在河南省7个以上主要中心城市，进行报纸基础数据收集调研。10余年来，多项第三方的调研数据为报纸发展诠释着一个个市场规律和结论。

世纪华文发行零售市场调研数据显示，2006～2009年，连续8个半年度调研数据对比显示，《大河报》在中心城市报纸读者市场占有率不断提升，从49.81%增长到60%。说明在新媒体冲击下，都市报的读者并不一定流失。

连续10年来，从新生代CMMS和央视调查CTR读者数据来看，河南每天的报纸读者中近一半在阅读《大河报》；在包括电视、广播、网络在内的河南传媒市场，《大河报》的期平均到达率连续十年稳居第二位，略低于央视一套，比其他各类媒体高出10个百分点以上。表示在媒介多元化时代，报纸尤其是都市报还是人们获取信息的主要来源。

2005年新生代CMMS读者数据显示，《大河报》25～34岁、35～44岁读者比例分别为29.2%、22.2%，到2009年，央视调查CTR读者数据显示，这组数据分别攀升到30%、28%。表明在自媒体时代，年轻中坚读者并不一定从报纸分流。

的确，数据只说明了过去，正如张立伟教授所言："去年的话属于去年，今年的话等待另一种声音。"如今往后是什么？新兴媒体定然是更大的力度来争夺市场、争夺读者。海量的信息即时的发布属于网络，在这方面的比拼每天只有一次截稿时间的"厚报时代"的都市报自会显现"软肋"，这也正是"都市报冬天到来"论者的杞忧所在。

但是且慢，今年的话语是要今年说，今年话语的前提是什么？今年的话语和去年的话语还是一个语言系统延长提升。我们当然不能以短击长，但可以扬长避短。以我看来，都市报现状和前景可以用两句话概括——一切都充满了不确定性，一切皆有可能。都市报，一个15年前出现在中国的传媒文化概念，如今"被危机"了，那就"居危思危"呗，理性考量自家的结构形态，检视一把并清醒地意识到你有什么和没有什么，强化自身的抗击打能力，扬长避短和以长击短。15年来，都市报最勇于为之的就是竞争，储存有大量的竞争经验和教训，只要将自己的介质特性充分运用到位，就仍然会很好地生存发展下去。

都市报是市场的产物，必然积淀了很多对市场规律的认知和把握能力，只要清醒地在传媒市场找准自身站位，就不会迷失自己的价值判断和丢掉自家法门。

我们可以没有海量信息，我们一定要有权威信息；形式上的好看我们不放弃，内容上的耐看我们绝不抛弃；我们避免各种快食的拥堵，我们绝对要为读者选择提供最有营养价值的精细食物；我们不必低俗地挑逗受众，我们当然要平易地贴近读者。这正是都市报的文化品格和传媒特质所锻造的利器所在。《大河报》在新世纪第二个十年所追求的"个性化生存，区域化发展""以深度解读的调查性报道服务读者"的办报理念，正是在审视都市报的介质特性和对已经积累多年的权威性和公信力的新的发展着力点。

横向突围：多媒体时代的与时俱进

网络把一个新的世界摆到了我们面前，它所依托的信息技术是革命性的，正快速渗透到我们方方面面的生活中来，对某些以往的行为方式甚至产生了颠覆性的作用。以推动社会进步为担当的报人合适的方法就是主动迎接信息传播新时代的到来，并能很好地把握利用这个信息技术工具。

报纸就是报纸。报人劳动价值的最后完成形态，还是印刷在纸上供读者阅读的"报"，是那种手感软和墨香淡然随处携带可卷可折的新闻纸，是那种经过千年筛选妥帖地置于新闻纸上的印刷字体所承载的信息表述方式，是那种在"全民乱拍"时代由具有精品意识所催生的摄影图片带来的视觉感染力。这些构建起都市报所特有的视觉审美特性和介质信息传递特征，是其他传媒所无法替代的。

从一叠稿纸一支笔，到手提电脑上运键如飞；从胶片相机使用中对拍摄数量的担心，到高等数码相机大容量存储卡连续拍摄无后顾之忧；从四下找邮电局电话电报传稿，到无线上网网络发稿的迅捷。中国都市报的发展过程就是一个不断吸纳新技术手段的历程。

所以，多媒体时代都市报的与时俱进，就在于充分运用网络的优良工具性为办好都市报服务。技术形态的物件有着全民普适性，信息传播的内容才是精神层面的核心竞争力所在，多媒体时代的"内容为王"更彰显都市报信息传播的权威性力度。

真正做到"内容为王"当然是艰难的过程，中国的都市报这15年就是用一种担当的精神挑起了责任，不断进行着机制创新和机构创新，以推动内容和表述方式的创新。从某种意义上说，工具不是文化，工具的进步便于我们更好地创造文化。网络有自己的传播方式和传播特点，而很多情况下网络的一个资讯成为报纸一个报道的线索，可以进行深度发掘和纵向解读，新的发掘、整合、解读的报道正是都市报所长，以其多年形成的权威性和公信力，使信息的强量增大，形成社会关注的共同话题。

2003年时，《大河报》在新闻资源的多种途径开掘方面进行了一次尝试，当时第十八届世界客属恳亲大会要在河南举行，报社策划了个大型主题系列报道"客家迁移万里寻踪"，经过11个月的案头准备和求教专家，派出了6名记者，请了两个专家随队指导，驱车两万多公里，从客家源头河洛地区启程，用了一个月的时间，顺着客家先民在中国大陆的迁徙路线一路走过，从恳亲大会的前一个月开始发稿子。那个报道的所需资讯网上几乎没有，全部是记者实地踏勘采访而来，要用实证、要用典籍互证来解读客家1700年的生存状态，用当代新闻的语言表述来包裹它的文化内核。这个报道在整个世界范围内都产生了很大影响，海内外很多网络都上网了，尤其是一个叫"客家论坛"的网站，将15万字报道粘贴发过之后，又梳理排列了一遍重新在网络上发布，说是没想到一群北方的报人来写客家，能写得如此全面深刻，是客家文化史上少见的好文章。随之，《大河报》又将报道整理出版图书，也很是成功。

这次成功的保障在于我们有一批文化积淀相当深厚的记者，有思辨能力的记者，有新闻操作上娴熟的记者。我以为，打造报业集团也好，打造传媒集团也好，完全应该考虑考虑网络的效应，但是办报立场上来讲，就应当充分运用好网络的技术工具效应。

并存互动：新技术革命的必然成果

网络的作为一种新的信息传播形态的出现，并不一定以牺牲纸质传媒为发展，它在挤占传媒市场的同时，也为拓展新的市场空间带来了机遇，这个机遇甚至是共同的。于是就有了网络和报纸融合说，无非是平面的纸媒和网络的融合。如果说技术的融合，技术的使用，报纸和网络从一开始就实现了融合，从电脑的使用，从传递稿件的使用，从信息的采集，从话题报道先期运用网络平台对受众意见的收集整合，等等，在技术层面融合得相当密切了。

从信息传播的介质形态的融合来说，我觉得这就不会那么融洽了。为什么呢？无论是结构形态和传播方式，还是操作模式和思维模式，甚至信息的展示模式和受众的接收方式，都市报和网络都有很大的不同。那怎么办？我以为可以从两个概念来观照：一个是经营媒体，那就是作为报社的甚至集团的领导，把报业集团向传媒集团推进的一种经营的手段、经营的态度、经营的方式，打造我们传媒的产业链条，来提升由报业集团到传媒集团的这样一种强势团队、强势企业的经营行为。另一个则是媒体经营，那就回到报纸上来说了，报纸媒体的经营，我们经营了一张报纸，我们再经营网络，那只能是运用、借助网络，运用网络更好地实现报纸形态和内容的打造，与网络达到一个和谐的并存，应该是良性的互动。

这些年网络和都市报之间存在着相互利用又摩擦不断的现象，出现一些这样那样的问题，我认为，其间就是在利益的分配、利益的诉求方面存在着很大的不对称性，以致有着"报纸是网络的奶娘"的说法。现实的状态是，报纸还没有印刷发行，电子版就上网了，甚至报纸没有成版有的稿件就上网了，如果从报纸的经营方面，就像一位都市报总编辑所说的，报纸原创的一些信息实际上报纸还没有获益的时候，网络已经获益了。网络和都市报可以比作两只冬天里的刺猬，互相靠得太近了就扎着了，离远了又各自感到冷。所以要选择合适的距离既互相给予温暖又不伤害到对方。解决的方法应该就是依照报纸规律办报纸，依照市场规律分配利益。

市场在那里，各自在竞争。如果说竞争危机，我以为不但报纸感到了网络的威胁，网络也同样感到了报纸的威胁，正如有位网络总编说是"互相危机"，在危机中出发展，在竞争中出活力。同时我们也可以注意到，现代社会中，相当一部分受众是从两个以上媒体获取信息的，如此传媒的市场并不是挤占缩小了而是扩张了。

都市报的优势在于个性化发展，区域化生存，为其报纸覆盖的区域的老百姓贴近服务，提供有效有用的信息，这就拥有了都市报的基本受众，保证了基本的发行量，这种状态反倒真的不用担心互联网，它只有在其他的内容以其他的方式去争夺和开拓市场。而且报纸信息的网络传播对报纸而言扩大了影响面，对网络来说是丰富了内容。当然，这个时候，报纸所要把握的是电子版上网的时间差，网络所要实现的是对报纸信息的价值补偿，如此共存互动，我认为应该是达到这样一种状态。

回到前述那个访谈，其中涉及的一个话题当使都市报人警觉，即所谓报纸受众"老龄化"的问题，当时对主持人是这样谈的："刘：……如果举例子的话，就是说报纸的读者，报纸的受众老龄化了。老龄化，为什么报纸的读者和受众老龄化，不是怨读者而是怨办报的人，因为你没有让年轻人，让青少年找到可看的有用有效的信息，所以你说的报纸读者才老龄化，对不对？如果你使得青少年在你的报纸上看到了有用有效的信息，然后吸引了他，你怎么会有老龄化的担忧呢。主持人：您的意思是，内容需要抓住我们的读者。刘：真的与时俱进，真的知道八〇后、九〇后需要什么，另外真的在表述方式上能够让八〇后、九〇后接受并喜欢，这是报纸能够生存发展下去的重要的一环。"

可以用那个访谈结束时的对话来作为这篇文字的结尾："主持人：那您觉得像这种传统媒体和新媒体之间，它们的这种关系用什么来概括比较好一点？在您看来这种关系在未来会出现什么样的新的趋势？刘：就是将来作为信息，作为文化的生产商如何向这些经销商分成的问题。主持人：就是现在这种报媒会成为内容的提供商？刘：对，你用了我们的内容，咱们怎么分配利益？这个问题该说说了。主持人：其实这也是未来媒体作为互联网，我们所会思考的一个问题。刘：你们确实应该思考，我们更应该积极地思考。"

"刘：一切都充满了不确定性。因为什么呢？就是说技术的革命必然带来介质的变化。……但是我们最后表现形态，还是印刷在纸上供读者阅读的，如果真的哪一天有了能够便携的，随时随地的能够打开的电脑报的话，那可能纸媒的报纸就被它替代了。主持人：就变成一个新的载体的报纸，可能就叫报业不叫报纸了，那个时候。刘：对，那么到时候咱们就真的成了媒体一家了。主持人：多媒体融合的时代了。刘：咱们今天话题就真正成为历史的话题了。"

看，我不是单纯地说我要当你的"内容提供商"吧？共存互动的路子还长着呢。

2010.2.

我愿顺流而去　找寻你的方向

写在"从洛阳到'洛阳'·客家迁移万里寻踪"启程之际

黄河边一座洛阳桥，东海边一座洛阳桥；

黄河边的洛阳桥在河南洛阳，东海边的洛阳桥在福建泉州；

两座洛阳桥，相隔上万里，跨度逾千年。

万里之遥，千年之久，一脉相连——源自河洛根植中原的血缘之脉、文化之脉。贯通这条脉络的，是一个叫"客家"的华夏民族的民系。

一种历史文化、精神理念物化为两座洛阳桥。

晋唐、宋元、明清、民国，中原、江淮、赣闽、岭南、港台、川藏、海外，流人、流民、客人、客家、客属——说起今天遍布世界一亿多客家人的先民的迁移，时间和空间的范围约略就是这样。

由于灾荒，由于战乱，由于……草原文明、农耕文明、海洋文明冲撞着、融会着，客家先民离开了祖根中原，离开了宗源河洛，在一千七百年的时间里、在万里数万里的跋涉中，怀抱祖宗牌位，身背中原文化典籍，续写辈辈传承的家谱，漂泊、迁徙、开创着……

万里他乡长为客,历尽沧桑人归来。

"世界客属第十八届恳亲大会"在中原故土召开的讯息传来,赣南、岭南、八闽、川藏、港台、东南亚、欧洲、美洲……世界范围内的客家人为之欢欣雀跃,为之喜极而泣。

盛会,盛况。此次世界客属恳亲大会规模之大、人数之多,前所未有。

是绿叶对根的情意,是血脉相连的天性,是久别回家的归属。一千七百年来,散居海内外的客家人第一次相约而来,汇聚祖地,可以看到的,将是"子孙满堂"的盛大场景。

客家人祖居地现在的主人——九千六百万河南人正"洒扫庭除",以迎亲人。

去年十一月闻讯后,大河报人就在思考,拿什么奉献给海天千万里回家的亲人们。在近八个月的问学汴梁、求教洛滨、广搜典籍和大范围走访调查的基础上,"从洛阳到'洛阳'·客家迁移万里寻踪"的大型报道思路在今年七月份基本形成。

大河报的决策层决定派出特别报道组,驱车万里,沿西晋末年以来客家先民在祖国内地迁移的主要路线和现代聚居地,行进式报道,移动性发稿,发扬大河报人对重大题材进行宏大报道的作风,对此次预计历时一个月的采访进行了大量的案头准备和物资投入。

报道客家,就应当以客家人那种吃苦耐劳、求实务实、勇于开拓、善于创新、守中求变、兼容并包的精神去采访、去发现。

那种蜻蜓点水浅尝辄止的采访习气,那种浮躁冒进以偏概全的报道作风,是我们历来所反对的。

我们坚信,"新闻是靠脚板写出来的",走不到,问不清,访不细,定然"道"不明;我们更坚信,厚重的新闻不仅要靠脚板,更要靠大脑,是靠脚板和大脑共同完成的。我们坚信,行进式新闻是靠行万里路完成的;我们更坚信,厚重的行进式新闻不仅要靠行万里路,而且要靠读万卷书来成就。

我们的信心,一是来自于大河报八年来的文化积淀,来自于八年来打造出的足以胜任任何重大新闻题材的采编阵容;二是来自于凝聚在大河团队身边的一流专家学者群体,比如,我们这次新闻策划,就得到了河南省客家联谊会、河南社会科学院、河南大学、洛阳师范学院河洛文化研究中心和国内外知名专家的精神认同、智力支撑、友情襄助。让我们特别感动的是,一些著名的人文和民俗学者得知我们的报道计划后,中断了进行中的重大科研项目或社会活动,义无反顾地随同我们的特别报道组万里兼程、现场指导,为我们高质量地搞好这次大型报道活动提供了最宝贵的学术支持。

我们对客家迁移历史和现状的基本认知是:根在河洛,一脉相承;英才辈出,源远流长。我们的采访方法是:把握血脉,由源及流;从今探古,回视中原。我们的采访路径为:顺流而去,连线成网;重点采写,力求全貌。

启程了,我们今天从黄河边的洛阳桥头出发,携带万卷书去走万里"客家之路";一个月后,我们将在东海边的洛阳桥头完成这次报道活动。彼日彼时,正是"世界客属第十八届恳亲大会"开幕之际,谨以这组系列报道,作为大河报人献给万里来归的客家亲人的一瓣心香,献给中原父老的一份厚礼!

2003.9.

"客家迁移万里寻踪"途中,南京,致敬伟大的客家人孙中山先生。左起:许笑雨、孟宪明(作家,民俗学家,特别报道组文化顾问)、刘书志、刘书勋、程文利、于茂世。

朱清河　摄影

不息的生命江河

以对"客家"的初步认知

写在"从洛阳到'洛阳'·客家迁移万里寻踪"完结之际

站立在泉州城东北洛阳桥上,已经听得到大海的涛声,劲爽拂面的分不出江风还是海风。

北瞻绿荫四合的洛阳镇,南视房舍鳞次栉比的洛江区,西望浩荡东来的洛阳江水,东眺水天一色的江海汇流,感觉到的是时间的停滞和空间的倒转——双手摩挲着的花岗岩桥栏定然留有千年前蔡襄的指纹,一连串的"洛阳"和身边晃过"家乡人"的面孔令同伴们感慨道:"咋好像是没离开咱河南呢?"

停滞的并不是时间。北宋嘉祐四年(公元1059年)建成的洛阳桥,工程主持者"其先本光州(今河南光山、潢川一带)人"的郡守蔡襄想不到,在近千年后,他为大众所广泛记忆的除了位列"宋四家"的书法地位,就是这座期冀"万年安澜"长三百六十丈的洛阳桥了。于是,有了桥北惠安县人民政府为他建立的巨大石雕造像,有了桥南的"蔡公祠",有了他墓地石牌坊柱上"忠国兴邦三谏有诗誉扬端明殿,惠民利涉万安无险功业洛阳桥"镌刻的楹联。他难以预知,在他身后近千年来对洛阳桥的维修就有二十五次，1933年那次就是一位蔡姓客家人、以淞沪抗战闻名的十九路军军长蔡廷锴将军主持的。最大最彻底的一次修复，是历时三年在1996年完成的"国家级"工程，完全是为了这个精神文化载体的长久传留。在国家重点文物保护单位泉州古洛阳桥上游不远处，两座新建的洛阳桥上已是车流滚滚。

　　倒转的也不是空间。洛阳以北无"洛阳"，洛阳以南多"洛阳"，安徽、江西、福建……我们从河南的洛阳一路走来，洛阳大屋、洛阳村、洛阳镇、洛阳河、洛阳江……成集束型分布着。泉州的"洛阳"已经是我们到过的第四个"洛阳群体"了，只不过这里的"洛阳"更像洛阳，你看那同样的建筑式样和格局，你看那同样不舍昼夜的水流，你更看那古洛阳桥——同样的以石料构建，同样的桥亭，更是同样的"船型尖分桥墩"——地表遗存、史书和考古发现都证实，唐代中原的洛阳桥是世界上最早采用"船型尖分桥墩"的，用石料将桥墩砌成船的形状，"船尖"朝向水流过来的方向，以分解消减对桥墩的水压和冲击。泉州洛阳桥如同洛阳洛阳桥的"同胞兄弟"，著名桥梁专家茅以升对其称道："洛阳桥是福建桥梁的状元。"

　　那么，是我们这次对近一千七百年来客家迁移"万里寻踪"所产生的时空感觉了？

　　应该是这样的。

　　一个月前，我们从黄河边的那个洛阳桥头出发，车上一袋袋的书籍和地图堆满了可利用的空间，我们试图以实证精神沿历史上客家迁移的线路进入现在的客家聚居地，对"源自中原，根在河洛"的汉族客家民系历史和现实的生存状态、精神状态予以近距离的接触、体味，通过以"客家"为载体的中原文化的迁播、衍化、存留而体悟中华文化博大强劲的生命律动。

于是，"大河报客家迁移万里寻踪"的三部越野车行进在"从洛阳到'洛阳'"的公路、山地、桥梁、渡船上，河南、江苏、安徽、江西、福建、广东、广西、海南的黄土地、红土地印上了我们的车辙和足迹，黄河、淮河、长江、赣江、珠江、琼州海峡、台湾海峡融入了我们的汗珠……车队分分合合，人员聚聚散散，在地图上勾画出的行进途程是种交叉复合的网状结构。

终于，我们来到了预期设计的这次大型采访的完结点——东海边的泉州洛阳桥头。凝望海峡对岸，极目四周云天，在台湾、在海外，我们一千五百多万客家亲人生活着、繁衍着、创造着……

伫立泉州洛阳桥头，烟波浩渺间沙鸥翔集牵动我们的思绪，山川起伏处云卷云舒变幻我们的心田——跨度一千七百年，纵横一万二千里，这，就是我们在一个月中置放身心的时间和空间范围，如同我们的行迹呈网状复合形态，更有着立体的架构——如此，对于学者们所公认的中华民族中汉族的一个独特民系客家，我们应当有"自己的"体悟和认知。

以什么比喻客家的基本品性呢？最为贴切的应当是"水"，就是那个上善若水的水，水滴石穿的水。

过去说"客家人跟着水草来"，如今说"有海水的地方就有客家人"，标明客家在从当初到现在与水的密切关系。在客家先民一次次的迁移过程中，彼时的交通状况无论是便利、速度还是花费等，水路都是他们最不坏的选择。大小江河湖泊溪流织就的网络成批地托载着、伴随着客家从中原而来，路途中的饮用、洗刷不用发愁，哪怕是短暂停留下来的生活和耕作也无须过多地考虑用水这个基本问题。

当我们为了切实体味客家先民艰苦卓绝的迁移境况，去登攀那条由江西石城到福建宁化的"客家之路"时，在荆榛荒茅掩映下的蜿蜒山道旁，一道汩汩流淌的溪流陪伴我们到站岭古隘口风雨亭下，掬一把溪水解除登山的焦渴时我们搞清了一个问题，那就是这条"必由之路"除隘口较低翻越武夷省些力气的原因，更重要的是因了这道溪流，最初的客家先民是傍着这溪进入了荒山野岭，才寻觅发现了山后那片宁化盆地的。

所以说，客家"逐水而行"或"逐水而居"四个字说着和写着很简单，却是从四十万、四百万乃至四千万人的生命历程中归结出来的呀！

或许正是客家人与水的必然结缘，他们也逐渐形成了水的秉性，有着水的平和，水的激情，水的坚韧，水的依形就势，水的以柔克刚，水的融会蓄积，水的猛烈冲击……我们说客家人总善于在绝境中走出生路，应当是和他们水的基本品性有关联的。

我们认识到一部客家迁移史也就是一部中华民族的苦难史、战乱史、生存史、发展史的重要篇章，是由于从有字的和无字的史料与景观中看到，西晋末年以降直至民国年间，每一次大的社会动荡其中和其后，都带来中原地区一次大规模的客家迁移。

在这里，我们可用从史书中摘取的四组词句来呈现客家迁移的概貌：大旱、饥疫、连年旱、饥荒、断流、蝗灾、大蝗——战乱、击败、击溃、俘掠、驱掠、病死、被杀、袭杀——避乱、避难、流亡、逃亡、南逃、南奔、散奔、南迁、南渡、十不半存、州县皆空——散落、留居、就食、开垦、垦荒、垦殖。当这些客观陈述性的词句于我们"万里寻踪"的路途上从书籍中跳出，就显得特别触目惊心，不再是书桌上茶杯边那样简单的静态乃至冷静，我们已经感知到，这每一个对客家群体命运概述的词句后面，都有着几十万、上百万个体生命的遭遇。而对于那些每个人都是一部书的个体命运，再宏大的史书也难以有他们的位置，顶多一点交代也就到诸如"唐代宗广德元年（公元763年），安史之乱结束，估计八年间有二百五十万北方移民定居在南方"和"宋钦宗靖康元年（公元1126年）闰十一月，金军攻陷开封，军民十余万人出逃"之类了，其中蕴含的残酷、惨烈、惨痛和悲壮只有靠读书人自己去品味了。

故土丧离，家园荡然，国家社会的分裂给人民所带来的是精神和肉体上撕裂般的痛苦，带着如此的痛苦，客家先民踏上路途迢迢今天不知明天命运的迁移之路。生存意识的顽强性和迁移的无目的性，使得失去的家园成为他们心中永远的痛，也成为他们心中永远的依恋。于是，伴随着每一次大的客家迁移，在南中国的土地上就会出现一批新的地名，而这些新的地名无不与故土故园和对生活的祈愿相关联，这就是我们一路上何以走过了那么多的"洛阳"和那么多带"安"字的地方。如果说大的地域命名有侨置郡县的因素，那么，在偏远的山岭间，一条两米宽的小河叫"洛阳河"，几十户的小村称"洛阳村"，大概就不是"官家"所顾及的了，这只能以一种强烈的融入血脉的根的意识表征予以解释了。

一路走来，"风雨桥""风雨亭"渐次增多，越是进入客家聚居密集的地区就愈加密集，三里五里纷然现亭桥，亭是屋亭，桥是廊桥，就是为了方便荒野崇山中的路人能有个歇息和遮风遮雨处，在孤独的行旅中找到一种家的感觉。风雨亭和风雨桥都是客家百姓捐资筑建的，古今皆有，用料各异，有的亭桥为一家数代人以至于十多代人延续着建造——修复——重建的，主持者往往将捐资者姓名和账目刻石存留，我们所见最为细致的一处连五角钱的捐款和花销都列于其中。带着职业习惯，我们问讯这些款项的筹集方式，得到的答案反倒使人愧怍——客家群众对这种"公益事业"的捐助和出工所表现的是种潜意识的自觉行为，简单到只是因为这里需要和应该建一座亭或桥。这种古道热肠式的与人为善可以归结到客家先民多磨难的迁移经历，种种艰难险阻使人与人之间的扶助弥足珍贵，些微的针线粥水相济都化作深深的感激铭刻于心，推己及人在自己稍有条件时便以风雨亭和风雨桥的方式"回报社会"，以至成为一种习惯性传承。

　　在客家人的住宅、祠堂、风雨亭、风雨桥、墓地走访，随处可见出现最多的是"风调雨顺，国泰民安"，或书写或镌刻或随手涂抹。客家人何以对这八个字情有独钟？只要你知道了客家人近一千七百年的历史，了解了这个经受了更多磨难的民系，体味到他们的至柔至刚，你就会改变对这八个字的淡然乃至漠然——它是农业社会老百姓最普遍最一般也是最高的祈愿，更何况对于客家这个独特的民系，风调雨顺方国泰，国泰年代民能安，他们一年又一年、一处又一处、一代又一代地反复念叨着、呈示着这八个字，是因为这八个字早已融入他们的血脉成为安置心灵的处所之一。

家国之痛和故土之思在明皇室后裔"八大山人"朱耷那里，化作了"死鱼凋花白眼鹤，残山剩水滴泪竹"的传世画卷，而在客家民众之中的体现方式则是珍藏的家谱、祖宗的牌位。山河万里，走村入户，所见到对家谱的宝贵和对牌位的虔敬使我们震惊，从客家公祠百多个大铁皮柜中各姓氏的谱牒，到山村农家三层塑料一层棉布所包裹密实的家谱；从宁化石壁一百六十个祖宗牌位集体祭献，到各处村落各家族祠堂宗庙里十几、几十个牌位的供奉，到农家草屋中堂哪怕是贴上一条窄纸而晨昏上香的"祖宗神位"——这一切透射出深挚的对根的追寻，对根的思念，对根的传继，对根的固守，使得这个漂泊万里迁移他乡的民系始终有着根脉的维系支撑，在东南聚居地刻下"客本中原汉裔自两晋衣冠南下石壁安居万载不忘祖籍　家迁八表南荒经千年筚路蓝缕五洲立业千秋永念宗功"的楹联，在海外贴出"确保祖乡声音居家永讲客家话，坚持民族气节出国自称中国人"的词句。

从洛阳河到洛阳江，从黄河边的洛阳桥到东海边的洛阳桥，客家这条源出中原的"江河"生生不息地奔流着，从近一千七百年前的西晋末年，从一千二百年前的唐代天宝末年，从八百多年前的北宋末年，从三百七十多年前的明代末年，一个浪潮又一个浪潮地涌流而来，从中国的中原到中国的南部，承载了一次次地域政治结构的改变，托举着文化中心的转移，数不尽的曲折磨难都不曾磨灭其自身的辨认特征，所有的归结都在于数千年前已然成形的统一的中华文化体系，无论政治社会的动荡和分裂，无论经济社会的衰落和腾跃，整体文化的向心力始终凝聚着中华民族的精神。而远离祖源失去故园的客家，不管多久的时间多远的距离都保有存留着那条中原文化的根脉。这也是历代客籍将军多儒将的一个原因，也使我们理解了在江西遂川溪陂村居住时的毛泽东对壁间联语"万里风云三尺剑，一庭花草半床书"那种由衷的赞赏和认同。于是，当客家人发挥重要作用的近现代革命一次次推动着中华民族发展壮大之际，无论汲取了多少外来的思想元素，其精神支柱依然不变的是优秀的中华传统文化。

秋天的洛阳江看上去是清澈而平和的，但你会从波涛拍打桥墩的声浪和溯行船只的力度发现它又是强悍的；洲滩上的水鸟是详静的，当它们扑向水中之鱼时则是迅疾的。唯有古洛阳桥厚重地横跨在洛阳江上，如同一位历史老人在打量着眼前的一切。

洛阳河，洛阳江，万里之遥同一个洛阳，万里之遥同一个名字的江河上都有一座洛阳桥……

2003.10.

深挚中华文化情
爱心大河传播者（附录）

薛少奇

题记：此文为《动漫江湖情深　邓有立与108位前辈好友的真情互动故事》其中一篇。

邓有立，有"台湾动画超人""台湾动漫教父"之称，是台湾第一家动画公司中华卡通制作公司创办人，其策划制作的《三国演义》获第十七届金马奖最佳卡通片奖、《中华五千年》获第二十届中国电视金鹰奖电视美术片优秀作品奖、《蝴蝶梦——梁山伯与祝英台》获第十届中国电影华表奖优秀美术片奖和第十四届中国金鸡百花奖最佳美术片奖，等等。

邓有立和刘书志结缘于2006年的嵩山少林寺，正印证了人与人的相识相知真的是靠缘分的，而这个缘分其实是在双方志趣的投合、性格的欣赏、气场的交融各种元素的际会方能联结的。

借那年9月的首届"少林论禅"，邓有立和刘书志聚首在禅宗祖庭少林寺。两岸三地中华文化大家谭盾、蔡志忠、袁和平、余海礼、朱哲琴、鲍立德等之所以从各自角度来论禅少林，邓有立乃"始作俑者"，他率先提议、居中联络并极力促成，诸大家则声气相应共襄盛会。

当年甫一见面，刘书志便对满目和善的邓有立颇生好感，那不紧不慢的语速和眯眼一笑的团团脸真个是"老少咸宜"。被刘书志口头封为"学术主持特别助理"实际负责拎服装的女儿困惑地问老爸："那个慈眉善目的邓先生为何称我妹妹呀？"刘书志道："是种亲切的表示，因为你老爸和他已成为朋友了。"如今那个女孩，已留学归来成为上海迪士尼的服装师。

刘邓二人先后分别与少林结缘，再因少林而二人结缘。刘书志当时是河南《大河报》的副总编辑，被少林寺方丈释永信礼聘来担任论坛的学术主持人，并负责担当论坛活动的文宣推广工作。共同的话题一下子就拉近了两人的距离。论禅活动前夕，刘书志提供了完整的方案，从活动主场少林大禅堂的布置到如何迎接嘉宾、从日程安排到饮食内容面面俱到，并为每一位演讲嘉宾针对性地列出了诸如"音乐的禅与禅的音乐""漫画的禅与禅的漫画""未来的禅与禅的未来""人生的宗教与宗教的人生""武术的禅与禅的武术""人生的觉悟与觉悟的人生"等主题，得到了释永信方丈和邓有立的赞许。

刘书志现在是大河报社的副社长，声音洪亮、反应机智且文化底蕴比较丰富。他有个笔名是"舒之"，就是书志的谐音，含有舒展开张的意思，文笔幽默近人，对少林文化乃至中华文化颇有涉猎，业余写一些散文随笔之类；喜爱摄影，常有摄影佳作图片见诸报刊，年近半百还当选了河南省青年摄影家协会副主席，策展的"千年少林　百年影像——2012欧洲少林文化节国际摄影邀请展"，展出了1922年以来80多幅中、日、德、法摄影家关于少林的作品，以影像传播中华文化,其编选之匠心、内容之饱满、制作之精到,在德国和奥地利引发了很大反响。

两位个性豪爽的中华文化推动者,注定就是好朋友。

2006年首届"少林论禅"后来结集了十多万字,由上海人民出版社以《少林问禅》为书名出版发行,刘书志为编辑,颇有出版经验的邓有立自告奋勇出任图书策划人。正是当初论禅全过程原汁原味的文图音像数据记录保存得非常完满,图书的编辑出版行程相当顺畅。从那年起,几乎每年一度的"少林问禅·机锋辨禅"延续下来,绵绵不断的"续佛慧命"。

刘书志是在1995年5月他35岁那年,调差到将要创办的《大河报》,负责编采工作,到现在已二十余年,等于最好的青春岁月都贡献给了《大河报》,但是他感到非常骄傲,因为他实际参与了《大河报》成为"世界百强、百万大报"的成长历程,如今常以"三十三年,两报一刊"自诩(两报是《郑州晚报》10年、《大河报》20年,一刊是《河南画报》3年)。

刘书志对邓有立说起,在参与《大河报》办报过程中,起步阶段有两件报道影响很深。一件是他作为编辑和版面设计指导的《幼女坠洞遇险获救》,在1995年10月一个周日下午,有爱心的郑州市民奋不顾身自发营救一个掉进直径30厘米的建筑工地桩基洞深处的一岁多小女孩,场面极其感人。大河报记者现场采访营救全程,这篇报道震撼了郑州,感动了河南,甚至一度成为全国议论的话题。报道持续一周,人们在关注事件进展同时,自然也记住了《大河报》的报社形象品牌。后来这篇报道还获得河南省年度新闻奖一等奖,摄影照片也获得了全国新闻摄影比赛突发新闻类铜奖。

另一件就是《冰河大营救》的报道。那是在1998年2月,也是农历正月，山西省平陆县有34位农民搭乘渡船过黄河时，船竟搁浅在结冰的河面中达一昼夜，三门峡市陕县的领导和军民群众冒死营救他们。经过刘书志率领编采团队实地采访后，登出数万字的报道及图片，造成过年期间的报纸大畅销。省委组织部、省军区等还发出通知号召学习英雄群体的救难精神，也在河南举办多场报告会。河南省委宣传部的《河南新闻阅评》专号，也赞誉《冰河大营救》这篇报道，其中还说道："写得生动感人，壮怀激烈，气势恢宏，催人泪下。"

刘书志任职的《大河报》属于河南日报报业集团，以"采缤纷天下事，入寻常百姓家"为定位，以"关切民生、倡导时尚、贴近生活、服务大众"为宗旨。从2004年起，还联合郑州人民医院，共同举办到各省市，最远到新疆哈密，以救助先天性心脏病儿童为己任的"大河爱心行"。《大河报》更举办大规模跨越七省的"客家迁移万里寻踪"、跨越六国的"玄奘之路"、穿越二十个城市的"行走大运河"等大型系列报道活动，刘书志都参与策划并主导报道。

说起大型报道"客家迁移万里寻踪"，被称作"半个文化人"的刘书志自认为是传媒生涯中的一个得意之处，对信奉"读万卷书，行万里路"的他是场很好的践行。刘书志率领九个人组成的报道团队，经过近一年的案头准备和对专家学者的参访，于2003年9月从河南洛阳的隋唐古洛阳桥出发，沿着西晋以来1700多年汉族客家民系五次大迁徙的路线，行走七省区、思接两千年，探客家先民足迹、访当代客家聚居地，跨江越河、攀山翻岭，寻找历史文化和精神理念的地表物化，行进式报道，移动性发稿，重大题材予以宏大报道，历时一个月，在福建泉州的宋代古洛阳桥完满收官，见报稿件16万字、图片150多幅。

刘书志在《不息的生命江河》一文中阐述了感想："对源自中原，根在河洛的汉族客家民系历史和现实的生存状态、精神状态予以近距离的接触、体味，通过以客家为载体的中原文化的迁播、衍化、存留而体悟中华文化博大强劲的生命律动。""客家这条源出中原的江河生生不息地奔流着……承载了一次次地域政治结构的改变，托举着文化中心的转移，数不尽的曲折磨难都不曾磨灭其自身的辨认特征，所有的归结都在于数千年前已然成形的统一的中华文化体系，无论政治社会的动荡和分裂，无论经济社会的衰落和腾跃，整体文化的向心力始终凝聚着中华民族的精神。而远离祖源失去故园的客家，不管多久的时间多远的距离都保有存留着那条中原文化的根脉。"

对客家的报道结束了，也纳入"客家文化研究丛书"结集出版了，国家的《年度新闻发展白皮书》还将其列为唯一入选的"大型系列主题策划报道"。刘书志的收获是，感觉自己似乎也成了"半个客家文化专家"了，后来被聘为河南大学兼职教授和研究生导师时还宣讲了一番呢。

由于《大河报》是河南的重要媒体，少林寺有活动都会邀请《大河报》采访报道。爱好中原文化及少林禅武的刘书志，一定热心地配合完成报道，而对参加活动的贵宾，也会个别采访。当天活动结束后，《大河报》都会将活动情形及每位贵宾的访谈刊登在次日的醒目版面上。活动及受访者经过这份发行 100 万份的《大河报》的宣传，不红才怪，难怪每位贵宾都非常喜欢刘书志，包括邓有立也是，只要到河南郑州，一定会跟刘书志报到约访或电话问候。

其间有件趣事，有一年河南洛阳举办动漫活动，邀请"台湾动漫之父"邓有立当主讲嘉宾，邓有立想见老友便捎信给刘书志，刘书志闻听满口答应相会洛阳，待到去时电话联系邓有立已结束活动赶赴北京了，也不知哪个环节弄得时间颠倒，好朋友无芥蒂，电话中哈哈一笑感慨此次无缘、相期再会。

刘书志还有两次与台湾的文化结缘，一是1991年他的老师朱恪超先生的《古今巧联妙对趣话》在台湾出版，他奉师命和编辑委托撰写了题为《益智·解颐》的"台湾版序"，从民俗文化的视角对楹联这个中华文化的独特形态进行了生动的解读；再就是1993年"新潮文史书系"中《历史的祭品——凄怨的忠魂》在大陆和台湾以简、繁体字本同时出版，刘书志参与其中，撰写了1.7万字的《改良梦·康有为》，很好地实现了图书主编"一切资料是别人的，一切观点是自己的"题旨，为两岸学界所关注。

由于《大河报》长期与少林寺的文化活动配合密切，加上刘书志也是中华文化研究推动者，以及文化艺术的参与爱好者，因此他对少林文化、经籍、武术以及医术秘籍，极有兴趣钻研，并且很有心得，他对少林的《易筋洗髓经》特别有兴趣研究及推广，他也愿意传授几招秘诀，让邓有立能调整筋骨、调养身体。

刘书志曾经说过，他可以与《大河报》一起成长，但绝不愿意和《大河报》一起变老，因为他要《大河报》是"百年大河"！

同样的，他也鼓励邓有立与台湾那些曾经并肩与中华卡通一起打拼过的动漫开山英雄，也要与中华卡通一起成长，但绝不希望他们要与中华卡通一起变老，因为中华卡通带给台湾的文化传承依存以及坚持原创的打拼精神，一定也会要"百年中华"！

2016.10.

雪泥鸿爪 一锅乱炖（后记）

打从学会认字读书，便对文字的东西有着敬畏之心。故而当挚友笃劝将过往所为文收集打理一番，我总处于"敝帚自珍"和"悔其少作"的自慰与惶恐之中。终于，将出自笔下键盘下的作文，拣选出这么一些些，自己告诉自己："还算看得过去。"

选编的过程还真是对自我的一种审视，也是一种自我调适。数看这些雪泥鸿爪，得出一个结论：我的写作态度是真诚的，有此足矣。

"人生到处知何似，应似飞鸿踏雪泥。泥上偶然留指爪，鸿飞那复计东西。"因了职业的关系，所作篇章题材和体裁往往"东抓葫芦西抓瓢"；也正因了职业的关系，使我操练着做一个认真的观察者和努力的思考者。只求往日崎岖还记得，但恐"路长人困蹇驴嘶"。

正缘于"雪泥鸿爪"，除了必要的技术性改动，保持着当初的文章样貌；也正缘于"一锅乱炖"，在文章的编排上不依时间顺序，凭着心性流动的逻辑线，去架构内在的关联。

有的地方或因时移事易而"不合时宜"，但也是时光流水筛汰后的一处印痕,故而亦收录存照。

　　食材是用心拣择的,制作是用心煮炖的,但愿读者诸君"口之于味,有同嗜焉"。

刘书志丙申岁尾于听喧室南窗下